D1697449

Яна Жемойтелите

ИНТЕРЕСНОЕ ВРЕМЯ

Яна
Жемойтелите

Смотри:
прилетели
ласточки

ПОВЕСТИ

МОСКВА 2019

УДК 821.161.1-3
ББК 84(2=411.2)6
Ж53

Художник
Валерий Калныньш

Жемойтелите Я.

Ж53 Смотри: прилетели ласточки : повести / Яна Жемойтелите. —
М. : Время, 2019. — 352 с. — (Интересное время).

ISBN 978-5-9691-1845-4

Это вторая книга Яны Жемойтелите, вышедшая в издательстве «Время»:
тираж первой, романа «Хороша была Танюша», разлетелся за месяц. Темы
и сюжеты писательницы из Петрозаводска подошли бы, пожалуй, для
«женской прозы» — но нервных вздохов тут не встретишь. Жемойтелите
пишет емко, кратко, жестко, по-северному. «Этот прекрасный вымышлен-
ный мир, не реальный, но и не фантастический, придумывают авторы,
и поселяются в нем, и там им хорошо» (Александр Кабаков). Яне Жемойтелите действительно хорошо и свободно живется среди ее таких разно-
плановых и даже невероятных героев. Любовно-бытовой сюжет, мисти-
ческий триллер, психологическая драма. Но все они, пожалуй, об одном:
о разнице между нами. Мы очень разные — по крови, по сознанию, по
выдыхаемому нами воздуху, даже по биологическому виду — кто человек,
а кто, может быть, собака или даже волчица... Так зачем мы — сквозь эту
разницу, вопреки ей, воюя с ней — так любим друг друга? И к чему приво-
дит любовь, наколовшаяся на тотальную несовместимость?

ISBN: 978-5-9691-1845-4

ББК 84(2=411.2)6

Смотри:
прилетели
ласточки

Огромный, до потолка, двустворчатый шкаф с зеркальными дверцами был сам как отдельный дом. В нем очень давно не висели женские наряды, потому что выжившая из ума бабка, которая некогда проживала в этом крыле, угасла очень давно, еще когда Вадим был маленький. А ему не так давно стукнуло тридцать четыре, значит, это действительно случилось очень давно, где-то в пятидесятых. Наденьке представлялось, что в ту эпоху женщины были похожи на женщин — в приталенных платьях, с юбками солнце-клеш, а мужчины на мужчин — в шляпах и двубортных пиджаках с ватными плечами. По крайней мере, старались люди тогда одеваться стильно. Сейчас вообще-то тоже старались, только одежда, которая висела в магазинах, на одежду вовсе не походила. То есть годилась разве что срам прикрыть, а более ни на что. И сапожки Наденька сносила вдрызг еще прошлой зимой, до замужества. Но сапожки Вадим ей обещал достать через каких-то своих московских знакомых. Он как раз собирался в Москву, в какое-то новое издательство, которое печатало фантастику, которую не печатали при советской власти. А у них в городе фантастику не печатали вообще никогда, даже в толстом журнале «Северные зори», хотя Вадим сам в этом журнале работал. Туда брали только деревенскую прозу и стихи про березки.

Пальто у Наденьки тоже сносилось за несколько предыдущих студенческих зим, манжеты пообтрепались. Новое пальто ей купила мама как бы на прощание, сразу после свадьбы. И теперь Наденьке казалось, что она Царевна-лягушка. То есть лягушка стала царевной, изменив свой социальный статус: Наденька окончила университет с дипломом филолога, вышла замуж, а значит, у нее были все основания одеваться не по-студенчески, в сестринские обноски, а прикупить наряды, приличествующие учительнице русского языка и литературы. Хотя она полагала, что это работа временная. Она никогда не мечтала работать учительницей, ей с детства хотелось стать писательницей или журналисткой на худой конец. Наденька тогда еще думала, что это почти одно и то же. Вот и написала статью о региональной художественной выставке, потому что живопись ей тоже нравилась, хотя она и окончила в родном городе филфак и книжки читать любила. Теперь мама говорила, что правильно сделала, что отдала ее на филфак, как будто Наденька была вещь, которую отдали в химчистку и там прочистили ей мозги от всяких глупостей. Глупости — это медицинский факультет, на который конкурс четыре человека на место. Не пройди Наденька по конкурсу — и что потом? В дворники или на фабрику валяной обуви. Последняя звучала слишком страшно — это ж надо валенки валять восемь часов подряд, русскую народную обувь! В общем, филологи с высшим образованием всегда при деле, давай-ка ты не дури.

Дурью называлось все, что Наденька делала по своей воле, не спросив разрешения. Однажды ей брюки купили не то чтобы на вырост — выросла уже Наденька, куда дальше, однако брюки оказались в полтора раза Наденьки шире. «Ну так поясом можно подхватить — и порядок, а зимой еще рейтузы пододенешь…» В общем, Наденька эти брюки распорола до кусочка и заново на себя перешила, узкие сделала, почти в обтяжку. Вот уж дурь-то какая! И не стыдно в таких ходить-то? — А вот не стыдно, не стыдно! Только относила без настроения, потому что радость обновки была испорчена этим «не стыдно?». Потом однажды кофточку нарядную на занятия надела, просто по весне захотелось немного себя украсить. — Придумала тоже, в шелках на занятия ходить! Мать у тебя не миллионерша.

И это была правда. Простая совслужащая, мать экономила на мелочах, даже телевизор на ночь из розетки выдергивала, потому что он все равно энергию жрет, если вилка в розетке. И Наденьку учила быть экономной, потому что, ежели приперт, копейку просто так никто не даст. Поэтому платьица Наденька надевала только по праздникам, брюки были гораздо экономнее: под ними можно было рваные колготки спрятать. А еще Наденькина мама мечтала, чтобы дочка удачно вышла замуж. Но вот тут намечалось явное противоречие: разве можно вообще кому-либо приглянуться в брюках на три размера больше и кофточке в катышках с сестринского плеча?

Наденькина сестра, кстати, замуж еще в институте вышла за курсанта военного училища, на танцах познакомились. Ну, танцы — понятное дело, кудри-мудри всякие, сестренка себя преподнести умела, да Наденьке еще и в школе казалось, что мама старалась сестренку поскорей на попечение какого-нибудь мужа передать, потому что сестренка была красивая, но глупая, а Наденька совсем наоборот. Училась отлично, а с виду — серая мышка, вот и проигрывала на фоне своей сестры. В общем, уехала сестренка с мужем в Венгрию, в военный городок, и теперь оттуда посылала импортные, но все же обноски. И в результате получилось, что это она удачно вышла замуж. Потому что в жизни случается именно так, что красивым — все. «Хорошо быть красивой», — думала Наденька, печально разглядывая в зеркале свои острые, почти детские плечики и оттопыренные, как у Чебурашки, уши. С такими ушами и сережки не будешь носить, чтобы лишний раз внимание не привлекать к ушам.

Сама Наденька замуж вышла неожиданно и почти случайно. Принесла в редакцию «Северных зорь» эту свою статью о республиканской художественной выставке, робко постучалась в дверь с грозной надписью «Отдел публицистики», а за этой дверью как раз сидел Вадим Петрович Сопун. Писатель, настоящий! Пусть пока неизвестный, но наверняка гений. Гениев ведь, как правило, не признают современники. А Вадим Петрович Сопун выглядел ну точно как гений — с торчащими в стороны тараканьими усами, то есть не тараканьими, конечно, а как у Сальвадора Дали. Работы Сальвадора только в моду входили, о них начинали говорить как о серьезном искусстве, таком же правомерном, как и живопись соцреализма. Наденька живопись соцреализма откровенно не любила. Именно потому, что она правдиво передавала действительность, столь же хмурую и дождливую, как и полотна мастеров известного жанра. Трудящихся еще живописали на этих полотнах так, как будто созданы исключительно для тяжелого ручного труда и готовы работать по 24 часа в сутки на фабрике валяной обуви. Фамилия у Вадима, правда, была неблагозвучная, но можно привыкнуть.

В общем, Вадим Петрович статейку ее одобрил, посоветовал только слегка сократить, потому что много в ней было воды, а сейчас нужна лаконичность. «Но в целом вполне прилично, барышня, вполне прилично, вам есть смысл писать». Ей польстила эта «барышня», потому что так ее еще никто не называл. И незаметно Наденька пристрастилась в «Северные зори» захаживать на чай. Тогда во всех редакциях чай пили с сушками и еще курили без зазрения совести прямо авторам в лицо. Наденька сама не курила, но ей уж очень хотелось быть поближе к литературе, приходилось терпеть и табачный дым, и общую неустроенность редакционного быта. Темно-синие стены, как в вокзальном туалете, коричневую от никотиновых масел штукатурку на потолке, мебель, которую, вероятно, выхлопотали для редакции сразу после войны… Да разве стоили внимания такие мелочи, если внутри этого не слишком уютного мирка ковалась настоящая литература. Рукописи нумеровались, регистрировались в толстом журнале, принимались и выбраковывались, отправлялись на редактуру и корректуру. В соседнем кабинете остроглазая техническая редакторша выполняла верстку с помощью ножниц и клея, отпуская непонятные реплики типа: «Тут растр полез». Какой растр? Куда полез? И что такое кегль и интерлиньяж? В общем, в редакции люди занимались, безусловно, нужным и сложным делом, и Наденька тоже очень хотела работать в редакции, но все должности были заняты.

На стене в кабинете Вадима Петровича висел портрет Барклая де Толли. Наденька сразу его узнала — лицо, знакомое еще со школы, и так ей еще показалось, что Вадим Петрович немного похож на Барклая, только с сальвадоровскими усами. И ростом, наверное, чуть пониже, не такой длинноногий, как Барклай. Но что-то общее, несомненно, было. Заметив Наденькин заинтересованный взгляд, Вадим Петрович подтвердил, что они с Барклаем как бы родственники. То есть бабкина сестра еще до войны вышла замуж за последнего из рода де Толли, но их вместе с мужем расстреляли в 1938 году. За что? А за то! За иностранное происхождение то есть.

— В семидесятых годах я в Ленинграде учился. Чтобы доехать до общаги в студгородок, надо было делать пересадку у Казанского собора, — рассказывал Вадим Петрович за чаем как-то уж чересчур гладко. Наденька даже смекнула, что он рассказывает эту историю десятый раз. — Первое время мне, провинциалу, бывало тоскливо. И я любил посидеть на заснеженной скамейке у фонтана перед собором, спиной к «бронзовому дядьке» Михаилу Богдановичу. Приятно было покурить, пивка попить, подумать обо всем без суеты, ощущая спиной что-то незыблемое и честное…

Наденька слушала, проникаясь мыслью, как мало она знает о жизни и как еще мало повидала на своем веку. А впереди светило распределение в малокомплектную деревенскую школу. Большинство сокурсников обзавелись справками о состоянии здоровья или даже собственными детьми, так что имели все шансы остаться в городе. А Наденька, как существо абсолютно здоровое и бездетное, вынуждена была выбирать деревню на жительство из длинного списка неперспективных, то есть таких, в которых из мужского населения к концу 1980-х остался в живых один тракторист. Ну и еще шофер автолавки, если это не одно и то же лицо. А замуж выходить все равно за кого-то надо.

Однажды Вадим Петрович позвонил ей просто так, без всякого дела, справился, почему она целую неделю не появлялась в редакции. «Заходи, чайку попьем», — он незаметно перешел на «ты». И Наденька пошла. На сей раз они говорили о Достоевском, Вадим Петрович, кстати, очень интересную версию выдвинул, что роман «Преступление и наказание» написан в виде фуги, это когда одна и та же тема перепевается на разные голоса. Идея Раскольникова так ведь и не была заявлена прямо, сказано только, что сперва Раскольников опубликовал по поводу какую-то статью, потом обсудил момент с Мармеладовым и с Сонечкой переговорил… Так а какая конкретно идея, как она словами оформлена — этого и не заявлено вовсе. Кстати, Федор Михайлович имел самую большую в России коллекцию топоров. О Некрасове Вадим Петрович тоже интересно рассказывал, что был Некрасов большой игрок и журнал свой толстый на выигранные деньги выпускал. А если случалось Некрасову проиграть, тогда и журнал не выходил. Не то что «Северные зори» — тут в лепешку разбейся, а по номеру в месяц выпусти. А печатать практически некого, тягомотину пишут, особенно старперы.

Да еще и митинговать начинают в редакции: «Молодежь должна знать!..» Молодежь даже не в курсе, как выглядят эти «Северные зори».

Некогда Вадим Петрович сам ездил по семинарам молодых литераторов, печатался в «Авроре», «Уральском следопыте», «Костре», «Колобке», «Искорке», еще в нескольких журналах и альманахах, но в «Северные зори» его упорно не принимали. Однажды главред высказался почти без эвфемизмов: «Это там, в Москве, для кого-то ты открытие, а для нас ты говно!»

— «Северяне» год от году на встречах с читателями повторяли и повторяют, что они насквозь прогрессивные и передовые, потому что в 1967 году «Привычное дело» Белова напечатали. Двадцать лет прошло! И вот слушаю я наших «северян» и вспоминаю мачеху Сонечки Мармеладовой, как она со слезами умиления на глазах рассказывала собутыльникам мужа, будто на выпускном балу танцевала с шалью и сам губернатор ей ручку пожимал! Вот это кайф!

— Как же вас в редакции терпят? — невольно вырвалось у Наденьки.

Вадим Петрович смачно, в голос расхохотался:

— А это потому, что других дураков нет работать на мизерной ставке.

Честно говоря, Наденька сама до прихода в редакцию «Северные зори» не читала, ну, пролистала пару раз в библиотеке, и ей показалось неинтересно. Ей больше нравилась зарубежная классика — Оскар Уайльд, Джон Голсуорси и прочие английские аристократы, которые умели с тонкой иронией переживать все невзгоды и перипетии бытия.

Вот, впрочем, как и Вадим Петрович. Он жил в частном доме с печным отоплением на Старой Петуховке, почти в пригороде, то есть как бы за пределами освоенного пространства жизни. Был он на двенадцать лет старше Наденьки, но ведь в досюльние времена разница в возрасте была даже в моде. А что некогда был женат, так давно овдовел, и ребенок от первого брака проживал в деревне с родителями жены… Может быть, Наденьке просто захотелось самостоятельности, выпорхнуть наконец из родительского курятника и зажить самостоятельно. Что она до сих пор видела в жизни, кроме университетской аудитории, Ленинграда и Москвы, где несколько раз в жизни бывала по случаю? Ей казалось, что то, что было до сих пор, никак не могло называться настоящей жизнью, потому что об этом и сказать-то было нечего. А та, настоящая жизнь, о которой писалось в книжках, протекала где-то в ином месте, где люди умели жить иначе. Как? Она и сама не умела этого объяснить.

А может, к двадцати двум годам ее стала тяготить чрезмерная мамина опека на грани мании, когда каждый захудалый кавалер рассматривался на предмет перспективы, в том числе не еврей ли он или, не дай бог, кавказец, не претендует ли прописаться в их квартире и т. д. Конечно, это была такая форма проявления любви. В смысле — с маминой стороны. Но когда барышню в родном доме любят с такой неистовой силой и с другим отношением вовне ей не доводилось еще столкнуться — Наденьку и в школе хвалили за отличные оценки, и в университете, — ей представляется, что и весь мир не может относиться к ней как-то иначе, несмотря на множество ее недостатков, главным из которых были, конечно, оттопыренные уши.

Петуховку отрезала от города железная дорога и длинный ряд гаражей, параллельно которым тянулось шоссе. Автобус останавливался только по требованию, и от этой остановки, пятачка забетонированной суши, открытого всем ветрам и дождям, народная тропа вела к железной дороге и дальше, к кучке домишек на пригорке. И если поперек тропы вдруг останавливался длиннющий товарняк, ничего иного не оставалось, как лезть через сцепление вагонов или между колес, потому что по буеракам, да еще в темноте поезд не обойдешь, причем по этому поводу в Старой Петуховке никто особо не миндальничал: мол, да что с тобой станется? На памяти обитателей под колесами погибла только одна собака. Отправилась погулять да и сложила голову на рельсах по глупости.

Однажды так случилось, что Наденька с Вадимом Петровичем, Вадимом, полезли через состав. Она, конечно, переживала, но он ее так крепко за руку держал, что стало понятно, что бояться нечего. Нет, вот эта мужская крепкая рука, протянутая в нужный момент, скорее всего, и решила дело. Наденька с сестрой выросли без отца, поэтому она плохо представляла себе, что такое мужчина в доме вообще. А тут вдруг невольно выдернулось воспоминание, как папа ее за ручку из детского сада ведет. И она чуть не заплакала — думала ведь, что она этого не помнит, а вот, оказывается, помнит!

Вадим сам бывал до слез сентиментален. Она заметила это впервые на фильме «Амадей», в котором Моцарт изображался как дурачок, сочиняющий божественную музыку. И вот на этой самой музыке Вадима пробило, он даже носовой платок у Наденьки попросил, а она сидела и думала: «Надо же». Потом, когда вышли из кино, он признался, что впервые это случилось с ним на золотистой пятке блудного сына, когда он Рембрандта увидел в Эрмитаже. Вроде бы ничего особенного — золотистая пятка, а он стоял и плакал, потому что это не просто пятка, а сожаление о потерянных днях. В этот момент Наденька подумала, что когда-нибудь ей тоже будет тридцать четыре года — и что тогда? Станет ли она сожалеть о потерянных днях? Или радоваться, что провела их с человеком, который видел настоящего Рембрандта? И вспоминать, как они вместе бродили по выставочным залам, кафе и кинотеатрам…

У кинотеатра, в закутке между колоннами, лежала большая рыжая дворняга и с упоением грызла кость. Наденька почему-то несколько раз оглянулась на эту дворнягу, подумав, что вот сейчас они выходят из кино, а у колонн лежит рыжая собака. Что в этом необычного? А то, что этот вечер больше не повторится. И когда-нибудь будет так, что не будет этой собаки, а потом их самих не будет. И так происходит буквально каждую минуту — картинка дня стирается и поверх на чистом листе пишется что-то новое. Разве можно это все выразить? Музыкой, цветом, словом?

В общем, Наденька вышла замуж, разочаровав своим выбором и маму, и прочих родственников и знакомых. Как пелось в известной песне, «жених неприглядный такой». А она с первого гонорара в «Северных зорях» купила себе фланелевый халат травянистой зелени с темно-розовыми цветами. Он, может быть, и был атрибутом советского мещанства, но, во-первых, органично вписывался в картину семейной жизни, во-вторых, вовсе не походил на застиранное рубище, в котором обычно из экономии ходила мама.

Еще Наденька поставила на окошко герань и села у этого окошка ждать, когда же наконец грянет ее семейное счастье.

* * *

А оно будто и не спешило проклевываться. То есть что-то такое плескалось, но совсем не так представлялось заранее. Поначалу было даже интересно топить печь и готовить эти завтраки-обеды-ужины, не вылезая из халата цвета травянистой зелени, хотя по-настоящему она и не умела готовить, но вот пришлось. Мыть посуду в тазике с нагретой водой было уже совсем неинтересно, однако она с этим смирилась, потому что это ведь просто быт, пусть даже очень сложный, если не сказать ужасный. «Ты у своей мамочки жила в тепличных условиях, — жестко заявил Вадим. — Я тебе таких создать не могу». И Наденька тут же ощутила легкий укор совести — за то, что она на всем готовом жила, а так ведь быть не должно. Романтика всегда сопряжена со сложностями бытия. Как там звучало определение: «необычный герой в необычных обстоятельствах» — это точно. Вадим отличался от прочих известных ей людей хотя бы собственным мнением, и место было точно необычное: Старая Петуховка с частными огородами, водокачкой, тощими свиньями и грубыми деревенскими нравами была вырезана не только из города, но и вообще из века.

Неподалеку находилась церквушка со старым погостом, и колокол зазывал редких еще прихожан дребезжащим старческим голоском, на который всякий раз ругался отец Вадима, старый коммунист Петр Николаевич, проживавший во флигельке. Семейному счастью он особенно не мешал, пробавлялся самостоятельно на свою пенсию, выпить, правда, любил и в пьяном виде распевал до ночи «Славное море, священный Байкал...». Он гидробиологом был по профессии и некогда изучал водную фауну Байкала. Ну, это сразу после войны, которую Петр Николаевич закончил в Берлине. И по пьянке же рассказывал, как они, бывало, отловят немку и вколят ей в вену молоко или еще какую дрянь, чуть ли не собственную сперму, — у немки температура под сорок. Помрет, так и хрен с ней, а не помрет, так бледные спирохеты погибнут, и никакого тебе сифилиса. А дряни из Германии наши вояки немало привезли вкупе с немецким барахлом. В такие минуты Наденьке становилось по-настоящему страшно, однако Вадим только отшучивался, что не стоит обращать внимания на старого пердуна, тем более коммуняку. Он с именем Сталина на устах когда-нибудь концы отдаст...

И верно: в огромном, до потолка, двустворчатом шкафу с зеркальными дверцами висел сталинский китель Петра Николаевича, в котором он завещал себя похоронить. За жизнь Петр Николаевич слегка усох, поэтому китель был ему явно великоват — Наденька заметила это, когда Петр Николаевич его на свадьбу надел. С другой стороны, если на свадьбе в кителе красоваться можно, почему же в гробу нельзя? Там-то не все ли равно?

Несколько лет назад, как Вадим рассказывал, вызвали отца в обком партии по случаю пятидесятилетия пребывания в рядах КПСС. Петр Николаевич тогда тоже этот китель надел и в обком направился. А там ему в торжественной обстановке вручили килограмм гречки. Когда он дома пакет этой гречки поставил на стол, Вадим заметил, что надо ж было пятьдесят лет делу партии отдать, чтобы заработать гречки один кэгэ. Отец тогда посуровел и молча вышел вон. Через минуту вернулся с топором, занес над головой и жахнул с плеча. Хотел топор просто в стенку вогнать, только попутно, не намеренно же, Вадима по черепу задел, кожу раскроил, в травмпункте потом зашивали. Вадим медикам сказал, что сам себе неосторожно по черепу чиркнул, когда дрова рубил. Шрам, конечно, остался и на бритой голове Вадима рисовался довольно четко. Наденька поначалу боялась к нему прикоснуться, ей все казалось, что Вадиму до сих пор больно, хотя он даже по этому поводу историю присочинил, что это орел спланировал и когтем задел. По куриную душу орел прилетал, а Вадим якобы принялся метлой его выгонять. Огромный орел был, с во-от такими крыльями! Руки у Вадима были коротковаты, поэтому орел получался у него несуразный и крыльями бил по-петушиному.

Однако истории Вадим сочинял действительно здорово. Приятель у него работал на радио, так вот однажды на первое апреля они в эфир сообщение пустили о том, что камни, обнаруженные в почках местных жителей, идеально подходят для нового японского лазера и потому дорого ценятся в Стране восходящего солнца. Ну и звонило местное население несколько дней в редакцию с предложением поменять камешки на деньги.

И еще одна история была, которую Вадим на ночь Наденьке рассказал. Осенью ночи глухие уже стояли, темные, а фонарей на всей Старой Петуховке всего два-три, на въезде и на выезде, прочая же территория освещалась естественно, луной, ежели таковую не затягивали тучи. И вот глядела как раз в окошко страшная темно-желтая луна, от которой никак не спалось, а Вадим еще решил историю рассказать, как он однажды решил к своему дальнему родственнику на заимку съездить, проведать старика Филиппыча, который с женой в деревне жил, пробавляясь дарами леса и собственным хозяйством. Свиней держал, козу… Ну, приехал Вадим к дядьке, а тот смурной сидит, жена, говорит, лихорадкой померла, давай помянем Татьяну Михайловну. Вадим посокрушался, добрая была старуха Татьяна Михайловна, и бутылочку из рюкзака достал. Благо с собой прихватил. А дядька за солониной в погреб спустился. Выпили, закусили, и тут наряд милиции в дверь барабанить стал. Дядька — шасть в окно и деру, только все равно далеко не ушел — повязали. Оказалось, Филиппыч жену из ревности зарубил и в бочку покрошил на солонину. А люди глядят — пропала у Филиппыча жена-то, а ему хоть бы что. Померла, говорит. Дак а где могилка-то? В общем, так вышло, что собственную тетку съел Вадим…

— Как это тетку съел? — Наденька ни жива ни мертва лежала и не представляла даже, что ей делать. Выбраться из постели и сбежать от людоеда к маме? Но ведь на улице так темно! Только страшная темно-желтая луна освещала Петуховку, затекая в просвет штор и дальше, в приоткрытую дверцу огромного шкафа, в котором висел сталинский китель Петра Николаевича…

— Глупая! Ты и поверила? — рассмеялся Вадим. — Да это же просто сказка такая на ночь. Не бойся, я же добрый. А ты слишком легковерная, Наденька, нельзя же так!

— А про себя напраслину такую городить разве можно? — сквозь слезы пролепетала Наденька.

— Да врать я не умею, а вот фантазировать люблю. Фантазия дает человеку свободу. Знаешь, рассказик есть такой у Чехова, кажется. Померла у почтмейстера молодая жена, сидит он за поминальным столом и рассказывает гостям, что пуще всего любил ее за абсолютную верность. А гости недоверчиво так переглядываются, мол, знаем мы эту верность. Тогда почтмейстер признался, что сам же распространил по городу нехороший слух. Намеренно говорил каждому, что жена его Алена сожительствует с полицмейстером Залихватским. И всякий сразу же понимал, что на Алену и заглядываться не стоит — полицмейстер пять протоколов составит, и беды не оберешься. И гости в результате очень разочарованы были…

Смысл отсылки к классику Наденька поняла только на следующее утро, по пути в школу, когда, невыспавшаяся, чапала в резиновых сапогах по петуховской грязюке. Это что же, Вадим намеренно себя чудовищем выставляет, чтобы никто на нее, Наденьку, видов не имел? Какую же свободу дает ему эта его фантазия? И вообще, разве кто позарится на школьную учительницу русского языка с оттопыренными ушами да еще в резиновых сапогах? Новые сапожки-то до заморозков не надеть! Наденька каждое утро придирчиво рассматривала себя в зеркале огромного шкафа. Худенькая девочка в зеркале больше походила на старшеклассницу, чем на учительницу, несмотря на накрашенные глаза и перманентную завивку, которую пришлось сделать еще из практических соображений, чтобы не так часто мыть голову. В тазике волосы промывались плохо, да и споласкивать их воды не напасешься.

Нет, если разобраться, с Вадимом было нескучно. Только вот курил он много, с самого утра и до самой ночи. И засыпал с сигаретой, и вставал — тут же за сигаретой тянулся. Наденьке это было неприятно, и даже в школе ей стали замечания делать, что не следует педагогу так много курить — тянуло от нее за версту табаком, как от грузчика. От волос тянуло и от одежды, которая теперь висела в огромном шкафу с зеркальными дверцами рядом со сталинским кителем. И жаловалась она Вадиму, а тот отвечал, что он уже сформировался как личность, как там в учебниках пишут, и от привычек своих отказываться не собирается.

Еще существовала проблема еды. В глобальном смысле она касалась всех, причем на памяти Наденьки так было всегда. Мама умудрялась варить какие-то супчики из сущика или рыбных консервов, но с Вадимом это не проходило. Его надо было кормить по-настоящему, а не сущиком или блинчиками с вареньем. Да, именно: «Я жрать хочу, а ты меня блинами кормишь». В магазине, конечно, лежали на полках огромные кубы маргарина и комбижира, продавался томатный сок в трехлитровых банках и подсахаренная вода под названием «Березовый сок». Еще торговали очень полезной морской капустой, по поводу которой Наденькина школьная подруга придумала устраивать дегустации прямо в гастрономе. Она окончила Ленинградский институт торговли и вернулась домой в качестве завмагазином. А еще она иногда подбрасывала Наденьке дефицитной докторской колбасы, которой в свободной продаже просто не было. Впрочем, ничего другого, что можно было поесть, в магазине тоже не было, все это надо было достать. А Наденьку в университете научили только книжки читать и обсуждать прочитанное. Иного Наденька толком не умела, тем более что касалось всякого дефицита.

Однажды Вадим решил Наденьку немного жизни подучить. Машина песку понадобилась Петру Николаевичу для огорода. Грядки у него знатные были, на них даже капуста по осени росла, кудрявая такая, похожая на огромные зеленые розы. Так вот кое-что присыпать надо было песком, чтобы сорняк не лез. А откуда столько песку возьмешь? Вопрос решался очень просто: через Старую Петуховку самосвалы возили песок в промзону, на самую оконечность города. И если встать на обочине с талонами на водку, раскинув их веером, то очень даже вероятно этот песок заполучить в огород. Поскольку школьный день заканчивался рано, именно Наденьке нужно было на обочине с талонами встать, чтобы грузовик с песком поймать. Ну, встала она на обочине возле поворота на промзону. Грузовики мимо проносятся, из-под колес грязь летит, никто на нее внимания не обращает. Потом один притормозил: чего надо-то?

— Да вот, — Наденька отвечает, — у вас машина песку, а у меня талоны на водку.

— Садись давай, — водила ответил, как будто сплюнул. Он вообще говорил грубо и отрывисто и так же грубо с места рванул, развернулся на перекрестке, но опять затормозил и пристроил грузовик на пустынном пятачке. — Тут талонами не отделаешься. Давай, только по-быстрому.

Наденька постеснялась спросить, что еще ему кроме талонов нужно, только молча сидела, теребя пальцами талоны. А водила тем временем ширинку расстегнул…

Как ее из грузовика выдуло, Наденька и не помнила, и как потом бежала прочь, меся резиновыми сапогами грязь. Очнулась только возле калитки. В дом вошла, прямиком на кухню, мятые талоны на стол бросила:

— Все. Не будет вам никакого песку.

Петр Николаевич что-то проворчал под нос, вроде «все не слава богу», и отправился в свой огород, а Вадим усмехнулся немного зло.

Наденька бессильно опустилась на стул возле окна. На кухне было тепло, на плите дышала горячая картошка, присыпанная укропом. И то, что только что с ней случилось, показалось вовсе из параллельной реальности, будто не из ее жизни. Хорошо, что этого не видела ее мама. И вообще никто из ее знакомых. Наденьке впервые захотелось выругаться вслух, но она промолчала. Во-первых, потому что ругаться не умела вовсе, губы у нее не складывались, чтобы ругательство произнести. Во-вторых, она бы тут же раскаялась в том, что сказала. Даже не потому, что была слишком кроткая, а так всегда получалось, что стоило ей начать мысленно анализировать ссору, как вывод напрашивался, что она сама же во всем виновата. Ну, не так с самого начала с этим водилой себя повела, вот он и вообразил себе неизвестно что.

Посидела на кухне, послушала, как ворчит электрический самовар, выпила чаю с клубничным вареньем —

Петр Николаевич наварил, — оттаяла и подумала, что ничего же, в сущности, не произошло. Подумаешь, какой-то водила пристал. Но на трассу она больше не пойдет, вот уж дудки. Да неужели она так выглядит, что любой шоферюга... Это же какие примитивные инстинкты движут человеком, если он ничего не понимает, кроме секса, секса, секса. А ведь в школе тоже учился, поэзию там всякую проходил.

Ей даже не хотелось плакать, хотя еще месяц назад она бы в этой ситуации точно заплакала, потому что семейная жизнь оказалась вовсе не такой, какой представлялась. Где она видела эту семейную жизнь, кроме как в кино? Она же не знала, что мужчина все время хочет есть, а еда покупается за деньги, которых едва-едва на эту еду хватает и больше ни на что. Статеек больше она не писала, гонораров, соответственно, не было, приходилось пробавляться не ахти какими зарплатами — школьной и редакционной. Однако главное разочарование состояло вовсе не в этом. В конце концов, все вокруг жили далеко не богато, однако жили. И даже умели радоваться тому малому, что имели. Однако Наденька изначально плохо представляла, как это — каждую ночь делить с мужчиной постель. Пропуском в это таинство почему-то служило свидетельство о браке, которое в загсе выдала им обыкновенная тетка с квадратным лицом, и вот благодаря этой бумажке ее строгая мама наконец смирилась с мыслью, что Наденька теперь будет спать с мужчиной. То есть Наденьке просто-напросто выдали справку, которая разрешила ей безнаказанно заниматься сексом, и само это уже казалось более чем странным. Вдобавок Вадим безбожно храпел, а когда и бессовестно пускал ветра прямо под одеяло, отшучиваясь, что это просто непосредственность Сопуна. Наденька подумала невзначай, что совершенно правильно осталась при своей фамилии Балагурова, хотя подозревала, что ее все равно за глаза будут звать Сопунихой. Однако пока что прозвище не приклеилось.

В школе к ней прочно приросло отчество, ее называли исключительно Надеждой Эдуардовной, и ей это нравилось. Отчество, по крайней мере, выделяло ее из толпы старшеклассниц, которые хотя и носили школьную форму, однако большей частью были в полтора раза шире Надежды Эдуардовны. Вадим подшучивал над ее тощей задницей, хотя прежде Наденьке казалось, что задница у нее в самый раз и бедра стройные, на них весьма ладно сидели джинсы, но в школу в джинсах ходить не то чтобы запрещалось, но и не приветствовалось. И все-таки Наденька иногда появлялась на уроках в джинсах, потому что джинсы — ну чем не штаны? И когда завуч школы Мария Ивановна Шкатулкина — Шкатулочка в просторечии — вызвала ее на разговор, Наденька была уверена, что речь пойдет о джинсах. А ведь джинсы были у нее советского производства. В них в прошлом году нарядили всю их студенческую группу по случаю юбилея республики, и они торжественной колонной прошли по площади как лучшая студенческая группа чуть ли за всю историю университета. И вот теперь Наденька приготовилась услышать, что джинсы не соответствуют моральному облику учителя…

Шкатулочка действительно завелась по поводу морального облика, что-де учителю не пристало курить как лошадь… «Вот уж и вовсе неверный образ», — подумала

Наденька про каплю никотина, от которой эта самая лошадь может откинуть копыта, но оправдываться не стала, решив выслушать Шкатулочку до конца. А та вдруг принялась выговаривать Наденьке, что негоже педагогу на трассе стоять на глазах у всей Старой Петуховки, какие бы там ни были личные мотивы. Всякий по этому поводу думает известно что.

— Да-а? И что такое думает этот всякий? — не выдержала Наденька. — Стану я всякому объяснять, что мне машина песку нужна была в огород. И что поймать ее можно только на нашей трассе!

— Это тебя никак Сопун на трассу отправил? — неожиданно перейдя на «ты», хмыкнула Шкатулочка. — Понятное дело.

— Что вам понятно? — Наденька даже растерялась.

— Что одну жену загубил, теперь за вторую взялся, — попросту, даже по-бабьи откровенно ответила Шкатулочка и, вздохнув глубоко, из самого средостения, принялась перекладывать папки на столе, давая понять, что разговор исчерпан.

Последнее осеннее солнце било в окна. В такие дни Наденьке бывало отчаянно жаль ушедшего лета и облетевших листьев, хотя одновременно она понимала, что все идет своим чередом и что на месте облетевших романтических иллюзий рано или поздно отрастут новые. Иллюзии? Или все-таки опыт? Вот у Шкатулочки богатый жизненный опыт, на основании которого она судит об окружающих, не допуская мысли, что человек вовсе не обязательно должен укладываться в отработанную схему. Наденька шла по школьному коридору, чуть пошатыва-

ясь от неожиданного откровения: «Одну жену загубил…»
И тут неожиданно продернулась на поверхность сознания фраза Шолохова, кажется, из «Тихого Дона»: «Бабское
сердце, Гриша, беречь надо. Остальное все у нее износу не
знает…» Или как-то так, она не помнила точно и сама не
поняла, к чему вдруг припомнилась фразочка, которую
они в свое время мурыжили на семинаре не по литературе
даже, а по научному коммунизму. Что прежде к женщине
относились как к рабочей скотине с намеком, конечно, на
какие-то чувства, но в первую очередь брак был институ-
том экономическим. И Ленина еще туда приплели, — это
тоже вспомнилось мимоходом, — про то, что женщина
должна быть освобождена от домашнего рабства, для этого необходимо развивать сеть прачечных и столовых…
Из школьной столовой нестерпимо тащило пирожками,
и Наденька поняла, что она вдобавок ко всему прочему
очень хочет есть. В последнее время ей все чаще вспоми-
нались незатейливые мамины супчики, винегреты и прочая стряпня, о происхождении которой она не задумыва-
лась прежде. Но так было хорошо вернуться с учебы домой
и что-нибудь перехватить…

— Чай и два пирожка с повидлом.

Она подумала, что надо бы и домой пирожков прихватить. Это вообще хорошая еда — вкусная и сытная к ужи-
ну. То есть эта мысль сама собой возникла в ее головке,
не привыкшей задумываться о хлебе насущном. В следующую секунду Наденька спохватилась, о чем же это она думает и куда подевались все прежние ее мысли, например,
о поэтике Куприна… Но можно ли было в ее ситуации думать о какой-то поэтике? Решительно нет. Потому что на

донышко тяжелым камнем легло замечание Шкатулочки. Может быть, Мария Ивановна Шкатулкина, вовсе не подумав, ляпнула черт-те что. Вот мама однажды высказалась про своих соседей, что они у нее ключи от сарая украли, а недели через две нашла эти ключи в ящике трюмо, сама же их туда и припрятала, чтобы никто не украл...

* * *

— Стерва Танька была порядочная, оттого и потонула, — поедая школьные пирожки, Вадим отрезал коротко, потом все-таки добавил: — Речку хотела переплыть, да отнесло течением ее на пороги. Она ж ни в чем уступать не желала. На спор поплыла.

— С тобой поспорила? — уточнила Наденька.

— Нет. Мы с ней тогда уже развелись. Говорю, стерва та еще. Любовник у нее был в деревне. Ему эту речку переплыть — что два пальца... А Танька телом легче, вот и не справилась с течением... Нет, если ты готовить не научишься, я в твою столовку буду ходить. Хорошо они пирожки пекут.

Конечно же, он пошутил по обыкновению, грубовато, но не зло.

Церковные колокола отозвались тоненькими старушечьими голосами, будто настойчиво вопрошая: «Где же Бог, добрый Бог?», и в возникшей паузе, заполненной перезвоном, Наденька невзначай подумала, может ли память человека оставаться в зеркале? Ведь так получается, что в зеркале на дверце огромного шкафа в свое время отражалась еще и первая жена Вадима Татьяна. Пусть недолго, они прожили всего-то около двух лет, а потом, как сказал Вадим, она взбрыкнула и уехала в деревню к родителям. И маленького сына туда увезла. А вот теперь они встретились в этом зеркале — мертвая Татьяна и живая Надежда. И бабка Вадима, наверное, тоже ушла в зазеркалье, и ее сестра, которая вышла за последнего де Толли, и все женщины Сопунов отразились в нем. Но вряд ли можно у них выведать, почему Шкатулочка сказала, что это Вадим жену загубил. Если б они не развелись, да. Тогда б она осталась жива. Но не он же, в конце концов, виноват! И наверное, она тоже его любила, этого мужчину, которого Наденька считала во всем выше себя. Или это он ей так внушил, что Наденька во всем его ниже.

— Давай договоримся, — сказал Вадим, — что нам с тобой нельзя будет развестись. Вот как я не могу развестись со своим отцом.

— Почему же так жестко? — спросила Наденька.

— Потому что не хочу быть среднестатистической единицей. По статистике, распадается каждый второй брак.

— Нет, я не про это, — Наденька спешно поправилась. — Я говорю, почему у вас все так жестко с отцом?

— Потому что коммуняка он хренов, вот почему!

— Ну и что. Он же искренне в коммунизм верил, а не ради карьеры.

— Ага, верил. И в боевое братство! — произнес Вадим как-то озлобленно.

— А что плохого?

— Ты действительно хочешь знать? — Вадим помял «беломорину», прежде чем сунуть в рот. — Был у отца боевой друг дядя Вася, тут недалеко в поселке жил. И сынок у него почти мой ровесник, поздний ребенок, тряслись они над ним. Только непутевый какой-то сынок. То под машину угодил на переходе, потом у него туберкулез обнаружили, запущенный уже. Ну, родители вовремя не подсуетились — кашляет пацан и кашляет. Оказалось, уже вторая стадия.

— Туберкулез ведь лечится, — неуверенно сказала Наденька, представив этого мальчика и успев ему посочувствовать.

— Лечится, да. Была у меня как раз собака, Тузиком звали. Он за мной повсюду бегал, как на привязи, хотя самый обычный пес, я его возле магазина еще щенком подобрал... Так вот однажды отец дядю Васю собрался навестить и Тузика с собой взял. А вернулся без Тузика. Сказал, что в поселке оставил дом охранять, как будто наш дом охранять не надо. Я плакал и все допытывался, когда же Тузик вернется. А через год мне мама сказала, что Тузика моего съели.

— Что?

— Туберкулез якобы лечится собачьим мясом. Может, это и неправда, но чего не сделаешь с отчаяния? Причем собака должна быть не уличной, а домашней, чтоб без всяких инфекций... В общем, уговорили они моего папашу. И папаша поступил как настоящий коммунист, выручил боевого товарища.

— И что, вылечился мальчик? — Наденька нервно сглотнула.

— Нет. Все равно помер. А отец мне тогда сказал, что, мол, подрастешь — поймешь. А я вот до сих пор понять не могу... — голос его дрогнул.

Свет желтой лампочки под потолком резал глаза. А может, это происходило от крепкого табачного дыма, но сам электрический свет показался вдруг болезненным и почти ядовитым.

Вадим подошел к буфету, крашенному масляной половой краской, достал оттуда шкалик, хранившийся в самом углу, за стопкой тарелок, и две рюмки.

— Выпьем, — он разлил водку по стопкам и настойчиво предложил Наденьке: — Пей!

Водка имела мерзкий привкус, и Наденька поспешила перебить его пирожком. Едва надкусив, Наденька подумала, что мерзость, может быть, таится за дверью каждого дома, просто люди не выпускают ее наружу. И самое главное, что мерзость — это и есть самое средостение жизни, а вовсе не школьные парадные линейки, на которые положено надевать учительское строгое платье вкупе со строгим лицом. И не школьные сочинения о родине. И даже не художественные выставки, призванные создать иллюзию, что окружающий мир прекрасен. Все как будто договорились притворяться и коллективно врать. А стоит человеку прийти домой и снять парадную форму, как он превращается в довольно примитивное существо, занятое удовлетворением примитивных потребностей, как сформулировали бы на уроке обществоведения. А попросту говоря, человеку не надо больше ничего, кроме как набить брюхо, потрахаться, ну и залить за воротник, чтобы, значит, не думать о том, что он настолько примитивен. Вот вам и вся изящная словесность, товарищи, которую пытались вдолбить в голову уже не одному поколению, да все как-то мимо. И ведь она сама, Наденька, понимает, в какой мерзости оказалась, а вот сидит себе и пирожок жует с аппетитом и точно так же, как все, цепляется за эту мерзкую жизнь...

— У меня об этом есть ненаписанный рассказ, — сказал Вадим. — Написать — это как будто занозу выдернуть и, может быть, даже простить. А я так и не могу отцу простить. Поэтому и не пишу...

Как будто в ответ, из флигелька донеслось «Славное море, священный Байкал...».

— Это изначально арестантская песня, — заметил Вадим. — Отец не хочет понять, что в своей стране прожил как арестант.

— Он всегда столько пил?

— Нет. Хотя прикладывался, конечно. А когда мать умерла — тут и в запой впервые ушел, потому что никак понять не мог, как это она его одного бросила. Она его обслуживала всю жизнь, а он ее замечал, только когда она ему кальсоны постирать забывала... Отец, кстати, твоей мамашей интересовался. Говорит, она же в самом соку, особенно задница. Не то что у дочки, — и Вадим раскатисто расхохотался, как, по обыкновению, всегда смеялся собственным шуткам.

Настенька вспыхнула, а Вадим, подогретый водкой, продолжил, едва взяв дыхание:

— Представляю, захожу я к отцу, а у него твоя мамаша на коленях сидит...

Слезы крупными каплями брызнули на клеенку с ромашками. Ту самую, которую Наденька покупала с мыслями, что вот на этой клеенке будет стоять ее фарфоровая чашечка. Заодно вспомнилась и чашечка, подаренная на свадьбу, которую Вадим через три дня неосторожно разбил, и Наденька зарыдала в голос.

— Кажется, я палку перегнул, — Вадим впервые за семейную жизнь стушевался. — Ну, дурак Сопун. Ты разве не поняла до сих пор? Прости дурака, Наденька, что ты! Хочешь, завтра на открытие выставки сходим в музей? Мы с тобой теперь не ходим никуда. А ты потом статью напишешь про эту выставку…

Вадим осекся, как будто не договорив, а Наденьке показалось, что он хотел сказать: «…и все опять будет, как прежде» — выставки, разговоры о литературе, кино и мороженое перед сеансом. Когда же все это успело кончиться? И почему потухла искорка той веселой жизни, в которой им вдвоем было очень легко? Может быть, Вадим подумал об этом, поэтому и осекся?

Дрова потрескивали в печи, огонь бился за чугунной дверцей, как что-то живое, доброе и злое одновременно. Осенний ветер гулял за окнами, и силуэты голых деревьев рисовались в раме окна, Петр Николаевич полупел-полуплакал за стеной, как брошенный на произвол судьбы пес. И Наденька подумала, как хорошо, что мама ничего не знает о том, что временами бывает до того страшно жить, что хочется умереть.

Но вместо этого всего вслух Наденька сказала:

— Отнеси отцу пирожков, что он там один сидит.

В дверь постучали, даже настойчиво забарабанили кулаком.

— Да вот он и сам идет, — ответил Вадим.

Однако это был не Петр Николаевич, а Шкатулочка, плотно упакованная в черное стеганое пальто. Шкатулочка, изобразив на лице радость от встречи с Наденькой, расшаркалась на пороге: «Здравствуйте! Позвольте пройти?» Тон ее и сама фраза показались Наденьке неискренними, делаными, и она пролепетала: «Проходите, Мария Ивановна», тут же будто оправдываясь перед Вадимом: «Это завуч нашей школы…» Наденька уловила готовое слететь с его губ: «А какого …», однако Шкатулочка поспешила объясниться:

— Я, как депутат райсовета, инспектирую условия жизни молодых специалистов.

Вынырнув, как из кокона, из своего пальто, она решительно прошествовала внутрь, и от ее начальственного глаза, конечно, нельзя было утаить шкалик и простую закуску на клеенке в россыпи ромашек.

— Тепло у вас, чисто, — с некоторым удивлением даже произнесла Шкатулочка.

— А вы чего ожидали? — встрял Вадим.

— Ну, знаете ли, район у нас сложный. Всякого народу хватает…

— Я не всякий, — завелся Вадим. — Я в «Северных зорях» работаю, между прочим, а не бичую. Так что Надежду Эдуардовну обеспечить всем необходимым могу.

— «Северные зори» — уважаемый журнал. Я свежий номер всегда в библиотеке беру, — Шкатулочка постаралась загладить свою невольную оплошность.

— «Северные зори» интересны добропорядочным гражданам пенсионного возраста, — подхватил Вадим. — Поэтому их тираж и падает: идет естественная убыль подписчиков. А читателям моего поколения, которым чуть за тридцать, этот журнал откровенно неинтересен. Я на днях прямо сказал на планерке, что читать его — как с тугого похмелья портянку жевать...

Наденька зажмурилась, ожидая, что Шкатулочка взорвется, однако Мария Ивановна продолжила абсолютно ровным тоном:

— Что же вы на собственную редакцию жалуетесь? Раз уж вы там работаете, так извольте сами сделать журнал интересным...

Наденька с ней внутренне согласилась, причем не без удивления, потому что не может быть, чтобы ничего поделать с этим журналом было нельзя. Однако Вадим только отмахнулся, болезненно сморщившись.

Шкатулочка еще спросила, где находится Наденькино рабочее место, за которым она готовится к урокам. И, узнав, что такого в принципе не существует и что Наденька чаще всего готовится за кухонным столом, только покачала головой, украшенной традиционной химией. Наденька заметила, как заманчиво при этом вспыхнули красные огоньки сережек Шкатулочки, и с сожалением подумала, что ее собственные оттопыренные ушки такими огоньками украшать не стоит.

Когда Шкатулочка, обувшись и спрятавшись до самого носа в стеганое пальто, выкатилась во двор, Вадим выругался от души, длинно и смачно. А затем, прикончив шкалик прямо из горла, подытожил:

— Видно, что из бывших обкомовских шлюх. Они все потом идут в депутаты. Или культуру с образованием поднимать.

— Она учитель математики, — сказала Наденька.

— Все шлюхи чему-нибудь да обучены, кроме как начальственный хрен сосать. Их в обком прямо с университетской скамьи берут, комсомольских активисточек.

— Всех?

— На этом наше государство стоит. Проституция была всегда. В языческие времена — храмовая. А при однопартийной власти возникла скрытая партийная. До 35—40 лет партфункционерок используют в обкомах и райкомах КПСС и ВЛКСМ по прямому предназначению. Потом их надо куда-то девать. А куда? На фабрику валяной обуви бывшую партфункционерку директором не поставишь — глупая она, еще провалит госплан по выпуску народной обуви. Поэтому подержанные обкомовские шлюхи вдруг начинают рьяно защищать мораль и нравственность своих подчиненных. Думаешь, почему дамы во власти такие чопорные? Потому что стремятся от бурной молодости отмежеваться, вдобавок естественный лимит исчерпали, вот и поджимают губы куриной гузкой.

* * *

На выставку надеть оказалось откровенно нечего. Одежда, висевшая в шкафу с зеркальными дверцами, пропиталась смрадом табака, духом кухни и еще каким-то едким запахом старого деревянного дома. Стоило Наденьке достать из шкафа свое единственное нарядное платье — далеко не новое, купленное еще на школьный последний звонок, как она тут же ощутила этот затхлый, противный дух. Платье было действительно красивое: цвета вишни, с черными бархатными прошвами, за ним мама целый день в очереди отстояла, поэтому и запрещала в университет на занятия носить, мол, не к месту. И вот теперь, когда больше не нужно было спрашивать у мамы разрешения, чтобы надеть это платье, Наденька ощутила себя так, будто ее саму только что вытащили из старого сундука. Платье откровенно смердело. Она попробовала вывесить его на ночь в коридор, под лестницу. Может быть, выветрится на свежем осеннем воздухе. Однако вдобавок ко всему Петр Николаевич, проходя мимо, вытер об него руки, изгвазданные в огороде. И опять Наденька плакала.

Кое-какой гардероб у нее все-таки был, хотя точно так же табаком смердел. Одежку эту она в основном на уроки надевала, на выставку хотелось одеться поярче. Но что делать. Потом, люди все же придут картины смотреть, а не ее. Поэтому она влезла в серенький учительский свитерок и джинсы надела, на выставку-то джинсы никто не запретит. А еще надела серебряный кулончик-сердечко, который ей на двадцатилетие подарили, и ногти накрасила нежно-розовым. Правда, пока автобусом до центра добирались, новые сапожки ей все отдавили. И будто еще специально — мужик в резиновых сапогах в автобус влез, сапоги все в грязи, а он беспардонно так прямо по чужим ногам ступает. Вообще противно было в этом автобусе ездить. Он редко ходил, где-то раз в сорок минут. Сперва намерзнешься на остановке. Потом еще едва втиснешься, и сумку дверью прижмет. Пассажиры к выходу лезут, деньги на билет передают, еще кто-то перегаром дышит прямо в лицо.

По этой причине Наденькина мама на Старую Петуховку и не приезжала: «Ну вот еще, буду я к вам туда ездить...», а когда Наденька ее навещала, мама с надутой миной сидела, как будто они поссорились по-крупному. А потом оказалось, что мама в каком-то рассказе Вадима прочла про школьную сторожиху Людмилу Ивановну, в каморку к которой учитель труда любил захаживать, и так решила, что Вадим ее саму выставил в неприглядном свете. Потому что ее звали именно Людмила Ивановна. А на самом деле рассказ этот Вадим лет шесть назад написал, да и мало ли на свете Людмил Ивановн. Почти всех мам в ближайшем окружении Наденьки звали Людмила, Галина или Валентина. Ну, еще Светлана — за редким исключением... Нет, самое главное, что мама целый месяц молчала о том, что, собственно говоря, случилось. И вот ходи и думай, чем таким ей насолить успели. А когда проблема наконец прояснилась, Наденька еще подумала, что множество горьких обид — фантомны. То есть человек сам себе что-то такое насочиняет и вот ходит и дуется, а фантом тем временем разрастается, пожирая нутро.

Потом мама наконец догадалась посмотреть, в каком году журнал вышел, в котором этот рассказ напечатали, и только тогда успокоилась, правда, успев рассказать всем своим знакомым, какую гадость написал про нее собственный же зять. И все вокруг ей сочувствовали и на Наденьку искоса посматривали, с укоризной. И во многих взглядах угадывалось слово «неблагодарная». Наденька — неблагодарная дочь, потому что взяла и бросила «старую больную мать», мол, вот стукнет тебе самой пятьдесят лет, тогда узнаешь…

А что узнаешь? Наденьке пятьдесят лет уж точно никогда не стукнет. Ну тридцать, ну тридцать пять еще туда-сюда. Но пятьдесят — этого просто не может быть. Однако в ближайшей перспективе надо было решать вопрос, заходить или не заходить к маме после выставки. И Наденька решила, что пусть сперва состоится открытие, а потом можно будет решить, идти или не идти, потому что если прежде она целиком зависела от мамы, то теперь точно так же — от Вадима. И как прежде она не могла оставить маму, если той бывало без нее плохо, — а так бывало почти всегда, но ведь это ужасно — когда мама плачет или когда у нее болит сердце. И связь приходилось рвать очень больно, с кровью. И всякий раз, навещая маму, Наденька уносила с собой вину, а маме оставалась обида. Теперь же вина ее разрослась и странным образом перетекла и на Вадима. Все чаще Наденька с удивлением открывала, что Вадим — недолюбленный ребенок, который думает, что он никому не нужен, хотя это, наверное, неправда. И что если у него в детстве не было даже мячика, как он однажды пожаловался, то это вовсе не значит, что родители его не любили. Мячика не было потому, что их не было в продаже, наверное, вот и все. У нас всегда так: то одно исчезнет из магазина, то другое.

И вот Наденька ехала в набитом до отказа автобусе, ухватившись за хлястик пальто Вадима, и думала над его словами о том, что если она всерьез собиралась что-то писать, так нужно прежде жизнь узнать во всех ее проявлениях, в самой ее натуре. А она пока что только книжки про эту самую жизнь читала. Советских классиков, например. Гайдара, который выдумал страну «смелых и больших людей», да-да, как в той песне поется. И все в эту страну верили, потому что Гайдара с самого детства читали. А вот Вадим со школьных лет книжкам не доверял, потому что сермяжная жизнь книжный коммунистический запал перебивала. Вдобавок Наденьке до сих пор ничего особенного написать так и не удалось. Были какие-то попытки, больше похожие на полет курицы с насеста. Ну спрыгнет курица с родного насеста, удачно приземлится и воображает себя Валентиной Гризодубовой. Вадим даже книжку однажды принес Анны Сниткиной, «Воспоминания», дабы Наденька наконец поняла, как нужно жить с писателем. И если уж Наденька так хочет что-то написать, пусть пишет книжку «Мой муж гений».

Наконец автобус, пыхтя и ядовито пованивая бензином, миновал мост и остановился на площади. Двери с натугой открылись, выплюнув наружу пассажиров. Переведя дух, Наденька невольно ощутила, что почему-то чувствует себя явно не в своей тарелке, как девушка из деревни, попавшая в большой город. Во всяком случае, модницы в сапожках на каблуках и широкополых шляпах вызывали у нее теперь странные мысли. В таких сапожках по петуховской грязи не пройти и ста метров, а в такой шляпе в автобусе не проедешь — поля мешают держаться за поручень, да и снесут с головы эту шляпу на входе-выходе.

В музее, уже в гардеробе, ощущение усугубилось. И вроде бы все в этом музее было по-прежнему. Но как-то не так. Наденьке казалось, что все вокруг смотрят на нее и думают, что она — неблагодарная дочь и жена. Вдобавок на Вадиме оказался свитер с огромным пятном на животе, а она дома этого не заметила.

Наденька тихо сказала Вадиму на ухо: «Может, ты свитер снимешь?», на что он небрежно отмахнулся: «Со мной что, стыдно в люди выйти?» Да, Наденьке было стыдно за это огромное пятно, а почему нельзя ходить с таким пятном, этого она объяснить вразумительно не могла. Были вещи, которые даже не стоило объяснять, однако Вадим предпочитал их в корне не понимать. Потому что, в конце концов, о человеке же принято судить вовсе не по одежде, а по тому, что он говорит и что делает. Вот он, Вадим, по большому счету писал. И это получалось у него лучше, чем у авторов-старперов. Поэтому его и не печатали в «Северных зорях», а старперов печатали, чтобы, значит, впечатление не перебивать у читателя, будто литература — это что-то очень серьезное и скучное. А ведь на самом деле литература — увлекательнейшая штука!..

В итоге Наденьке пришлось абстрагироваться от этого пятна на свитере и перейти в слух, внимая рассказу Вадима о картинах на этой выставке. Честно говоря, в картинах Наденька мало что понимала, еще меньше, чем в литературе, а за семейную жизнь она успела убедиться, что гуманитарное образование у нее ниже плинтуса. Вот видит Наденька — портрет работы местного классика висит. На портрете руки-ноги-голова на месте и даже персонаж узнаваемый, а Вадим только отмахивается: «Ну, это же соплями написано! Крайне неэстетично». Да, а пятно на свитере эстетично? — так ей хотелось спросить, но она промолчала, потому что с этим пятном ничего поделать было нельзя.

Вадим остановился возле серии офортов и стал рассказывать про какого-то Пашу, который эти офорты делал, и про то, что его не хотели допускать на республиканскую выставку по той причине, что он будни работников сельского хозяйства не так изобразил, как надо. Надо-то было что? Бабищу огромную, краснощекую нарисовать, да еще с такой грудью, будто она сама поросят выкармливает. А у Паши совсем другое получилось, офорт под названием «Смерть свиньи», потому что когда пороcя режут — это все равно смерть, и это страшно. И вот в проеме сарая дядька стоит с огромным ножом, а рядом с ним туша свисает с потолка, и кровь с нее на пол капает. А возле сарая мальчик так робко внутрь заглядывает и будто понять не может: как же так? Только вчера свинья валялась во дворе, грела бока на солнышке, Катькой ее, кстати, звали. А сегодня она, мертвая, на крюке висит и называется не Катькой, а просто тушей… Стоишь перед этим офортом и думаешь не о свиной, а о собственной смерти. Потому что нет у человека преимущества перед скотом… Это уже Екклесиаст сказал.

— Кто? — переспросила Наденька.

— Екклесиаст, или Проповедник.

Вадим любил цитировать Библию, о которой Наденька не имела ни малейшего понятия, потому что, когда она училась в университете, Библию запрещено было в руки брать. На лекциях по научному атеизму им вскользь рассказывали, что Христос вроде бы умер, а потом воскрес. Но этого никак не могло быть, потому что просто не могло. И еще преподаватель жаловался, что начальству с верующими людьми бывает сложно: работники-то они хорошие, иногда даже передовики, а вот поди ж ты — верующие! Но теперь читать Библию вроде бы было можно, только дома у Вадима Библии не было, и Наденьке приходилось улавливать одни цитаты. Например, «и забудет муж отца и мать своих и прилепится к жене своей» или что-то вроде того. И это означало, что ей тоже нужно отречься от прошлой жизни и смело шагать в жизнь новую вместе с Сопуном. Но разве можно вот так взять и забыть маму?

— Пойдем, кое с кем познакомлю, — Сопун взял ее под руку, и пятно на его свитере снова кольнуло Наденьке глаз.

Они подошли к бородатым дядькам, которые о чем-то говорили вполголоса возле большого серо-розового полотна, изображавшего утро в деревне, но говорили явно не об этой картине. И вообще, Наденьке так казалось, что взрослые дядьки могут говорить между собой если не о чем-то тайном, то, во всяком случае, очень умном. Один был огненно-рыжий, в очках с сильными стеклами и тем более выглядел умным, а другой — потертый какой-то, в бесцветном свитерке с растянутым воротом. У него был высокий округлый лоб, придававший ему отдаленное сходство с Сократом. «Сократа» Наденька вроде бы видела в редакции «Северных зорь», и тот тоже ее узнал, по крайней мере, кивнул. Вадим представил дядек как Михаила и Сашу. Рыжий Михаил, как оказалось, был тот самый приятель, который работал на радио. Он сразу прицепился к Наденьке с вопросом, что, мол, тоже хочешь писать? Зачем? На этот вопрос Наденька тем более ответить не могла вразумительно. Действительно, зачем? Да уж не ради гонораров. Ради славы? Ну… может быть. Таланту всегда сопутствуют некоторые амбиции. Хотя, наверное, перевешивает желание сказать миру что-то особенное, чего прежде никто не замечал… Тут она запнулась, Михаил, воспользовавшись заминкой, хмыкнул, и Наденька решила больше вообще ничего не говорить, чтобы не выглядеть полной дурой. Однако Саша-Сократ, напротив, спросил у нее крайне вежливо, почему она больше не заходит в редакцию.

— В школе работаю, некогда стало.

— Вот это нехорошо.

— Что нехорошо? Что работаю в школе?

— Нет. А то, что вы говорите «некогда». Если есть что сказать, время всегда найдется. А мне ваша первая статья как-то запомнилась. Свежим взглядом, может быть. Или тем, что вы не постеснялись написать без оглядки на авторитеты, даже местные.

Наденька пожала плечами, попутно про себя еще оправдываясь, что если ты работаешь в школе, то подготовка к урокам съедает все свободное время. Вместе с тем она сама понимала, что это жалкое оправдание и что теперь она не сможет написать ни строчки без оглядки на этот самый авторитет, то есть Вадима.

Тут еще какой-то парень подошел, в кожаной куртке, с черными волосами, собранными на затылке в хвост, — так редко еще кто ходил. И вроде хотел втереться в компанию, вроде бы он свой, но дядьки упорно не обращали на него внимания, а Вадим еще рассказал о смерти свиньи, случившейся в прошлом году на Старой Петуховке. То есть мужик попытался зарезать свинью, да сил не рассчитал, она вывернулась и, раненая, понеслась по улице. Поймать не могли, сколько ни пытались. Тогда мужик догадался выставить к калитке ведро помоев. И вот свинья, истекая кровью, к этому ведру вернулась и принялась жадно жрать. Тут ее и прикончили. Сопун опять раскатисто рассмеялся, подытожив, что встречаются и среди людей такие личности, что им лишь бы пузо набить...

«Как странно, — подумала Наденька. — "Смерть свиньи" вроде бы совсем не об этом».

— Надеюсь, я тебя не очень огорчил? — неожиданно спросил у нее Вадим. — Ну, дурак я, меры не знаю.

— Как ты могла за него замуж выйти? — тихонько произнес у нее за спиной парень в кожаной куртке.

Вадим вроде бы не расслышал, а Наденька, обернувшись, так же тихо и с долей возмущения в голосе спросила:

— А ты вообще кто?

— Да я так... Просто смотрю: вроде красивая девчонка, — парень заметил вскользь и отошел незаметно, как вор.

«Странные какие-то люди», — подумала Наденька, проследив взглядом за этим парнем, пока он окончательно не затерялся среди далеко не нарядной публики. Странные люди были одеты не то чтобы плохо, а просто во что попало. И на это пятно на Вадимовом свитере действительно никто не обращал внимания. Потом угощали шампанским, и от пары глотков голова у Наденьки побежала, и она смеялась вместе со всеми над тем, как прошлой зимой Вадим бодался с министерством культуры. То есть в самом факте, что Вадим бодался с министерством, не было ничего особенного, он с тетеньками из минкультуры давно бодался, но случай-то был особый. Прошлой зимой министр культуры купила новую шубу, а старую отдала в музей краеведения в качестве экспоната, именно как шубу министра культуры. Тогда Вадим отнес в музей собственное пальтишко на рыбьем меху и потребовал его принять в качестве пальто писателя Сопуна. Конечно, не приняли...

Тут Наденька подумала, что жить не так уж и плохо, в конце концов. По крайней мере, бывает весело. Прежде ей никогда не бывало настолько весело. И что просто не надо бояться жить иначе, чем ее учили с раннего детства — уважать начальство, не прекословить... Ну кто такое это начальство? Дамочки, которые так и не смогли осуществиться нигде и ни в чем, по большому счету, поэтому и вели за собой массу необразованных художников-творцов к новому и светлому академизму-реализму. Потому что искусством надо обязательно руководить! И ей неожиданно сделалось очень легко, как будто бы она освободилась от корневого, глубинного страха, впрыснутого в кровь, может быть, еще вместе с вакциной от оспы. Наденька подумала, что до сих пор по-настоящему боялась жить, именно выскочить из мирка, ограниченного доктриной «а что люди скажут», и что эти люди — обычные люди, которые разве что успели чуть дольше пожить, съедаемые тем же страхом перед жизнью, который можно даже назвать родовой памятью, — так Наденька решила, припомнив маму и бабушку, которые тоже боялись жить. Мама боялась даже выбивать ковер во дворе в светлое время суток, потому что кто-то ведь может позавидовать, что у них есть ковер!..

— Многие молодые творцы, если даже не все, сперва выставляли картины, — фильмов и книжек, это, кстати, тоже касается, — доступные партийным товарищам, — говорил Вадим, уже когда они покинули выставочный зал и шли заснеженной улочкой домой к Михаилу. Он вроде бы жил недалеко, вдобавок жена у него уехала в командировку. Саша-Сократ куда-то исчез, о чем Наденька жалела. Он был ей симпатичен, в отличие от Михаила, который бесконечно ее подкалывал, очевидно, полагая за полную дурочку.

— Ну, Тарковский, например, — продолжал Вадим. — Он сперва снял «Иваново детство», вполне просоветский фильм, без всяких там завихрений. Кто бы ему позволил «Рублева»…

— «Иваново детство» не больно-то радостно встретили, — напомнил Михаил, — разрушенная психика ребенка…

— Да какая там психика? Мальчик-разведчик, желание отомстить, героизм советского народа — тот самый желтый билет, который дает право заниматься профессиональной деятельностью. Я себе такой пока что не заработал.

— А это обязательно? — встряла Наденька и тут же пожалела, что встряла, потому что Михаил посмотрел на нее весьма раздраженно.

— Надо, наверное, Наденька, если хочешь печататься хотя бы в «Северных зорях» и еще гонорары за это получать. Это даже не так и сложно, но вот я не могу, понимаешь. Как послушаю своего папочку… — И Вадим еще долго рассуждал о том, что по сравнению с Петром Николаевичем он еще вполне деликатный человек, и опять сам себе смеялся.

К вечеру подморозило, и под пальто проникали острые лезвия холода, поэтому Наденька была рада, когда они наконец оказались в квартире, обставленной бедно и как-то безразлично, то есть чем попало. Бедность обстановки была настолько разительна, что Наденька вдруг остро пожалела о том, что не отправилась к маме. Сидела бы сейчас в тепле, пила бы чай с овсяным печеньем, которое у мамы не переводилось.

— Можно позвонить? — Наденька робко спросила у Михаила, хотя предпочла бы вообще не спрашивать, но чувство вины перед мамой пересилило.

Михаил жестом указал на телефон, стоявший прямо на холодильнике, и почему-то это обстоятельство тоже нехорошо резануло Наденьку. Мама ответила сухо, однако, по крайней мере, не разворчалась, услышав, что Наденьку сегодня не стоит ждать. Наденька сослалась на то, что завтра к девяти на работу и нужно скорей попасть домой… Ей ведь и впрямь надо было в школу с самого ранья, а Михаил меж тем выставил на стол, укрытый убогой клеенкой, бутылку водки, кильку в томате и миску квашеной капусты. Наденька поняла, что сейчас начнется самая настоящая пьянка, даже с некоторым волнением. То есть ей еще не приходилось пить водку вместе с матерыми мужиками, и это, с одной стороны, было даже любопытно, с другой — завтра же на работу, а надо еще собрать портфель…

— Пей! — велел Вадим, и первый глоток обжег Наденькино горло, она поморщилась и подцепила вилкой капусту. Легкий хмель от бокала шампанского на холоде вроде бы уже выветрился, однако с первой рюмки голова снова поплыла, и Наденька даже осмелилась спросить:

— Слушайте, а зачем вообще так принято — пить водку?

50

Мужики засмеялись, и Михаил ответил наконец незло, что рано или поздно она сама поймет зачем, но, если наливают, надо пить. В очках его сверкнула едкая электролампочка.

— Мне… на работу завтра к девяти… — робко добавила Наденька. Ей уже казалось, что она влипла в очень нехорошую историю, но, с другой стороны, как же влипла, если была с собственным мужем, и где же ей быть еще, как не с ним?

— Такси возьмем, — ответил Вадим, — не переживай.

Он еще вышел покурить на балкон, потому что Наденька попросила, в конце концов, чтобы ей хотя бы не курили в лицо. Еще помнила раздавленные и будто вымазанные кровью бычки в опустевшей банке из-под кильки в томате и скрипучий голос Михаила, который выговаривал ей, пока Вадим курил, что не стоило искать легкой жизни на Старой Петуховке.

— Почему легкой жизни?

— Чего еще может искать такая фря? Понятно, что по распределению не хотела в деревню…

— А Петуховка не деревня? — не выдержала Наденька. — В каком же мире вы живете? По-вашему, все только выгоду свою ищут?

— Да тебе не конкретно Сопун был нужен, а просто какой-нибудь муж, чтоб в городе закрепиться, ведь так? Признайся, будет проще и честнее…

Михаил что-то добавил еще про евреев, чего Наденька уж никак не могла понять.

Потом вернулся Вадим, и они принялись обсуждать рецензию секции детской литературы СП, в которой последнюю повесть Вадима назвали антисоветской.

Следующий день начался для Наденьки головной болью, и она так поняла, что это и есть похмелье. Вроде бы надо пить рассол или кефир, но ничего такого дома не оказалось, и она отправилась в школу к первому уроку, глубоко переживая происшествие. Ладно напиваются всякие там бичи. Но как похмелье могло приключиться с ней? Ее пошатывало, когда она вошла в класс, и обсуждать с детьми творчество Некрасова сделалось откровенно странно. Вообще все вокруг сделалось почти безразличным, Наденьке хотелось только, чтобы прошла дурнота и чтобы наконец кончился этот учебный день, а там она как-нибудь доползет домой и рухнет в постель…

После третьего урока Наденьку вызвала Шкатулочка. Ничего хорошего от разговора с завучем Наденька не ожидала, естественно, но ей было уже откровенно наплевать на все доводы, которые Шкатулочка могла привести по тому случаю, что учительница русского и литературы не только курит, но и пьет. И на урок является с похмелья, с головной болью.

Едва Наденька присела на стул напротив Шкатулочки, грозно восседавшей в кресле, как завуч огорошила вопросом:

— Ты когда выходишь в декрет?

— Что? — Наденька подумала, что ослышалась.

— Только не говори, что не собираешься, у меня глаз наметан.

— Нет, что вы, ничего такого...

Наденьке сделалось откровенно стыдно за себя, за то, что ее похмелье Шкатулочка приняла за признаки беременности. А вдруг действительно?.. Нет, Наденька еще даже не думала об этом.

— Ну, смотри, — Шкатулочка посмотрела на нее с некоторой укоризной. — Ребенок в любом случае не помешает.

«В каком это любом случае?» — подумала Наденька, но дурнота помешала ей рассмотреть эти случаи.

— В очереди на квартиру стоите? — Шкатулочка задала очередной странный вопрос.

— Вроде бы... — Наденька пожала плечами. — Отец Вадима ветеран войны, он в очереди уже много лет...

— Вроде бы... Ну и ответ. Нельзя же, милочка, так бездумно распоряжаться собственной жизнью, пусть ее даже впереди очень много. На Старой Петуховке не житье, а мученье, будто сама не знаешь. Дров наколоть, воды принести... Как при царе-батюшке. Ребенок появится — измучаешься пеленки стирать...

— Да нет же. Ничего такого, — Наденьке почему-то захотелось заплакать.

— Это сейчас ничего такого. Дети вообще быстро делаются. Ладно, в конце концов, беременность не в моей компетенции, но с квартирой реально можно помочь. Если старший Сопун давно стоит в очереди, ветеранам сейчас квартиры дают в первую очередь.

— А что для этого нужно сделать? — Наденька наконец ухватила деловой настрой Шкатулочки.

— Тебе — совершенно ничего. Будь хорошим учителем, а все остальное устроится. Я проверю списки очередников в горсовете.

И снова Наденька шла школьным коридором, слегка пошатываясь. Голова почти прошла, но слабость в ногах оставалась, и теперь общее шаткое состояние усиливали странные сумбурные мысли, с которыми она никак не могла справиться. Почему же вдруг Шкатулочка — обкомовская шлюха? Потому что дела обустроить умеет? Но какая же Шкатулочке выгода оттого, что семья Сопунов получит наконец новую квартиру? И почему нельзя предположить, что Шкатулочка помогает Наденьке просто так, потому что именно этим ей и положено заниматься в горсовете? Иначе зачем тогда она депутат?

Вернувшись домой и запив остатки похмелья крепким чаем, Наденька аккуратно рассказала Вадиму, что Шкатулочка обещала посодействовать. Аккуратно — потому что не была уверена, что Вадим захочет принять помощь от обкомовской шлюхи, он же бывал верен принципам до конца, даже себе в ущерб. Однако она ошиблась. Вадим вдохновился, пожалуй, даже чересчур, и это тоже можно было понять, ведь у него никогда не было квартиры со всеми удобствами, он не принимал душ каждый вечер, к чему Наденька пристрастилась, едва повзрослев, и от чего так сложно теперь отвыкала, почесываясь с непривычки. Если будет квартира, может быть, тогда удастся избавиться от затхлого запаха этого огромного платяного шкафа с зеркальными дверцами, который, конечно же, не поедет с ними в новую жизнь. А жизнь ведь непременно пойдет по-новому в этой новой квартире, иначе и быть не может…

Прихватив несколько ломтей докторской колбасы, которую Наденьке удалось достать через подругу-товароведа, Вадим отправился к отцу делиться новостью, и по тому, что через полчаса из флигелька донеслось «Славное море, священный Байкал...» на два голоса, Наденька поняла, что они там на радостях приняли на грудь. Хотя какая же это радость? Просто надежда, но и надежда сама по себе уже была радостью в череде одинаковых будней, униженных общей бедностью. Наденька в последнее время стала замечать странную, ничем вроде не обоснованную гордость обитателей Старой Петуховки, которая проявлялась порой в самых неожиданных местах — в очереди за маслом или даже на автобусной остановке, когда замызганный такой человек в видавшей виды фуфайке вдруг начинал хорохориться, что я, мол, здесь двадцать лет живу, а ты куда лезешь? Что еще за заслуга — двадцать лет месить петуховскую грязь?

Наденька подспудно ощущала, что грязь, против которой помогали только резиновые сапоги, каким-то образом начала проникать через одежду. Оседала тонким слоем под кожей, заставляя не только чесаться, но думать в не свойственной прежде манере. Какое ей раньше было дело до обкомовских шлюх? Или это был процесс познания той самой жизни, которую ей следовало изучить досконально, прежде чем что-либо написать? Но как же Вадим так легко согласился принять помощь этой самой бывшей обкомовской шлюхи? Вадим требовал правды в каждом слове и в каждом поступке, готовый откопать в биографии любого начальника сверток грязного белья. Наденька достаточно многое прощала Вадиму — семейные трусы до колена, причем порядком несвежие, никотиновый налет на зубах, привычку ковырять спичкой в ухе и много чего еще. Потому что житейские мелочи ничего не значили на фоне его глубокого проникновения — как спичкой в ухо — в суть вещей и принципов, выработанных в процессе этого проникновения. Но может, допускаются исключения? А может, если железная рука государства дает слабину, то надо выжать из этого государства все, что только удастся выжать? Но как же это цинично! Вернее, еще полгода назад Наденька подумала бы, что это цинично, а теперь... теперь это так и оставалось циничным, только с оттенком «ну и что».

Наденька еще решила позвонить по случаю маме, в конце концов, мама наверняка обрадуется даже не гипотетической возможности получения квартиры, а уже тому, что Шкатулочка взялась Наденьке помочь, а это значит, что в школе Наденька на хорошем счету, Наденьку ценит начальство. А это главное.

Телефон-автомат на Старой Петуховке был всего один, возле магазинчика на пересечении двух основных улиц. Звонили по нему редко, потому что друг другу звонить было некуда — не было у петуховцев домашних телефонов. А в город звонили редко, потому что жизнь зациклилась сама на себе и редко изливалась вовне. Однако иногда телефон действительно спасал. И Наденькиному звонку мама действительно обрадовалась, сказала, что уже собиралась звонить в школу, потому что иначе с Наденькой не связаться. Как оказалось, сестренка посылку прислала из Венгрии специально для Наденьки, целую коробку кофточек, колготок и прочих приятных вещей.

56

И хорошо, если бы Наденька прямо сегодня за этой посылкой приехала, потому что она совсем забыла свою бедную маму, которая по ней безумно соскучилась… В общем, Наденька, недолго думая, дунула на автобус, может быть, подспудно надеясь заодно сбежать от пьянки во флигельке и потока странных мыслей, разбуженных Шкатулочкой. Она поспела на остановку как раз вовремя и всю дорогу, пока автобус, пыхтя, катил по вечернему городу, усеянному веселыми, как ей казалось, огнями, Наденьку не покидало чувство, что она не просто едет к маме, а возвращается в мир, в котором ее ждут. Пускай ненадолго, на один вечер, нырнуть в свою потерянную жизнь. Некогда в ней казалось не так уж уютно, зато там пили не водку, а чай с овсяным печеньем. И там была мама. Мама.

Она встретила Наденьку закутанная в серый шерстяной платок, хотя дома было тепло. И в этом платке она действительно выглядела старой — с волосами, собранными на затылке в тугой пучочек. Мама еще поворчала, что Наденьку в родной дом заманить можно только подарками, и, раскочегарив обожженный до черноты чайник, выставила на кухонный стол посылку из Венгрии, на которой красиво, учительским почерком было выведено кому: Надежде Балагуровой.

И опять была яркая и немного детская радость от предвкушения подарков. И Наденьку невольно кольнуло воспоминание, как в раннем детстве ей подарили на день рождения резиновую уточку. Уточка до сих пор стояла в ванной на полке, ничем не примечательная игрушка, но в первый момент она показалась Наденьке удивительно красивой, с синим хвостиком и зеленым хохолком на макушке. Потом Наденька уже никогда так ярко не радовалась подаркам, но вот опять нахлынуло что-то похожее на счастье, и Наденька помчалась к зеркалу, толком даже не рассмотрев, что там за кофточки. Они почти все оказались легкие, летние, кроме одной, в полосочку, которую Наденька решила непременно завтра же надеть в школу.

А потом они с мамой пили чай с овсяным печеньем, и Наденьку разморило, и она тихонько сидела в своем уголке, размышляя, что же заставило ее покинуть эту уютную жизнь, кроме сермяжной необходимости выйти замуж, потому что все ее подруги в этот замуж повыходили еще в университете. И когда она наконец засобиралась домой, то есть на Старую Петуховку, — с неохотой, потому что наверняка предстояло провести минут двадцать — сорок на остановке под мигающим фонарем, а потом еще втиснуться в автобус с этим ящиком… Когда она натягивала свои сапожки и влезала в пальто, потом медленно застегивала пуговицы перед зеркалом, все это время ее не оставляло ощущение, что вот ее выдернуло из маминых рук и затягивает в какую-то воронку, из которой уже не выскочить, сколько ни трепыхайся. И что все, что некогда не было дорого, уже не прихватить с собой — оторвало, унесло, отбросило. Поэтому Наденька вцепилась в эту посылку, как будто в ней были не обычные шмотки, а нечто большее, почти живое, и несла по улице, боясь расплескать, потом в автобусе какой-то дядька даже уступил ей место: «Садись, вы с ящиком…», и Наденька сочла это добрым знаком, как будто в ее жизни что-то решительным образом изменится, если она придет в школу в новой полосатой кофточке. Завтра. Уже завтра.

Вадим, конечно, разворчался, почему так долго, он вроде бы уже начал волноваться и хотел идти звонить к магазину, а там темно, цифр не видать на вертушке... Посидев немного у печки и согрев окоченевшие руки, — пальцы затекли, когда она несла посылку, перевязанную бечевкой, — Наденька решила рассмотреть поподробней свалившееся на нее богатство и раскинула на диване розовые, белые, синие чудеса, украшенные рюшами и кружевами. Вадим к нарядам бывал равнодушен, но тут, кажется, увлекся, может быть, из чистого интереса, что все это приехало из далекой Венгрии, но тут, разглядывая посылочный ящик, спросил с явным удивлением:

— Так у твоей сестры фамилия Эрлих?

— Да, Наталья Эрлих.

— Еврейка?

— Почему еврейка? Она по мужу Эрлих. А так была Балагурова...

— Евреи на русских не женятся, — в голосе Вадима сквозанул холодок подозрения.

— Да какая разница? Звучная фамилия Эрлих. Сопун, что ли, лучше? — Наденька, прикинув полосатую кофточку, вертелась у зеркала огромного платяного шкафа. — Я завтра в ней в школу пойду. Красивая, правда?

— Кофточка красивая, — безразлично кивнул Вадим. — Так ты тоже еврейка?

— Да почему же еврейка? — Наденька хохотнула.

— Говорю, евреи на русских не женятся. Я вообще-то подозревал. Кудряшки черные, картавишь...

— Кудряшки — это же химия, — Наденька все никак не могла взять в толк, к чему этот разговор. — А что картавлю, так я всю жизнь картавлю, и никто пока особых претензий не предъявлял... Что вообще случилось?

— Ничего, перекурить надо.

Вадим вышел перекурить во двор, что было тем более удивительно. Обычно он курил на кухне, пуская дым прямо в черный зев печи, а когда и беззастенчиво за столом, совмещая, как он объяснял, удовольствия от трапезы и курения. Наденька так и не поняла толком, какое преступление совершила ее сестра, взяв фамилию Эрлих. Наденька бы тоже, наверное, такую фамилию с удовольствием взяла, в ней было что-то романтическое, так могли звать героя Гофмана, например. Однако радость обновок была испорчена окончательно. Наденька уложила кофточки назад в посылочный ящик и вместе с ящиком задвинула поглубже в платяной шкаф, не опасаясь, что они пропитаются затхлостью, подобно прочей одежке. Вряд ли она сможет надеть эти кофточки раньше лета, даже ту, полосатую, все-таки она недостаточно теплая для зимы. А до лета надо еще дожить... И тут впервые Наденька вздрогнула от такой простой мысли, что надо еще дожить. Дожить! Ну а что с ней может случиться?

Закрыв шкаф, она внимательно посмотрела на себя в зеркало. Похудела. Юбочка болтается, даже схваченная пояском. Черные кудряшки только оттеняют бледность лица. Да ну ее вообще, эту химию, не стоит больше так мучить волосы, тем более что, если им скоро дадут квартиру, проблем с горячей водой не будет... А им дадут квартиру? — тут же кольнул нутро следующий вопросик. А почему не дадут-то? Что вообще такое случилось? Дверца шкафа вдруг покачнулась и с легким скрипом поехала на

Наденьку, будто изнутри кто-то намеревался выйти. Наденька отпрянула в ужасе, но это был только сквозняк. Это Вадим вернулся из коридора и принес за собой дыхание холода, близкой зимы, слившееся с крепким запахом табака.

— О таких вещах надо предупреждать, — процедил Вадим. — Мамаша тебя, видать, покрывает. Хотя сама на еврейку не похожа, не заподозришь.

Наденька ощутила себя абсолютно беспомощной. Оправдываться было тем более глупо, потому что не было повода оправдываться, и она просто заплакала, почти по-детски, навзрыд. Оттого в основном, что ее нечаянная радость явила такую страшную изнанку.

— Евреи в России революцию устроили, они и теперь пытаются пролезть наверх, — произнес Вадим. — А так особых претензий у меня к ним нет, — и тут неожиданно расхохотался: — Да ну брось ты, Наденька. Я же тебя разыграл. Какая ты еврейка? Да и вообще. У меня однажды подруга была еврейка, в издательстве работала. Я на ней жениться хотел, только она разбилась на машине лет пять назад…

— И она… она тоже погибла? — сквозь слезы спросила Наденька.

— Ну-у… да. А кофточки ты зачем убрала? Обиделась, Наденька, да? Ну дурак я, дурак. Я же предупреждал, что меры не знаю. Зато какой сюжет мы с Сашкой вчера придумали на первое апреля. Слушай. Будто бы у нас на Старой Петуховке построят завод по переработке дерьма. Потому что в фекалиях содержится порядком золота и других драгоценных металлов, и если их каким-то образом выделить, можно сотни миллионов заработать. Долларов!

Он явно пытался Наденьку развеселить, но более веселился сам. И Наденька подумала, что ее слезы тоже развлекают Вадима, потому что, если она плачет, значит, цель достигнута. Розыгрыш удался. А из дверного проема меж тем пялилась паскудная рожа жизни. Может быть, в ее дерьме когда и попадались золотые крупицы, но в основном это была огромная куча дерьма, которая откровенно смердела.

* * *

К весне с фантастикой Вадим на время решил завязать, хотя его последний рассказ «Лента Мебиуса» Наденьке понравился безотносительно того, что его написал Вадим. Петли времени, внутри которых блуждал герой в невозможности выскочить наружу, хотя и были известным художественным приемом, однако захватывали читателя, не позволяя и ему выскочить из рассказа. К тому же Вадим писал с юмором, поэтому читать его было интересно, и этим он в основном и отличался от большинства местных писателей, на чтение которых еще приходилось себя уговаривать. Об этом Наденька, конечно, своим ученикам не рассказывала, однако ее саму с недавних пор раздражали повествовательная манера и гипернаивность некоторых рассказов, рекомендованных программой внеклассного чтения.

«Ленту Мебиуса» Вадим отправил в какой-то новый московский журнал, то ли «Полдень», то ли «Зенит» — точное название Наденька пропустила мимо ушей, потому что давно привыкла к тому, что Вадим рассылает свои рукописи по редакциям и они регулярно возвращаются назад, обернутые желтой посылочной бумагой, или вообще не возвращаются, сгинув в длинных коридорах столичных редакций, обжитых толстыми редакторами толстых журналов. Наденьке почему-то представлялось, что литературные начальники непременно должны быть толстыми. Толстый человек и выглядит основательней, и слова его звучат убедительней, что ли. А в столице почему бы не быть толстым? Там в магазинах всего полно, колбаса нескольких видов, и апельсины не переводятся даже летом, а еще существует такое чудо, как глазированные сырки. Наденька пробовала их всего несколько раз в жизни, когда ездила с мамой на каникулах в Ленинград. Там жили мамины хорошие знакомые, и у них к чаю всегда были эти глазированные сырки.

Так вот, Наденька только потом поняла, что, однажды попав в столичные коридоры, «Лента Мебиуса» и не могла вернуться, обернутая желтой бумагой или какой иной дрянью. Как назовешь рассказ, так он и поплывет, это точно. Потом, когда снег пожелтел и некрасиво набряк в преддверии глобального весеннего наступления, из почтового ящика выпало письмо с редакционным штемпелем на месте обратного адреса, и Вадим, устроив конверт по центру стола, некоторое время не решался его вскрыть, расхаживая вокруг с папиросой в зубах. «Отлуп, неужели опять отлуп?» — повторял он как заклинание, потом решительно ткнул бычок мордой в блюдце с остатками варенья и по привычке грубо надорвал конверт, даже повредив краешек письма.

— «Уважаемый Вадим Петрович», — торжественно прочел он вслух. — «По поводу вашего рассказа мнения сотрудников нашей редакции разошлись», — голос его чуть дрогнул, однако он продолжил: — «И все-таки мы склонились к тому, чтобы принять "Ленту Мебиуса" к публикации в 7—8 номерах журнала».

— Так и написано? — не выдержала Наденька.

— А как еще может быть написано?

— Ну… не знаю. У них в редакции, может, форма ответа какая-то особенная.

— Это когда отлуп, форма особенная, — хохотнул Вадим. — «Ваш рассказ не по профилю нашего журнала». Я так сам не однажды отвечал. А если рассказ берут, то его берут, и какая там еще форма ответа!

Наденька прикинула, что 7—8 номер — это же конец лета, которого ой как долго еще ждать. По правде, зачем ждать конца лета? Его никто никогда не ждет особенно, напротив, так жалко, когда кончается лето. Но, может, на этот раз что-то все-таки переменится с этим концом далекого еще лета? То есть не с концом лета, а с публикацией рассказа в журнале «Полдень» или «Зенит», как он там вообще называется?..

— «Зенит», как футбольная команда. Хотя к футболу никакого отношения. А ты когда вообще собираешься рожать? — неожиданно спросил Вадим.

— Не знаю, — Наденька растерялась. — Нам ведь квартиру так до сих пор и не дали…

И она сама понимала прекрасно, что это пустая отговорка и что она до сих пор не допускала мысли о ребенке именно потому, что сама продолжала оставаться маминой дочкой, редким цветком, любовно выращенным в родительской оранжерее. И не хотела расставаться с этим статусом, потому что иначе — ну разве могло быть как-то иначе?

— Родишь — вот и квартиру дадут, — ответил Вадим. — А нет, так я сам-то здесь вырос. Ведь вырос же!

Он подошел к Наденьке и внезапно погладил ее по щеке, провел ладонью по волосам, по лбу, как будто желая получше запомнить. Она растерялась еще больше от этой неожиданной ласки и приникла, притекла к нему, впервые, может быть, за все время ощутив в нем настоящего друга. Они оба хотели многого, слишком много от скудной, в общем-то, жизни. И оба совершенно не знали, что их ждет впереди — в конце этого лета, через год. Поэтому цеплялись друг за дружку.

Качели повесил Вадим во дворе между двух берез. Новые качели с легким ходом, которые даже не скрипели, порхали неслышно, раскачивая землю и небо вверх-вниз, вверх-вниз. Трубы и крыши, крытые шифером, мелькали перед глазами, окошки, усаженные геранью, серые заборы, не знавшие краски, кривые яблоневые деревья в палисадниках за заборами, полосатые коты, цепные собаки, бабки с полными ведрами, идущие с колонки, телеграфные провода, легкие комочки воробушков, перистые облака, следы самолетов в небе…

И всякий раз, когда Наденька качалась, запрокинув голову и взлетая в самые небеса, в голове нараспев звучало: «Все пройде-ет, вот увидишь, Наденька, все пройде-ет», и вроде бы это был голос мамы, хотя ее никогда не бывало рядом. И когда качели взлетали слишком высоко, послушные рукам Вадима, Наденьке становилось по-настоящему страшно, но она не роптала, а только крепче зажмуривалась, потому что знала, что не может же Вадим допустить, чтобы она вылетела с качелей и разбилась вдребезги, как фарфоровая чашка. И еще в такие мгновения Наденька думала, что случаются люди, похожие на качели, с большой амплитудой характера. Они настолько плохие, насколько и хорошие, то есть чем гаже порой поступают, тем щедрее впоследствии. С ними бывает иногда столь же страшно, как и взлетать на этих качелях в самые небеса, но и столь же здорово. И бывают еще другие люди — ровные, спокойные, без малейших всплесков. С ними рядом, может быть, спокойно существовать, но до чего же скучно!

Наденька больше не обманывалась внешними приличиями, не судила человека по чисто надраенным блестящим ботинкам — на Старой Петуховке это было тем более невозможно. Не обращала внимания на ветхую одежду людей из местной богемы, смирилась с Вадимовыми друзьями, которые нередко приходили с бутылочкой и за этой бутылочкой обсуждали сокрушительные теории мироустройства, ограниченные, впрочем, провинциальным бытопорядком. Наденька вроде бы даже подружилась с рыжим Михаилом, который работал на радио. Произошло это почти случайно, когда однажды он зашел невовремя — Вадима не было дома, и им пришлось часа полтора провести на кухне в ожидании Вадима. Пили чай с сушками и клубничным вареньем, которого щедро наварил Петр Николаевич еще прошлым летом. Только что вернувшийся из Москвы Михаил рассказал последние новости — о том, что в столице бурлит настоящая жизнь, не то что здесь, и Наденька, поглядев в окошко, с ним согласилась. Потому что за окном ворона злонамеренно выклевывала мочало с башки огородного пугала, вероятно для обустройства собственного гнезда, и других значительных событий не ожидалось. Когда вернулся Вадим, Михаил заметил полушутя, что жена у него вовсе не такая и глупая, как можно полагать по внешности и профессии. Школьные училки обычно все глупые.

Наденька оставила их на кухне, чтобы лишний раз не дышать папиросным дымом — оба курили «Беломор», отчасти в память о политических репрессиях, но скорее все же потому, что стоил «Беломор» дешево, а вставлял крепко, как говорил Вадим.

Огромный, до потолка, двустворчатый шкаф с зеркальными дверцами встретил ее собственным отражением, и Наденька неожиданно обнаружила, что вот ведь как странно — входишь в комнату и сразу же видишь себя. Хозяйку в зеленом халате. И можешь оценить сперва себя, а потом уже обстановку. Зеленый халат, купленный с первого гонорара в качестве символа домашнего тепла и уюта, теперь слегка раздражал. Прожженный на рукаве в результате упражнений в кулинарии, крепко пропахший кухней и табаком, он действительно казался лягушачьей шкурой, и ее захотелось поскорее сменить, тем более что за окном брызнул теплый, почти летний день.

Наденька, окунувшись с головой в темное пространство шкафа, вытащила посылочный ящик, в котором лежали легкие кофточки и прочая дребедень в ожидании лета или просто лучшего дня. Может быть, настроение у нее случилось такое, что просто захотелось принарядиться, тем более было во что. Наденька выбрала шифоновую кофточку с вишнями, присборенную на поясе, а еще достала из заветного ящика лифчик мягкого шоколадного цвета, который сперва показался ей до ужаса странным. В магазине висели только белые или бежевые лифчики. Ну изредка — черные. Зачем вообще нужны цветные лифчики? Их же все равно никто не видит под платьем…

Сестра угадала с размером. Впрочем, это было несложно. Наденька всю жизнь донашивала ее лифчики, хотя Наденьке они были практически не нужны. Но в этом шоколадном лифчике на поролоновой прокладке груди ее выглядели как два шарика шоколадного мороженого. В детстве их с Наташкой каждое воскресенье водили в кафе-мороженое, и там подавали такие шоколадные шарики в металлической вазочке. Потом Наташка чуть подросла, начала носить лифчики и стала стесняться ходить в кафе-мороженое. Нет, в шоколадном лифчике что-то такое определенно было. В самом сознании того, что на тебе под кофточкой такое неожиданное белье. На мгновение Наденьку охватило упоительное ощущение того, что она хозяйка жизни. По крайней мере своей. Накинув еще легкий пиджачок, Наденька решила прогуляться до магазина — потому что больше прогуляться было некуда. Но не сидеть же в такой день с мужиками на кухне! Пусть даже сидеть с ними иногда бывает занятно.

Теплое марево висело над дорогой, домами и огородами. Сухой воздух дышал умиротворением и тихой сельской идиллией, которой можно восхищаться, наверное, если не знать изнанки. Однако сейчас Наденьке не хотелось вспоминать плохое. В конце концов, и этот вечер больше никогда не повторится, не будут цвести нарциссы на грядках Петра Николаевича, рыжий кот, потерявший где-то полхвоста, не будет нежиться на соседнем крыльце, подставив солнцу полосатое брюхо, ласточки не будут щебетать беззаботно под самой крышей... На днях Вадим в каком-то журнале нашел изображение чернофигурной греческой вазы, на которой был еще написан разговор старика и юноши: «Смотри: прилетели ласточки». — «Иди ты, действительно ласточки!» — «Значит, скоро опять весна!» Наверное, в оригинале герои говорили несколько иначе, не могли же греки на вазе написать: «Иди ты, действительно ласточки», однако Вадим пересказал именно такими словами, и этот простой диалог почему-то потряс его настолько, что он тихонько смахнул слезу, растрогавшись вечной повторяемостью событий, эмоций и потерь.

На скамейке возле магазина, где обычно смиренно сидели пьяницы в ожидании везения, ласточек или вообще неизвестно чего, теперь сидел тот странный парень, которого Наденька однажды видела на выставке. Вернее, она сперва подумала: «Какой странный» — и только потом сопоставила его с тем парнем с хвостиком и в кожаной куртке. Парень по-прежнему был в кожаной куртке и по-прежнему с хвостиком. Заметив Наденьку, он кивнул ей, как старой знакомой, и, дождавшись, пока она выйдет из магазина с авоськой, набитой хлебом и булками, которые только и были в свободной продаже, окликнул:

— Надя! Хозяин дома?

— Дома, — она ответила односложно, не желая заводить разговор с кем попало, однако парень задержал ее какими-то мелкими вопросами, потом жестом пригласил присесть рядом.

— Меня дома ждут, — Наденька отнекивалась, однако парень просек, что это пустая отговорка.

— Кто там тебя ждет? Сопун? Чтобы ты ему яичницу поджарила? Или носки постирала?

— Тебе-то какое дело?

Наденька направилась в сторону дома, и парень назойливо последовал за ней.

— Можно еще один вопрос? Как ты с ним спишь? Вернее, как он может ложиться с тобой в одну постель?

Наденька хмыкнула, но парень, похоже, и не ожидал от нее никакого ответа.

— Знаешь, — он рассуждал на ходу, — есть вещи, которые однажды надо произнести вслух, потому что так просто честнее.

— Это что же честнее? — наконец спросила Наденька.

— А то, что Сопун повсюду находит зло. Пошлость, мелочность, карьеризм. Даже там, где это в зачатке…

— Ты только это хотел сказать? — Наденька остановилась и внимательно, по-новому взглянула на этого парня, отметив мимоходом, что джинсы сидят у него на бедрах так низко, что видны трусы. Обычные трикотажные трусы. Плавки, не семейные.

— У меня к тебе вообще накопилось много вопросов.

— Что еще?

— Например, ты красишь ногти на ногах?

Наденька невольно вздрогнула. На ногах у нее были дырявые носочки. В магазин не было смысла надевать целые — в туфлях под брюками все равно не видно. Хотя, конечно, дырки плохо сочетались с шоколадным лифчиком.

— Ты не обижайся, я так просто подумал, что у тебя наверняка накрашены ногти…

— Да отстань ты!

— Ладно, я не хотел обидеть, — пожав плечами, парень поплелся прочь, подметая штанинами серую пыль. И стало понятно, что джинсы его сидят так низко не по прихоти моды, а просто великоваты в поясе, поэтому при ходьбе сползают.

Когда она пыталась расспросить Вадима про этого парня, — вот, мол, он спрашивал, дома ли ты, — Вадим только отмахнулся:

— Кирюха Подойников. В газете работать пытался, да выгнали за пьянку. Теперь шоферит.

Вадим собрался съездить в Москву. Пройтись по редакциям, просто примелькаться, чтобы знали в лицо, ну и разведать про какие-то сценарные курсы, на которые брали более-менее состоявшихся писателей. Про эти курсы Вадим поговаривал уже давненько, но Наденька как-то не обращала на это серьезного внимания. А тут вдруг он загорелся — в Москву да в Москву, на курсы да на курсы. Она пока не представляла себе, как можно учиться на курсах в Москве и при этом жить на Старой Петуховке. Или тогда не жить на Старой Петуховке, но как же это может статься? И что же, тогда ей тоже придется переехать в Москву?

Однако перспектива казалась столь нереальной, что На-денька предпочитала вовсе ничего не спрашивать.

Еще однажды, перед самым отъездом, к Вадиму захо-дил Кирюха Подойников. Вадим о чем-то недолго перего-ворил с ним во дворе, но в дом не пустил. Наденька смот-рела на них из окна и думала, какое же дело может быть к Вадиму у этого Подойникова. На нем был какой-то улич-ный налет с оттенком крайней бедности, как будто Кирю-ха обитал на скамейке в городском парке и подъедал за посетителями кафе на набережной. Его хотелось усадить в корыто и хорошенько отмыть для начала. Наденька за-метила, что Кирюха что-то сунул в карман и поплелся во-свояси, подметая штанинами пыль. Она только пожала плечами, не желая выведывать подробности, да и какое ей, собственно, было дело до этого шоферюги?

Через день Вадим уехал, обещая вернуться к субботе, и после его отъезда Наденька внезапно обнаружила, что на нее нахлынула огромная пустота. Не только потому, что образовалась масса свободного времени, которое она не умела ничем занять. Копаться в огороде ей откровенно не хотелось, в кино не пойдешь в одиночку. Уборку сде-лать? Так и убирать почти что нечего. А чем еще заняться? Вышивкой? Но как-то это совсем смешно. Вдобавок в ее пятом классе отменили два последних урока из-за подго-товки к торжественной линейке, да и чему еще научишь детей в самом конце мая? К полудню ее рабочий день кон-чился, и Наденька отправилась домой через магазин, что-бы наскоро что-нибудь приготовить, а потом еще съездить к маме, выгулять очередную кофточку из Венгрии. В шко-ле этим ее кофточкам все откровенно завидовали и просили продать при случае, если однажды Наденьке они разонравятся. А ведь никто так и не видел ее нижнее белье! Шоколадный лифчик и другой, цвета изумрудной зелени, который, очевидно, полагалось носить с зеленой кофточкой в черный горошек…

И вот Наденька, утолив легкий полуденный голодок чаем с пирожками — не стоило же щи варить для себя самой, — вертелась перед зеркалом огромного старинного шкафа в зеленом лифчике и черных трусиках, которые единственно к этому лифчику более-менее подходили, и думала, как жаль, что этот лифчик нельзя продемонстрировать в школе. То есть категорически нельзя даже никому открыться, что вот какой мне прислали лифчик. Еще из зависти обвинят в разврате, будут разбирать на собрании… А как интересно носить цветные лифчики! Наденька решила, что когда она окончательно вырастет, ну то есть когда окончательно встанет на ноги, будет работать в редакции, например, или хотя бы писать для журнала «Северные зори» и получать за это приличные гонорары, у нее будет целых семь разноцветных лифчиков — по одному на каждый день недели. И жить от этого станет гораздо радостней…

И в этот самый момент в дверях звучно кляцнул ключ.

О боже! Наденьку буквально пригвоздило к месту. Наверняка это Петр Николаевич, который мог беспардонно вломиться к ним в любой, даже самый неподходящий момент. Наденька заметалась в поисках своего халата. Однако халатик остался на кухне возле самого входа, а дверь меж тем уже толкали с веранды. И Наденька не нашла ничего лучшего, как юркнуть в шкаф. Ничего страшного. Петр Николаевич возьмет, что ему там понадобилось, и уйдет в свой флигелек. Он, наверное, просто не заметил, как Наденька вернулась. Вышел за водой или возился в огороде на заднем дворе со своей клубникой.

В прихожей кто-то явно возился, потом оттуда послышались голоса. «Не бойся, — произнес мужчина. — До трех часов никто не вернется точно». Воры? Наденька сжалась в комочек в глубине шкафа, превратилась сама в кучку тряпья. В зазор между зеркальным полотном и рамой проникал свет, и Наденька видела, как темный силуэт замаячил в коридоре, потом раздались мягкие, осторожные шаги, и она поспешила прикрыться какой-то шторой или скатертью ни жива ни мертва. «Да не стесняйся ты, Сопун не в претензии, — опять произнес этот голос. — В конце концов, он сам мне ключ передал, никто не вынуждал под пистолетом…» — «Он что, один живет?» — спросила женщина. «Нет, жена у него училка, поэтому я и говорю, что до трех… Пока еще в магазин завернет».

Тут только Наденька вспомнила, как Вадим перед отъездом что-то передал Кирюхе Подойникову, а тот сунул себе в карман. Так вот какие у них дела! Кирюхе просто некуда было привести девицу, и Вадим предоставил ему собственную постель. Наденька было задохнулась от возмущения: «Да как он мог», однако опомнилась, какая же вышла нелепая ситуация, как будто из анекдота. И главное, ей же теперь не выйти из шкафа в одном-то белье! Как она теперь объяснит, почему оказалась в шкафу? В лифчике изумрудной зелени. Как будто это она — любовница, а не хозяйка положения, шкафа и собственной постели.

Те двое в комнате, кажется, раздевались, Кирюха при этом пару раз чертыхнулся и отметил, что у девицы клевое белье. «Эстет хренов, — хмыкнула про себя Наденька. — То ему ногти нужны накрашенные, то клевое белье». В следующий момент ей стало интересно, какое же это у девицы белье, и она приникла к щели между зеркалом и рамой, в которую была видна ровно половина комнаты и изголовье кровати. Кирюха уже лежал в постели. В ее постели, на белье в розовый цветочек, которое она так любовно выбирала перед самой свадьбой. Пройдя через прачечную, белье, конечно, вылиняло и выглядело уже не столь пасторально, как поначалу, и все-таки это было ее белье, на котором теперь валялся этот грязный Подойников. Шоферюга! А девица его — дебелая, коротконогая — щеголяла в черных кружевных трусиках, сбежавшихся ниточкой между двух ослепительных полушарий. Наденьке следовало, конечно, вернуться в свой уголок, затаиться и смиренно ждать трех часов пополудни, времени окончания любовных утех, объявленного Подойниковым. Но вдруг они увлекутся? И тогда ей придется просидеть в шкафу до самого вечера. Однако у Наденьки заныли коленки, и она попробовала осторожно сменить положение, перетекла на бок и устроилась поудобнее возле этой щели.

Они сбросили одеяло, и Подойников с азартом теребил светлые пряди девичьих волос. Девушка лежала, повернувшись к шкафу спиной и ослепительно-белой задницей, которую нельзя было созерцать без волнения. Они лежали абсолютно голые, произносили какие-то полунежные слова вперемешку с матерком, целовались, мяли и царапали друг друга, одержимые желанием. Наконец, когда

Подойников подмял девушку под себя и ее округлые колени рычагами поднялись вверх, Наденька зажмурилась и почти упала в самую глубь шкафа. Глубже было просто некуда, а хотелось. Потому что она была чужой в этой комнате. Она им мешала. Они произносили слова, которые касались только их двоих, которые что-то значили только в зоне, созданной их страстью на ее постели. А ей самой никто даже ничего не сказал, она не должна была знать, но это же настоящее предательство!

И что общего у нее с этими двумя? Почему между ними происходит какая-то любовь, если в центре любви всегда была она? Или это не та любовь? Любовь вообще — территория взрослых, а она так и осталась маминой девочкой. Навсегда. У нее не получилось вырасти, превратиться в самку и в порыве животной страсти царапать спину партнера.

Девушка в ее постели взвыла. Подойников испустил короткий стон и обмяк. Невообразимо. Наденьке как-то само собой пришло в голову, что Вадим бесполый. Он друг. С ним можно говорить о всяком и смеяться, но просто так, не всерьез. Перед ним даже нельзя щеголять полуодетой, в зеленом лифчике и черных трусиках. Потому что он в лучшем случае скажет, что ей не вредно получше питаться и что задница у нее в два кулачка…

— От Сопуна и ждать ничего нельзя, — донеслось до нее, — кроме скотства.

Потом что-то упало. Еще некоторое время они возились в комнате, спешно одеваясь. Потом раздались удаляющиеся шаги и лязгнул замок. Они ушли, точно как воры. Хотя, по сути, никто же ничего не украл.

Наденька вылезла из шкафа. Оказывается, она озябла там, за зеркальными дверцами, и теперь ей сделалось резко холодно. Она спешно влезла в халат и только теперь наконец перевела дух. В комнате стоял незнакомый запах, не похожий на запах Вадима. Все вещи Вадима, рукописи в том числе, пахли смесью крепкого табак и старого шкафа. Она могла бы обнаружить их по запаху с закрытыми глазами в куче других вещей. От нее самой, наверное, пахло точно так же, несмотря на все попытки перебить дух старого дома польскими духами «Может быть». Теперь в комнате пахло как будто бы псиной. Или просто зверством, иного определения Наденька подобрать не могла. Она сдернула с постели белье в розовый цветочек, решив больше никогда его не стелить. Оставить для гостей или отдать Петру Николаевичу, в конце концов.

Поправляя сбитый прикроватный коврик, Наденька поняла, к чему относилось «скотство», которое только и можно ждать от Вадима. Перед отъездом он надел чистые майку и трусы, а грязные трусы затолкал в спешке под диван. Там они и валялись, вывернутые пятнами наружу, будто бы намеренно напоказ.

* * *

Вопрос о сценарных курсах подвис. Вадим вернулся из Москвы слегка разочарованный, хотя и пытался не подавать виду, однако это было сильно заметно. Оказалось, что сперва нужно было написать какой-то пробный сценарный текст, на основе прозаических публикаций в сценаристы не брали. Однако нужно было просто написать этот текст — только и всего. Вадим требовал для себя много кофе и одиночества. Он запирался в комнате, курил как проклятый, и по отрывистому стуку его печатной машинки Наденька понимала, что сценарий идет туго. К тому же она понятия не имела, о чем этот сценарий вообще и почему Вадим поглядывает на нее не то чтобы зло, но явно недобро, с неким подозрением. Одиночество — ладно, пускай себе сидит взаперти, раз уж так надо. Но кофе Наденьке приходилось доставать через подругу-товароведа, и раз от разу это становилось сложнее, потому что дефицитный кофе предназначался для особо нужных людей, а не каких-либо там приятельниц, однако этот момент Вадим тоже не хотел понимать. Как это — не достать кофе через знакомого товароведа?! Наконец подруга надоумила Наденьку покупать зеленый кофе, который свободно продавался повсюду, жарить его на противне и молоть вручную на мельнице-кофемолке, благо такая в хозяйстве Сопуна имелась. Получалось в четыре раза дешевле и гораздо вкуснее. Вдобавок жареный кофе испускал аромат, который напрочь перебивал все прочие запахи, и это было просто здорово. Теперь в доме стоял крепкий запах кофе, который цеплялся к волосам и одежде. На его фоне наконец зазвучали духи «Может быть», которые Наденьке подходили чрезвычайно, как отмечали коллеги и даже сам Вадим, хотя он и полагал, что покупать духи — это буквально пускать деньги на ветер…

Однажды он где-то завис с приятелями и явился домой уже ближе к ночи крепко навеселе, тут же потребовал сварить ему кофе, хотя Наденька уже лежала с книжкой в постели. Благо у нее начался отпуск, и с утра можно было поспать подольше, то есть можно было колобродить до поздней ночи, поэтому она отложила книжку и взялась за ручную мельницу. Вадим был явно не в духе, поэтому в любом случае ничего иного ей и не оставалось, однако в этот момент, когда она в ночной сорочке молола кофе возле самого окошка, ей вдруг открылось, что в этом есть еще и второй, глубокий смысл. Что она перемалывает не только кофейные зерна, но и собственные застаревшие, окаменевшие обиды, зерна гнева, семена унижения, несбывшиеся надежды и пустые амбиции, и тогда она закрутила рукоятку мельницы еще яростней, еще быстрей.

— Я хотела спросить про эти сценарные курсы... — она наконец решилась спросить Вадима напрямик. — Ты уедешь в Москву, а я? Что будет со мной?

— А ты будешь с маленьким ребенком сидеть, — отрезал Вадим. — Как раз три года пройдет.

— Ты хочешь нас бросить? — Наденька сказала «нас», хотя ребенка не было и в помине.

— Почему бросить? Я своих детей не бросаю, я с каждого гонорара деньги в деревню всегда отправлял сынку. И вам буду. За сценарии хорошо платят.

— Давно ты этого своего сынка видел? — Наденька спросила жестко, продолжая механически крутить рукоятку мельницы.

— Когда сынка видел? А прошлым летом, его сюда на каникулы привозили. А чего ты вдруг забеспокоилась? Его в деревне родной дядька воспитывает по решению суда, между прочим.

— Ты про суд никогда не рассказывал, — Наденька удивилась.

— Я тебе много чего не рассказывал. А сыночка у меня Танькины родственники забрали. Мол, нет никакого резона папаше его отдавать, потому что бабка с дедом в силе еще и дядька родной есть, плотник. Рукастый вообще мужик, не то что я…

— Ладно, — Наденька наконец оставила кофемолку и, насыпав кофе в алюминиевый ковшик, поставила его на электроплитку, купленную совсем недавно, с отпускных, чтобы лишний раз не топить печку.

— Я вообще сценарий пишу о том, как однажды в Ленинграде в доме малютки работал. Дворником, — помолчав, произнес Вадим. — Я тебе не рассказывал?

— Нет, этого ты мне тоже не рассказывал.

— Я тебе много чего не рассказывал. Может быть, не доверял до конца.

— Не доверял? Почему? — Наденьку это немного задело.

— Еще спроси, как это можно было ей не доверять — такой безупречной, такой хорошей и честной? — завелся Вадим. — Да потому, что тебя учили врать с самого детства. И ты сама себе врала, даже не замечая.

— Кто это меня врать учил? — Наденька все еще занималась кофе.

— Да все. Школа, комсомольская организация, мамаша твоя. Тебя учили двуличию. Надо было просто быть хорошей девочкой, а значит, держать в узде слезы и сопли. Приличная гримаска, милое личико, улыбочка — все, чтобы ввести окружающих в заблуждение. А ты думала, что твоя жизнь чище и правильней, чем моя? Что ты живешь осмысленней, тогда как ты…

— Что?

— Ты меня не так любишь, как надо. Ты маму вспоминаешь и думаешь, что жизнь к тебе несправедлива. Ты меня используешь просто, поэтому я не хотел рассказывать тебе о подкидышах.

— Да при чем тут подкидыши! — Наденька взорвалась. — Какая связь: комсомол и подкидыши?

— Самая прямая. Ребенок не вписывается в программу духовно-нравственного воспитания! Как это, комсомолочка — и вдруг дитя нагуляла от идеологически нестойкого мужчины! Тут же разбор полетов на собрании устроят, из комсомола за аморалку исключат, университет не дадут закончить.

Наденька слушала, откровенно не понимая, что он вообще такое говорит, с какого перепугу поминает духовно-нравственное воспитание и кто такой этот идеологически нестойкий мужчина, который помог комсомолочке нагулять ребенка. Совершенно механически, а может, даже с легким испугом Наденька сняла с плиты ковшик и налила кофе в чашку. И тут, оторвав от кофе глаза, Наденька вдруг увидела абсолютно черный, пронзительный взгляд Вадима. Она и сама не могла бы объяснить, как это взгляд может быть черным, но именно так и было. Вадим не мигая смотрел на Наденьку, и из его глазниц выплескивалась чернота.

— У тебя собственный материнский инстинкт не развился, — прошипел он, — потому что мамаша всю жизнь над тобой тряслась, как гусыня.

Звучно отхлебнув из чашки, он ехидно прищурился и произнес странно изменившимся голосом:

— Думаешь, я ничего не замечал до сих пор? Да у тебя полосы на животе!

— Полосы на жи-во-те? — Наденька до сих пор ничего не понимала.

— Растяжки. Такие у Таньки еще после родов остались. Значит, ты ребеночка скинула — и дальше пошла гулять налегке. А мамаша твоя тебя, как всегда, прикрыла!

Наденька смотрела на Вадима и никак не могла унять дрожь. Еще немного, и он кинется на нее. Схватит за шею, примется душить, приложит лицом к раскаленной электроплитке…

— Как тебе такое пришло в голову? — прошептала Наденька, думая о том, что если все вот так кончено, то все кончено. Она застыла, стала как ледышка, понимая остатками второго, трезвого ума, что у Вадима просто не получается сценарий и он пытается найти виноватых. В его неудачах всегда виноваты другие. Конкретно она, Наденька, как человек, к нему самый близкий.

Одновременно ей хотелось поговорить с другим, добрым Вадимом, которого целиком поглотил этот монстр с черным взглядом. Положить голову ему на плечо, обнять и найти слова утешения.

— Завтра справку мне принесешь, — сказал Вадим.

— К-какую справку?

— Из роддома. О том, что ты у них не рожала.

— Разве роддом дает такие справки?

— Захочешь — возьмешь. А не захочешь — мотай тогда к своей мамочке. Замужем побывала, теперь все шито-крыто. Ты ведь для этого за меня замуж вышла?

Не зная, что ответить, потому что отвечать действительно было нечего, Наденька тихонько отправилась в комнату и, каждую минуту ожидая грозного окрика, залезла под одеяло с головой. Если б можно было вот так просто укрыться, спрятаться от самой жизни, если это и есть настоящая жизнь. Она подумала об улитках, которые повсюду таскают за собой свою раковину, укрытие весьма эфемерное, иллюзорное, но все же укрытие. Наденька всегда жалела улиток, которые во множестве выползали после дождя из травы и целеустремленно пытались пересечь дорожку в саду, а Вадим равнодушно давил их подошвами грубых ботинок, не слыша хруста их панцирей. Наденька чувствовала себя сейчас именно как улитка, причем без панциря. Слизняк, которому надеяться абсолютно не на что.

Вадим еще долго сидел на кухне, потом Наденька услышала, как хлопнула дверь, и еще полагала, что он просто вышел покурить на крыльцо, ночи-то светлые, слышен каждый вздох, тишина умиротворяет, успокаивает, глядишь, к утру и отпустит. Однако не отпустило. Наденька провела ночь как на иголках в бесконечном ожидании, что вот-вот послышатся шаги. Ей вроде удавалось провалиться ненадолго в сон, но тут же она вздрагивала и продолжала вертеться в неведении, как жить дальше и стоит ли наутро стучаться в роддом с очень странной просьбой. Нет, конечно, ее же примут за дурочку, наверняка именно так и скажут уже в приемном покое…

Рано утром, не было еще семи, Наденька умылась, допила вчерашний кофе и, наскоро собрав сумку, решила наведаться к маме. То есть мама как раз уехала в санаторий в Минск и просила, чтобы Наденька поливала ее цветы хотя бы раз в неделю. Понятно, что цветы были только поводом, однако Наденька еще так уговаривала себя, что едет поливать цветы, потому что обещала маме. Однако стоило ей повернуть в замке ключ и нырнуть в родную квартиру, как мгновенно нахлынуло такое чувство, что вот наконец она вернулась домой после долгой и странной отлучки, что она сбилась с курса, мотаясь по житейским волнам, и вот только сейчас на горизонте показался материк. Земля, земля!

Она первым делом залезла в ванну и пустила горяченную воду, пытаясь одновременно согреться и отмыться. От чего? От жизни с запахом крепкого табака и старого шкафа, с бытовым матерком для связки слов в предложении и пьяными песнями Петра Николаевича, с грязными трусами под кроватью и пошлой геранью на окне, символом мещанского уюта вкупе с зеленым халатом. Халат, кстати, она оставила на стуле, не намереваясь больше тащить его за собой. Жалко было только посылочный ящик с кофточками. Может быть, не поздно будет еще забрать его при случае, как и сапожки, которым удалось пережить зиму в приличном еще состоянии, в отличие от нее.

Телефон она выдернула из розетки. Кофе у мамы не обнаружился, зато нашлась початая бутылка водки. Наденька опрокинула стопку, закусив соленым огурцом, и, как была, в банном халате, запахнув поплотней темные шторы, завалилась спать. Ей снилась мама. Как будто бы она привезла Наденьке из Минска целую кучу обуви —

туфель, полусапожек. Очень хорошей обувки, только все по одному башмаку, пары не подобрать. Проснулась Наденька за полдень. Увидев в зеркале свое слегка опухшее лицо, долго втирала в щеки увлажняющий крем, попутно думая при этом, что любовь должна непременно что-то привносить в жизнь, что-то хорошее, как свет и тепло, к чему можно тянуться руками, как ребенок тянется к матери, потому что она излучает тепло и свет. А для нее, Наденьки, пока что состоялись только тоска и боль, боль и тоска — вот все, что вынесла из любви, такой урок. Сжав пальцами виски, она поморщилась. Память упорно подсовывала образы и слова, которые только усугубляли тоску и боль. И так казалось, что внутри нее ничего иного и не осталось, кроме этой отвратительной тоски по несбывшемуся, то есть когда стало окончательно понятно, что не стоило и надеяться, строить в уме романтические иллюзии по поводу какого-то счастья. Она выходила замуж, пытаясь освободиться от детства, отравленного ложным стыдом быть самой собой, странными наставлениями вроде «будь хитрей». Что значит «будь хитрей»? Обманывай, недоговаривай, притворяйся? Но ведь Вадим так именно и думал о ней, что она обманывает, притворяется. В чем тогда состоит правда этой самой жизни, если ты все равно окажешься виноватой даже в том, чего не делала и даже мысли не допускала?

Накрасив глаза, Наденька решила прогуляться до магазина, потому что в холодильнике была только вечная мерзлота и более ничего, а в животе подсасывало. Схватив авоську, она долго, выверяя каждый шаг, спускалась по лестнице, думая при этом, что ведь еще не поздно сказать, что она просто съездила к маме полить цветы. Можно дойти до магазина, купить чай, молоко и хлеб, а потом вернуться на Старую Петуховку как ни в чем не бывало и сделать вид, что ничего не случилось. Подумаешь, поссорились, всякое бывает. Обыденно и жестоко. Даже слишком жестоко, вот в чем дело. Наденьке вспомнился эпизод из детства, когда ее в магазине вдруг обвинили в краже, потому что в ее сумочке обнаружилась расческа, только что купленная в соседнем универмаге. А чек она не сохранила, и, как назло, в этом магазине продавались точно такие же расчески по девятнадцать копеек. Вызвали милицию, и слава богу, что кассирша универмага Наденьку вспомнила, сказала, что да, эта девочка сегодня купила у них расческу. И кассу проверили в магазине, и ревизия показала, что все в порядке. Правда, никто так и не извинился. И тетка, которая обвинила Наденьку в краже, только повторяла в сторону: «Ну, в жизни всякое бывает», кривя накрашенный рот и пытаясь не поднимать глаза. И вот теперь Наденька переживала примерно такое же ощущение, что ее незаслуженно обвинили в страшнейшем преступлении. Только теперь не было кассирши, которая бы за нее заступилась. Рядом вообще просто никого не было. Никого.

У подъезда Наденька встретила соседку, которая дежурно спросила: «Как мамочка?»

— Мама уехала в санаторий, — коротко ответив, Наденька постаралась поскорее слинять, дабы избежать лишних расспросов. Ей показалось, что соседка посмотрела на нее с осуждением. То ли потому, что Наденька бросила в одиночестве «старую больную мать», то ли потому, что теперь бросила мужа, как будто это было написано у Наденьки на лице.

Магазин встретил откровенно печальной витриной, которая давно никого не зазывала и никого уже не ждала. Наденька обратила внимание, что с витрины исчез плакат, на котором в небе красовался огромный ломоть сыра, а снизу на него, облизываясь, глядела ошалевшая мышь. Плакат был в витрине всегда, сколько Наденька помнила себя, однако настоящего сыра в магазине так и не появилось, а мышь повесилась, разочаровавшись и устав от бесконечного ожидания. «А я еще могу шутить», — с удивлением отметила про себя Наденька.

Купив хлеба, яиц, сметаны и огурцов, она направилась к выходу, попутно соображая, на что потратить остаток дня, и тут внезапно наткнулась на Кирюху Подойникова. Он был в рабочем комбинезоне, который его существенно преображал неожиданным образом. Вот так посмотришь и решишь, что человек-то при деле.

— Привет! — зацепив ее взглядом, Кирюха поздоровался первым.

— Привет! — Наденька слегка хохотнула, вспомнив, как сидела в шкафу. Вадиму она об этом, конечно, не стала рассказывать.

— Ты как здесь? — спросил Кирюха.

— Странный вопрос. В магазин зашла.

— А я тут экспедитором работаю, — со значением произнес Кирюха.

— Каким еще экспедитором?

— Ну, шофером с функциями грузчика.

— Это экспедитор называется? — Наденька улыбнулась.

— Да. А что, красиво ведь звучит — экспедитор. И у меня как раз рабочий день кончился. Пива хочешь? — без малейшей паузы спросил Кирюха.

— А у тебя есть?

— Есть. И вобла тоже.

— Откуда?

«Знак, дайте знак!» — Наденька молила небеса, высшие силы или кого-то еще, кто безусловно знал все наперед. Ведь не могло же быть так, чтобы ничего такого не было, а ей сейчас необходимо было зацепиться за что-то, любой гипотетический совет, потому что она так и не научилась решать сама, думать собственной головой.

— Я же в магазине работаю, — сказал Кирюха. — Пойдем, там на ящиках на заднем дворе можно хорошо посидеть.

И он провел ее во двор прямиком через магазин, через служебные помещения, заставленные ящиками с помидорами, контейнерами с молоком и сметаной, лотками с хлебом, мимо каких-то закутков и замызганных дверей, мимо доски со служебными объявлениями, над которой был натянут плакат, писанный белым по красному полотну: «Решения партии поддерживаем и одобряем!»

«Нет, это неправильно, дайте другой знак», — подумала Наденька, покорно следуя за Кирюхой во двор.

Брызнул день. Там, во дворе магазине, витал густой, душный аромат сирени, чуть уже отдававший перепрелыми гроздьями. Наденька с опаской присела на занозистый ящик для овощей, Кирюха устроился напротив нее на таком же ящике и выудил откуда-то две бутылки «Жигулевского» и огромную воблу. Пить надо было прямо из горла, и после первого же глотка, когда холодные пузырьки стали лопаться в носоглотке, отдавая горечью, голова у Наденьки слегка закружилась, и настал некий момент вечности, что ли. То есть так показалось, что вечер, отчеркнутый душной сиренью, может никогда не кончаться. Пиво ни при чем. Такие моменты случаются исключительно летом, может быть, благодаря подавленному воспоминанию о рае, в котором некогда первые люди вот так же сидели, не зная, что поделать с этой своей вечностью, и впереди у них была воистину бездна времена.

— Я не слышал от него ни единого доброго слова в твой адрес, — сказал Кирюха.

Наденька поняла, что он говорит о Вадиме, и пожала плечами.

— Оставь его. Пусть себе живет как знает, — помячкав воблу в руках, Кирюха оторвал от рыбины порядочный пласт мякоти и протянул Наденьке.

— А он знает, как жить? — Вобла оказалась горько-соленой, и Наденька поморщилась.

— Точно никто не знает, — уверенно ответил Кирюха. — Но жизнь как-то выруливает сама. Главное — понимать, кто ты такой.

— И кто ты, например, такой?

— Кирилл Подойников.

— Экспедитор?

— Так у меня в трудовой книжке написано, — Кирюха потягивал пиво не спеша, с толком. — Ты пей, не стесняйся, я еще принесу. Так вот, в трудовой книжке может быть написано все что угодно, ко мне это имеет мало отношения.

— А что имеет? — хмыкнула Наденька.

— Текущий момент, грубо говоря. Очень сложно въехать, что каждую минуту ты именно живешь, дышишь, учишься быть собой.

Глотнув пива, Наденька вздрогнула. «Знак! Дайте же знак!..»

— Я не сразу научился быть собой, никому не подражать, никому не завидовать, не устанавливать для себя никаких границ. Ты просто возделываешь свой сад.

— А что это значит?

— Это значит, что с тобой хорошо сидим, вот и все, — Кирюха рассмеялся.

Они странно быстро захмелели оба от нескольких глотков холодного пива. «Я же почти ничего не ела с утра», — сообразила Наденька.

Какая-то тетка, полупьяная, как они, вынырнула из-за ящиков и некоторое время молча стояла, наблюдая, как они доедают воблу. В руках у нее была огромная сумка, набитая консервными банками, макаронами и прочей неприхотливой снедью, а физиономию украшал свежий иссиня-черный фингал. «Сестра моя — жизнь и сегодня в разливе разбилась весенним дождем обо всех...» — неожиданно припомнилось Наденьке.

— Ребята, вы сумку мою не посторожите? — неожиданно выдернулась тетка. — У меня муж в магазин за хлебом зашел, и вот полчаса его нет. Я только туда и назад.

— Так может, он тебя бросил, — ответил Кирюха.

Тетка оторопела, однако скоро совладала с собой:

— Я сбегаю быстро в магазин, — и, не дождавшись ответа, тетка оставила сумку и нырнула за угол.

«И это тоже не может быть знаком», — думала Наденька, пока Кирюха Подойников подробно рассказывал ей о том, что быть собой — это вести себя естественно, без напряжения, потому что мы вовсе не обязаны отвечать чьим-либо ожиданиям. Мы можем быть в том настроении, которое к нам пришло в данный момент…

Однако именно так и вел себя Вадим, даже когда высказывал самые страшные подозрения. И именно поэтому она сейчас сидела на ящике для овощей и слушала пьяненькую проповедь Подойникова, который с этой своей философией вряд ли преуспел в жизни. Хотя — что значит преуспеть? Занимать достойную должность, чтобы… чтобы отвечать ожиданиям мамы и прочих заинтересованных в ее судьбе людей.

— Но я же вышла за Вадима только потому, — она слегка икнула, — что в тот момент мне этого очень хотелось.

Тетка показалась из-за угла вместе со своим мужем, изрядно потрепанным мужичком в засаленном пиджачке и летней кепке, сползшей на глаза.

— Очередь же на кассе, — на ходу оправдывался мужичок, сильно шепелявя. Во рту у него почти не оставалось зубов.

— Пароход через двадцать минут, — ругалась тетка. — Хлеба ему надо, хлеба можно и в поселке купить… Спасибочки, мы на дачу опаздываем, — тетка поблагодарила, через силу улыбнувшись. Губа у нее была рассечена.

— Зачем эти люди живут вместе? — произнесла Наденька, когда те двое спешно отчалили. Она еще успела
подумать, как странно она пересеклась в пространстве
и времени с этими двумя. Зачем? Какой в этом смысл?
Или, может, ее просто занесло в странное место, а эти
двое двигались обычной своей траекторией…

— Может, им такая жизнь нравится, — ответил Кирюха. — А мне знаешь чего сейчас очень хочется?

— Ну?

— Пойдем к тебе, продолжим банкет, — он явно имел
в виду «к тебе» — то есть к Наденьке, в ее родной дом.

Когда же это она успела выболтать Кирюхе Подойникову, что мама уехала в санаторий и что квартира свободна?
Невольно перед глазами поплыла сцена, виденная из шкафа. Голый Кирюха, вожделенно теребящий волосы своей
подруги, и ослепительно-белая задница, которую явила
ей, кажется, сама жизнь.

— А пойдем! — Наденька решительно поднялась. —
Это здесь, буквально через дорогу.

И потом, когда они шли, очень долго шли через дорогу, как будто без цели, просто шли себе, Наденька думала, что, наверное, так именно думали прохожие, которые
видели, как они пересекли дорогу и завернули во двор.
Ну подумаешь, идут себе люди. И все это время она про
себя упорно твердила: «Вот мы идем, вот мы идем, вот мы
идем». Возможно, это и было погружением в текущий момент, «здесь и сейчас», обычно ускользающий от сознания,
занятого суетными делами. Но теперь ее внутреннее сквоз-
ящее пространство занимала только эта фраза и больше ничего. Потом, во дворе, она подумала, сколько всего

успело случиться здесь, только не сейчас, а раньше, именно здесь, в пространстве, ограниченном стенами родного дома и маленьким палисадником, в котором прошло детство. Сколько радости, разочарований, потерь, обретений и слез. Но теперь детские игры во дворе закончились, теперь будут другие игры, хотя можно же еще остановиться. Никто не заставляет ее вести Кирюху домой. Можно встать у подъезда и сказать: «А теперь до свидания». Однако ей нужно было в конце концов обрубить последние нити, которые связывали ее с Вадимом. Она больше не его жена, хотя по-прежнему значится ею в паспорте…

Наденька еще случайно зацепила глазом старые качели в самой глубине двора. Сиротливые, покинутые, перекошенные временем и усилиями нескольких поколений детей. «Ну вот и знак, — подумалось ей. — Наконец-то. Спасибо». В следующий момент она ощутила странную слабость, и ее едва хватило на то, чтобы подняться по лестнице на третий этаж и повернуть ключ в замке. Только бы никто из соседей не вышел на лестницу, только бы никто не увидел… Внезапно ей сделалось мучительно стыдно. Одновременно внутри проросла яркая жалость к Вадиму, который… А где сейчас мог быть Вадим? Вернулся на Старую Петуховку, искал ее, расспрашивал отца и соседей? Или нет. Застрял у кого-то в гостях. У рыжего Миши с радио или еще у кого. А может, просто сидел в редакции, почитывая присланные рукописи. У него же рабочий день…

Дома показалось прохладно и неуютно. Скинув у порога босоножки, Наденька прошла на кухню, уронила авоську с продуктами на стул и еще успела подумать, как же это все теперь будет. Кирюха подошел со спины, осторожно обнял ее за плечи и спросил, почему она хочет его любить.

Наденька ответила, что она хочет любить вообще, но пока непонятно кого.

Он крепче обнял ее, развернул лицом, потом притянул к себе и произнес какие-то очень простые, но значимые слова, от которых сразу стало тепло. Все правильно. Теперь Наденька опять оказалась в центре любви. Перекошенная было Вселенная пришла в равновесие, и Наденька перестала думать о Вадиме и вчерашнем происшествии. Потому что случилось то, что должно было рано или поздно случиться. Ситуация наконец разрешилась, и Наденька неожиданно почувствовала себя очень легко.

Они сцепились в крепком объятии, впились друг в друга страстными поцелуями. В какой-то момент Наденьке показалось, что она теряет сознание, но он ловко подхватил ее почти на лету, взял на руки, отнес в комнату на диван и там снова стал целовать. И с каждым его поцелуем она словно пробуждалась от долгого сна, почти обморока. А он целовал, целовал, целовал. Наденька гладила его затылок, теребила его длинные волосы, собранные в хвост, почему-то еще проговаривая про себя: «волосы, собранные в хвост», хотя это не имело никакого значения. Вообще все вокруг потеряло какое-либо значение, кроме тяжести его тела. И она гладила его спину, пальцами забравшись под майку, чтобы убедиться, что все это происходит на самом деле. Она пыталась запомнить всякий момент до мельчайших точек, потому что все это должно было кончиться очень скоро. «Кирюха, Кирюха», — Наденька повторяла про себя как заклинание, уверенная, что все это не сможет никогда повториться, потому что он уйдет, а она будет думать, что ничего такого не было, что ей просто приснилось. Потому что он не ее мужчина. Они только случайно пересеклись в том неправильном месте, куда ее попросту занесло…

Потом они еще пили чай с овсяным печеньем, жарили яичницу с помидорами, и Наденька заметила невзначай, что Кирюха, скорее всего, редко ест досыта. Хотя бы потому, что ему было абсолютно все равно, чем набить живот. Он, собственно, так и заявил мимоходом, в основном рассуждая о том, что нет хуже греха, чем упустить свою страсть. Потому что страсть иррациональна, как и вера, они не так и далеки друг от друга. Но, по сути, он же элементарно проговорился, выдал себя с головой. Очевидно, что ему было точно так же все равно, с кем удовлетворить эту свою страсть. Вот Наденька подвернулась…

Когда он наконец ушел, хотя мог бы запросто и остаться… Наденька сама не знала, хочет ли она, чтобы он остался, потому что, с одной стороны, у него не было никакой веской причины, чтобы вот так взять и уйти, а с другой стороны, не стоило ему оставаться, потому что мог заявиться Вадим, требовать, чтобы она открыла. Да при чем здесь вообще был Вадим, если Наденька не могла представить, как будет спать в одной постели с Кирюхой. Нет, ей надо побыть немного одной. Так вот, когда он наконец ушел, Наденька поняла, что теперь уж точно не знает, за что еще зацепиться. Если бы она разрыдалась, ее бы все равно никто не услышал. И никому не было до нее никакого дела. Совершенно никакого. Кроме разве что мамы, но она была далеко. И маме тем более не следовало рассказы-

вать о том, что только что произошло. Наденька разглядывала свои пустые ладони, думая, что их некому протянуть.
Жизнь утекала сквозь пальцы, как дистиллированная вода
без вкуса, без запаха.

Наконец она уронила в постель свое будто плетьми из-
битое тело и подумала, что теперь она все знает о любви.
Абсолютно все.

Подойников навещал ее еще несколько раз. Просто звонил в дверь, когда ему этого хотелось, заставляя Наденьку
вздрагивать: а вдруг это Вадим. Но Вадим не появлялся.
А Подойников стал требовать водки и безобразно напи-
вался, в пьяном виде пускаясь в размышления о том, что
он же козырный, и как только Наденька этого не понимает. И что она ничуть не лучше его. Чем лучше-то, в самом
деле? Что в школе работает на твердой ставке, пишет планы уроков и отчеты по этим планам? Зато вот у него никаких тебе планов. Подсобку закрыл — и голова свободна.
А что из редакции его в свое время выперли, так это потому, что он такую правду писал, которая даже в перестрой-
ку никому не нужна. Потому что перестройка — фикция,
все начальники останутся на своих местах, только будут
немного иначе называться. И никакого тебе нового мышления. Забудь. Потому что никакого мышления в принципе не существует, люди все практически глубоко спят, поэтому и не мыслят... Наденька слушала его безразлично
и только думала: «Это не мой мужчина», хотя Кирюха был
с ней нежнее, чем Вадим за всю их совместную жизнь.

Когда талоны на водку кончились, а где еще их взять,
Наденька не знала, Подойников растворился в простран-

стве, и Наденька не стала его искать. Она даже намеренно обходила стороной магазин, в котором он работал экспедитором, потому что их роман с самого начала был тупиковым. Наверное, та пьяненькая пара во дворе магазина все-таки была знаком. Или скорее предупреждением, до какого состояния можно очень быстро дойти, если вовремя не остановиться.

Мама не звонила. Конечно, она не могла знать, что Наденька вернулась домой, именно поэтому и не звонила. Но Наденька помнила, что она должна вернуться где-нибудь в пятницу утром московским поездом, и к ее приезду терла, терла, терла — ножи, вилки, ложки, краны на кухне и в ванной, дверные ручки, давно не мытые окна, пытаясь хоть чем-то занять себя и одновременно перестать думать о том, что она успела сотворить со своей жизнью. И где-то подспудно прорастала странная тоска по семейным вечерам, долгим чаепитиям с клубничным вареньем, разговорам вроде бы ни о чем, но в то же время обо всем, что накипело за день, маленьких радостях, тайных и явных страхах, несправедливостях и поисках какой-то иной жизни, хотя жизнь на Старой Петуховке уже и была иной, странной, затерянной в бытовой круговерти века.

Потом из почтового ящика вместе с газетами выпало письмо без обратного адреса. На конверте вообще значилось только одно: «Наденьке». Она вскрыла конверт еще на лестнице и там же, присев на подоконник, прочла:

«Я ни за что на свете не желал причинить тебе боль. Ты же знаешь, да?

С самого начала я каждый день умирал от страха, что все это возьмет и кончится, однако при этом думал, что теперь полностью завишу от тебя, и мне это сильно не нравилось. Я был груб с тобой от нежности, от глупого желания быть рядом с тобой до конца. Мне впервые захотелось жить с женщиной. Я выбрал тебя сам, а не дал себя окрутить. Не ту выбрал, наверное. Ты так и не смогла приспособиться под меня, хотя я ломал тебя, как только мог. Но ты не сломалась. А я жадно хватал на лету те крошки счастья, которые ты кидала мне, и теперь понимаю, что моя жизнь именно и состояла в этих крошках.

Я мало видел любви. Я сам ненавидел тепло и уют. Они казались мне уродливыми и лживыми, потому что в моей родной семье их почти не случалось. Зачем моя мать вышла замуж за отца? Наверное, ей приходилось притворяться и терпеть до конца. Зачем? Просто чтобы была семья? И мне казалось, что ты тоже притворяешься, потому что тебе зачем-то нужно это притворство. А когда ты оставила меня, я еще несколько дней подряд засыпал и думал, что вот завтра проснусь и все будет по-прежнему. Что это только нынешний день не задался.

В тот самый первый день, вернувшись домой, я поехал тебя искать. Я знал, что ты отправилась к маме, потому что больше-то некуда. И я еще уселся во дворе на скамейку, чтобы перекурить и подумать, что же я скажу тебе. Но ты прошла мимо с Кирюхой Подойниковым, и я понял, зачем вы идете к тебе. Но это не помешало мне любить тебя еще острей в тот момент. Да, любить. Я именно тогда понял, что успел прикипеть к тебе всем сердцем и всем своим существом…»

Вспыхнув, Наденька скомкала письмо в невозможности читать дальше. Разве она сама не искала вот этой необъятной, всепрощающей любви? Не придумывала ее? Разве не боролась за нее до тех пор, пока не устала? Вадима она давно простила и давно поняла, что он был груб только потому, что сам недополучил в детстве любви и привык встречать каждый день крепко сжатыми кулаками, не созданными для ласки. Бедный Вадим. У нее в жизни была любовь мамы и старшей сестры, были нарядные куклы, новые пальто и посылки из Венгрии. А что было у него? У него даже мячика не было! А ведь он пытался рассказать ей об этом, что не было мячика, то есть что в детстве его по-настоящему не любили. А она думала, мячик и мячик. Подумаешь, мячик.

Уже дома, в двадцатый раз пропуская сквозь себя по памяти горькие строчки, так и не решаясь пробежать их глазами еще раз, Наденька долго глядела в окошко в безмыслии, может быть, надеясь, что Вадим все еще где-то рядом, бродит под окнами в ожидании какого-то ответа. Но ей по-прежнему нечего ответить ему. Потому что он ждет даже не слов, а действий, только возврата на Старую Петуховку нет и уже никогда не будет. Это совершенно точно. Письмо она порвала на мелкие клочки и спустила в унитаз, пытаясь заодно уничтожить собственную боль, которую ей вроде бы удалось загнать глубоко внутрь, но вот теперь она разрослась горьким чертополохом, заполонив все самые дальние уголки. Но нужно было принять эту боль, потому что она стала частью ее жизни. Еще — и она прекрасно понимала это сама — в письме было зафиксировано ее преступление, буквы громко кричали на весь мир: «Ты, ты, ты!..» Сморщившись и заткнув уши, Наденька включила телевизор, чтобы заглушить ответный внутренний крик, который так и рвался наружу. На экране возник диктор в строгом костюме противного чернильного цвета, который бесцветным голосом принялся рассказывать о реконструкции коровника в деревне Вырубово. Наденька уселась в кресло и уставилась в экран, как будто информация о коровнике была чрезвычайно интересной, и тут неожиданно полувслух слепила:

> Как банка тонкого стекла
> Со сладкой вишней,
> Я вся любовью истекла,
> Была, да вышла.

Выдохнув на последнем слоге, Наденька зажмурилась от огромного удивления. Что же это такое? Что это? Ей осталось только найти блокнот и записать строчки, которые сами собой складывались внутри.

> Была — дыханием тепла,
> Почти неслышным,
> Я слишком искренней была,
> Открытой слишком.
> А на задворках ветер зол
> И сух до трещин,
> И даже меньшего из зол
> Не станет меньше.
> Да что — и правда не нужна,
> Давно постыла,
> Зато неправда, так нежна,
> Крадется с тыла…

Простужен голос у трубы
И звук посажен
До хрипа, скрежета судьбы.
И кто расскажет
Про непрощенные долги,
Какое дело
Кому? И не видать ни зги
До запредела.

* * *

Потом грянула осень. Поперла нагло, бесстыже, самоутверждаясь в каждой мелочи — ледяной корочке на лужах с утра, ветках, опустевших почти в одночасье, когда северный ветер сорвал с них последние украшения, промозглых вечерах с бесконечными дождями и непреходящей сыростью в душе. Все. Лето кончилось навсегда, короткий отпуск в инобытие, за который никто толком ничего не успел понять. И вот мир уверенно возвращался в свое обычное состояние холода и неуюта, и ничего другого уже не следовало ожидать, да никто и не обещал другого.

Осень рифмовалась с «оси». Возвращение на свои оси. Наденька исписала стихами целую тетрадку, не переставая удивляться тому, что она вдруг пишет стихи. Она никогда не думала писать стихи, да никогда особенно ими и не увлекалась, а тут строчки цеплялись друг за дружку, выстраиваясь в бисерные ряды учительского почерка, и Наденька находила в них спасение. Ритмичное чередование ударных и безударных слогов сглаживало внутренний разлад, выщелачивало золотые крупинки из немалой кучи жизненного дерьма. А впереди, причем весьма скоро, маячил только официальный развод, и ничего больше не вырисовывалось. Наденька никому не показывала своих стихов, ни подругам, ни коллегам по школе. Разве может она сотворить что-то стоящее? Да оставьте вы, ради бога. Ее просто вела вперед страсть к жизни, вот и все. А страсть может принимать разные виды, Наденька это уже сама поняла.

Ей все казалось, что для нее может еще состояться что-то чрезвычайно хорошее там, впереди. Нужно только приложить немного усилий, и это хорошее непременно сбудется. Но что конкретно нужно для этого сделать, Наденька не понимала. Она исправно вела уроки и даже кружок выразительного чтения. Иногда, задерживаясь в школе дотемна, — а вечера уже бывали темными, — Наденька размышляла по дороге домой, что и еще один день прошел, а ничего особенного так и не произошло. Но что, что такое должно было случиться? Наденька не знала.

В один из таких вечером, стоя на остановке в ожидании автобуса, Наденька совсем продрогла под проливным дождем, от которого остановочный навес защищал плохо. Однако под ним ютились еще какие-то люди, уткнув нос в воротники своих курток. Наконец из-за поворота показались огни, по виду это был долгожданный автобус, и тут кто-то ее окликнул:

— Наденька!

Оглянувшись, она с трудом узнала в темном силуэте под навесом Сашу-Сократа из редакции «Северных зорь».

— Это хорошо, что я вас встретил... — произнес он со странной радостью, вроде бы он был слегка подшофе. — Я очень переживал. Вы на «восьмерку»? Я тоже, мне нужно в центр.

Только когда им удалось втиснуться в переполненный автобус, по традиции ходивший чрезвычайно редко, Наденька, переведя дух, спросила:

— Почему вы переживали? Что такое случилось?

Сашу-Сократа оттиснула огромная тетка в мокром пальто, которое отдавало псиной, и он пытался досказать, выдергиваясь из-за ее плеча:

— В том-то и дело, что ничего не случилось. И это замечательно. У нас вся редакция переживала, а вы не знали...

— Да что я такое не знала?

Наденьке наконец удалось просочиться поближе к Саше-Сократу, однако он сказал, что им будет лучше поговорить без свидетелей, когда они выйдут из автобуса. Приняв серьезный и безразличный вид, он больше не проронил ни слова, и Наденька готова была услышать что-то действительно важное. Но вот, когда автобус наконец пересек мост и выплюнул порцию пассажиров на центральной площади, Саша-Сократ отвел Наденьку под козырек ведомственного здания, возле которого мерцал тусклый фонарь. Понизив голос до полушепота, под большим секретом поведал ей, что Сопун однажды ел человечину. Ну, не намеренно, а так вышло, что сумасшедший родственник свою жену зарубил и мясо засолил в большой бочке. А ког-

да приехал к нему на заимку, дядька этим мясом его и угостил как лосятиной… Не дослушав, Наденька рассмеялась в голос:

— Послушайте, неужели вы поверили в эту историю?

— Он сам рассказывал, — Саша слегка опешил от Наденькиного смеха.

— Вы что, Сопуна не знаете? Он же специально сочинял про себя страшилки, чтобы… ну… просто так сочинял.

— Вы серьезно? Так вы тоже слышали эту историю? И не испугались?

— Хватило других, настоящих страхов.

— А я, представьте себе, боялся, что он вас тоже съест.

— Да бросьте! Много ли с меня мяса, — Наденьке вспомнились насмешки по поводу ее тощего зада.

— Я в любом случае рад, что вам, по крайней мере, удалось уйти от Сопуна живой и невредимой, — кажется, Саша-Сократ говорил на полном серьезе. — Первая жена его, вы знаете, утонула, потом он на Марине Сидоровой хотел жениться, так она на машине в Подпорожье разбилась…

— Слушайте, — Наденька оборвала достаточно резко. — Это все уже кончено бесповоротно. И надо как-то жить дальше.

— Да, да…

— Нет, то есть я о другом. Вы же в отделе поэзии работаете? Посмотрите мои стихи? У меня тетрадка с собой, я с ней никогда не расстаюсь, — Наденька говорила торопливо, будто опасаясь, что Саша-Сократ может раствориться в промозглых сумерках. — Вот, возьмите. Знаете, стихи ведь не спрашивают, можно ли им прийти. Просто приходят, и нужно их немедленно записать…

— Это точно. Стихи набегают волнами, как прилив и отлив... Конечно, я почитаю и позвоню где-то через недельку, хорошо?

— Да, да...

— Заранее ничего обещать не буду, но обязательно прочту. Только не смешивайте стихи с жизнью, — небрежно сунув тетрадку за пазуху, Саша-Сократ отчалил куда-то по направлению к библиотеке и растворился в мелком противном дожде.

Что значит «не смешивайте стихи с жизнью»? Она разве смешивает? И это сильно заметно? Наденьке сделалось слегка нехорошо оттого, что она, поддавшись внезапному порыву, доверила свои стихи постороннему. Она именно потому не расставалась с тетрадкой, чтобы ее сокровенное случайно не попало маме в руки. Мама продолжала вести себя так, как будто Наденька все еще училась в школе, поэтому каждый ее шаг тщательно проверялся на момент аморальности или, скорее, того, какое впечатление она произведет на окружающих, в основном на местную интеллигенцию, откровенно зараженную ханжеством, — по мнению Наденьки. А ее стихи были достаточно откровенны, без внутреннего цензора, как говорил Сопун. То есть в чем заключалась проблема местечковой поэзии? В том, что читаешь стихотворение, даже такое, в котором вроде все на месте — и ритм, и смысл, и рифма нестандартная, а вот чувствуешь все равно, что автор врет. Потому что пишет с оглядкой, то и дело одергивая себе: «У меня ведь жена, дети. Что они подумают? И что вообще люди скажут?» Оглядка на этих самых «людей» — и есть внутренний цензор... Теперь в Наденькиной голове крепко засела идея о том, что стихи ее ничего не стоят и что над ними скорее всего посмеются в редакции, как она сама смеялась над ляпами в сочинениях своих пятиклассников. Нет, если все время думать об этом, получается что-то ужасное. Наденька даже не поужинала как следует: кусок не лез в горло.

Саша-Сократ позвонил следующим вечером. Услышав в трубке его голос, Наденька замерла, готовая к самому суровому приговору. Однако Саша выразился коротко: «От таких стихов, простите, жить хочется. Хотя, конечно, они депрессивны, но с возрастом это проходит, уверяю вас...» — и пригласил ее зайти в редакцию. Если не прямо завтра, то в ближайшие дни.

День выдался солнечный, чистый, редкий для этой осени. Клумба у крыльца школы пылала яркими звездочками астр и наивно-нежных маргариток, которые смело пялили свои глазки в остывшее небо. Завершив школьный день и оказавшись на улице, Наденька успела подумать, что у маргариток еще нужно учиться жизнелюбию и что они наверняка будут цвести до первого снега, не теряя стойкости и надежды. В следующий момент она увидела Вадима, который стоял у крыльца с букетиком астр. «С клумбы сорвал», — невольно подумала Наденька, однако Вадим, улыбнувшись и будто поймав в воздухе ее мысли, ответил:

— Не переживай. По дороге купил у бабки, — потом, немного сглотнув, добавил: — Ты не спешишь? Разговор есть.

Некоторое время они стояли, оба растерянные, глядя друг другу в глаза, как во время минуты молчания. Потом устроились на скамейке возле школьного стадиона. Наденька ожидала, что сейчас он скажет ей что-то такое, чего еще никогда не говорил. Однако Вадим, вручив ей букетик с некоторой неловкостью, сообщил, что отцу, Петру Николаевичу, наконец-то выделили квартиру.

— Поздравляю, — ответила Наденька, удивившись, зачем вообще Вадим сообщает ей об этом сейчас, да еще с такими церемониями.

— У меня к тебе большая просьба, — чуть помолчав и потянув мгновение, Вадим наконец выдал: — Давай не будем разводиться, пока я документы на квартиру не получу. На семью двухкомнатную дадут. А нам с отцом на двоих могут и однушку всучить, дом у отца никто же не заберет, вот и решат, что больно жирно.

— Н-ну… ладно. Это ведь скоро уже? — Наденька совсем смешалась.

— Да, обещают к концу октября. Сейчас ветеранам быстро дают, хотят скорей отчитаться.

— Хорошо. Договорились. — Наденька подумала еще, что нужно будет поблагодарить Шкатулочку, хотя все и получилось чрезвычайно глупо — Шкатулочка помогла не ей, молодому специалисту, а совершенно чужим Сопунам.

— Ты извини, что я тебя так внимательно разглядываю, — сказал Вадим.

— Давно не видел?

— Нет, примериваюсь, — он полез во внутренний карман куртки и выудил маленькую бархатную коробочку. — У меня в Москве рассказ вышел, «Лента Мебиуса», ну ты помнишь. Гонорар солидный заплатили.

— Поздравляю, — опять ответила Наденька.

— Я не о том. В общем, я с этого гонорара сережки тебе купил.

— Зачем? У меня и уши не проколоты.

— Возьми, пожалуйста. А уши проколешь. Я ведь тебе особенных подарков не делал…

Вадим открыл коробочку. На бархатной подложке пылали красные огоньки, обрамленные золотым ободочком.

— Как красиво! — Наденька не могла удержаться от возгласа.

— Ты не думай. Это не аванс за квартиру. Я просто на сценарные курсы поступил, скоро в Москву уеду на целых три года. На память, что ли. И вообще. Спасибо тебе.

— Мне? За что? — она улыбнулась ему сестринской улыбкой, внезапно ощутив себя очень легко.

— За все. Просто спасибо.

Вручив ей коробочку и еще немного подержав ее ладони в своих, он нелепо отмахнулся или просто так обозначил прощальный жест, потом быстро зашагал прочь, не оборачиваясь, глядя в землю. Наденька смотрела ему вслед и думала только: «Вот он уходит, вот он уходит…» И ей казалось, что это уходит друг. Навсегда.

Шкатулочка, конечно, пронюхала про скорый развод, хотя Наденька старалась раньше времени не распространяться, но слухи же всегда летят впереди паровоза. Вызвав Наденьку к себе в кабинет, Мария Ивановна долго выведывала, что да как. Потом, когда поняла, что Наденька наотрез отказывается колоться и плакаться ей в жилетку, вздохнула даже с некоторым облегчением:

— Скорее всего, и правильно. Ты женщина молодая, красивая, а Сопун...

В ушах Марии Ивановны подрагивали красные камешки, похожие на капельки крови.

— Сопун в Москву уедет, он на сценарные курсы поступил, — Наденька опередила Шкатулочку, не желая больше слушать страшных историй. Она опять замолчала и спросила себя, зачем она вообще что-то говорит Марии Ивановне, которая наверняка не представляет масштаба случившейся катастрофы.

— Правильно, и пусть себе едет. Квартиру вы поделите, я надеюсь? — Шкатулочка тряхнула серьгами.

— Что? Нет, — Наденька искренне удивилась. — Мне это и в голову не приходило.

— Ты еще просто очень недолго живешь на свете, — покачала головой Шкатулочка. — Квартира в равной мере твоя. Ты имеешь полное право.

— Но вы же... Квартиру же... Ее Петру Николаевичу дали, а не нам. Пусть он в ней и живет.

— И что? Тебе перед Петром Николаевичем неудобно?

Наденька пожала плечами.

— Да-а... — Шкатулочка постучала пальцами по столу и вдруг умолкла, но потом все-таки продолжила: — Очень хорошо, что ты наконец бросила курить, а в остальном... Сложно тебе придется в жизни, Надежда Эдуардовна. Очень сложно. Отдельной квартиры тебе больше никто не даст.

Ну вот опять это «в жизни»»! Неужели жизнь только и состоит из мерзостей, между которыми нужно как-то удачно лавировать, чтобы не раздавили? Каждый день, каждый час. Корабли лавировали, лавировали, да не вылавировали — это же даже сложно произнести вслух без подготовки, не то что осуществить на практике так, чтобы все-таки вылавировать, не пойти ко дну. И что тогда говорить на уроке детям? Что все написанное в их добрых книжках — вранье от корки до корки? Не верите — спросите родителей. Они умные, они прожили эту самую жизнь, похожую на минное поле... Каблуки Надежды Эдуардовны возмущенно отбивали ритм в гулком коридоре.

Тем же вечером она зашла в парикмахерскую и попросила проколоть ей уши, чтобы сразу надеть эти сережки. Это оказалось вовсе не сложно и стоило копейки. Парикмахерша, примериваясь сережкой к мочке Наденькиного уха, поцокала языком: «Какая изящная, лаконичная форма», — и Наденька поняла, что это она про сережки, а не про уши. Наденька еще попросила состричь ей остатки кудряшек, которые сползли к самой шее, обтрепались и выглядели не больно-то симпатично.

Прежняя жизнь кончилась, надо было вылезать из старой прически, старых шмоток, плиссированных учительских юбочек. Надо было кардинально меняться.

* * *

— Какая у тебя шикарная жопа!

Это первое, что он произнес, когда они случайно столкнулись возле Центрального рынка. Вернее, он ее просто догнал, увлекшись, как он признался, шикарной задницей, которая плыла впереди, и даже не сразу понял, что объект принадлежит Надежде Эдуардовне Балагуровой, завотделом «Северных зорь» и его бывшей жене.

На ней был короткий полушубок изумрудного цвета и кепочка, из-под которой выбивались выбеленные пряди волос. Было довольно тепло, поэтому Надежда Эдуардовна разгуливала без перчаток, проветривая хищные зеленые ноготки в тон полушубку и чему-то еще неуловимому, но безусловно существующему в ее облике или просто в окружающем пространстве.

— Ты же просто социально опасна, — Сопун раскатисто расхохотался. — Тебя надо на поводке водить.

— Да ладно. Кстати, здравствуй, — Надежда Эдуардовна, бывшая Наденька, умудрилась сохранить спокойствие, как будто ничего особенного не случилось. — Скажи лучше, как ты.

— Неплохо. Концы с концами свожу.

Вадим явно бодрился. Сразу было заметно, что жизнь здорово проехалась по нему. Похудел, спал с лица, усы, прежде задорно торчавшие по сторонам, поникли подобно чахлым колоскам. «Ему ведь не так много лет, — подумала Наденька, — если мне тридцать четыре…» Она знала, что Вадим закрепился в Москве и даже женился на вполне приличной даме из консерватории. Правда, как он мог выносить ее скрипичные упражнения по утрам, по вечерам и в выходные дни? Он, которого раздражали простые мелочи, он же мог психануть из-за ерунды. Однако ей, в сущности, до этого было мало дела. Наденька знала и то, что сценаристом Сопун так и не стал, зато еще в самом начале 90-х у него в Москве вышла книжка, повесть о бомжах и подкидышах времен развитого социализма под названием «Моя карьера», в смысле карьеры дворника в доме ребенка. Об этой книжке даже упомянули в местной прессе, что вот, мол, не оценили писателя в родном журнале, а он возьми да утвердись в Москве. И вроде бы даже намек на Наденьку был, что она именно не оценила. Ну, во-первых, она тогда еще не работала в «Северных зорях», а потом, как писателя она-то Вадима оценила сразу, особенно его «Ленту Мебиуса», которая была по-настоящему талантливой штукой. Да что теперь говорить! «Мою карьеру» она купила в магазине «Книгомир», ее многие тогда купили и прочли, книжка разошлась в считанные дни, это было известно, однако публичных отзывов не последовало. О бомжах вообще еще говорили мало, в провинции бомжи не считались темой для серьезной литературы. Потом, вполне в духе «Северных зорь» было замалчивать что-то действительно талантливое, раздувая серость. Сама Наденька критику писать не умела, да и неудобно было как-то продвигать своего бывшего, ведь именно так и сказали бы, что бывшего родственника пиарит, который вдобавок ел человечину — легенда по-прежнему жила в народе.

— У меня отец умер, — сказал Вадим. — Вчера только похоронили. Он ведь так и остался в Петуховке. Огород бросить не захотел, врос в него, как в окоп. По осени скорую ему вызывали, лицом на грядки упал, так ведь лопату из рук вырвать не смогли, увезли в больницу с лопатой. Тогда вроде оклемался... — он говорил куда-то в сторону, вбок, почти не глядя на Наденьку. — Квартиру свою я сдаю. Деньги небольшие по московским меркам, а все же деньги...

Наденька тем временем удивлялась, какой странный получился расклад. То, чего Вадим так упорно добивался, оказалось вовсе не нужным. Сейчас, вспоминая давно прошедшее время и все хлопоты Сопуна по поводу этой квартиры, в которой он сперва заставил Наденьку прописаться, а потом, после развода, спешно выписаться, чтобы она, не дай бог, не оттяпала свою долю — ему в голову пришла такая же мысль, что и Шкатулочке… Так вот, вся эта беготня по инстанциям, собирание справок, разборки с ЖЭУ и странный взгляд сотрудницы паспортного стола: «Как это вы так просто хотите выписаться? Выписаться — и все?» — «Да, и побыстрее, пожалуйста. Мне есть где жить», — все это оказалось попросту зряшным. В осадок выпали только деньги, «небольшие по московским меркам». Деньги, конечно, всегда нужны, но не сама по себе квартира.

Вадим бросил старого отца в одиночестве. А Наденька вернулась к маме, и жизнь потекла по однажды заведенному распорядку, хотя с возрастом у мамы только усугубилась подозрительность. Она подслушивала ее звонки и бесконечно донимала Наденьку расспросами о том, кто это звонил, что ему конкретно надо и не собирается ли Наденька опять выйти замуж.

Замуж Наденька больше не вышла, хотя вроде бы и пыталась. Время от времени случались отдельные кандидаты, однако не выдерживали испытательный срок, и опять Наденька проводила будни и праздники у молчащего телефона. Это было порядком сложно, потому что хотелось мужского внимания, заботы, сильного плеча и т. д. — всего того, о чем писали в гламурных журналах, которые Наденька терпеть не могла за создание образа женщины-дурочки, однако в жизни всего этого действительно хотелось. А потом, когда телефон наконец оживал и на том конце провода реальная кандидатура предлагала встретиться, интерес ее быстро угасал, испарялся. «Это не тот мужчина, которого я ждала», — говорила она себе. Мужчины случались скучные, жадные, считавшие каждую копейку, а то и откровенно нищие, пытавшиеся прилепиться к ее видимому благополучию, неотесанные мужланы, стоило копнуть чуть глубже. И все как один почитали своим основным достоинством наличие члена — внушительного или не очень, что Наденьке казалось весьма смешным. То есть не само наличие члена, естественно. Смешным казалось то, что гордиться им было практически нечем, поэтому они и стремились самоутвердиться в постели.

А может, ей просто не хотелось посредственного счастья, такого, как у всех. Да и счастье ли это или простая иллюзия? Она еще никогда не встречала по-настоящему счастливых людей. То есть поначалу казалось так, что вот эта пара действительно счастлива. А потом вдруг оказывалось, что счастливца застукали с пассией в загородном домике, и он еще оправдывался, что все это произошло потому, что жена уделяла ему мало внимания, занятая своей карьерой.

— Ты не торопишься? Выпьем кофе? — предложил Вадим.

Она действительно не торопилась. Пятница у нее был творческий день, отпущенный редакцией именно для творчества, как будто можно творить четко по расписанию. Обычно случалось наоборот, что стихи приходили

114

по-прежнему без уведомления, когда приходили, а в творческие дни Наденька занималась хозяйственными делами и полупраздным шатаньем по магазинам.

Они завернули в помещение Центрального рынка. Там в закутке было кафе, которое содержали азербайджанцы. Они довольно плохо объяснялись по-русски, но слово «кофе» знали и даже правильно склоняли, на удивление: «Вам черный кофе? С сахаром?» Наденька заказала без сахара — теперь фигуру приходилось беречь по причине раздавшейся кормы, которая далеко не всем нравилась так, как Вадиму. В кафе пахло прогорклым пальмовым маслом. Улыбка официанта являла миру золотые коронки как попытку улучшить замысел божий. Наверняка Бог наградил этого парня прекрасными здоровыми зубами, а парень решил, что золото еще красивее… И Наденька вскользь подумала, что человек вряд ли сам понимает, к чему действительно следует стремиться, увлекшись ложными ценностями. А потом вдруг оказывается, что в суете ускользнуло что-то очень важное, настоящее…

Кофе, кстати, оказался на удивление хорошим, даже с легким ароматом Востока, который, может быть, источали прилавки с пряностями, расположенные напротив, а вовсе не кофе, но это было уже не важно. Вадим рассказывал, что теперь пишет в основном для подростков 10—15 лет, то есть для детей до гормонального взрыва. В этом возрасте человек наиболее чист, искренен, и люди, которые сохранили в себе детскость до старости, ему тоже нравятся.

— А ведь у меня недавно сын родился! — его лицо внезапно озарила улыбка, и Наденька искренне обрадовалась известию. То есть именно тому, что жизнь сама вырулила, исправила зигзаг, который вел в никуда. Потому что у них с Вадимом никак не могло случиться общих детей. Наденька и Вадим сосуществовали в параллельных мирах и даже, как оказалось, сохранили друг к другу некоторую симпатию, но все равно были не вместе, не в одной связке.

— Как назвали? — уточнила Наденька, поздравив с прибавлением.

— Петром, в честь деда, — ответил Вадим, и Наденька бы не удивилась ответу, если б не знала предысторию.

Волосы Вадима порядком поредели, и шрам над ухом довольно ясно читался, особенно если приглядеться.

— Отец крепкий мужик был, негибкий. В свое время на Байкале работал.

— Да, я помню…

— Исследовал водную фауну. А потом там завод захотели построить, чтобы отходы прямо в Байкал сливать. Намеренно нашли рыбку, которая выживет и в помойке, и отцу велели исследование провести, будто бы отходы производства фауне никак не вредят. А он отказался наотрез. Ну и загремел из Академии наук.

— Да? Ты никогда не рассказывал.

— Я сейчас хочу написать об этом. Вообще об отце. При жизни, видишь, как-то не получилось. Да он и сам упертый был, говорю, с неохотой кололся.

Наденьке показалось, что Вадим ищет себе оправдание.

— А ты стихи пишешь, я слышал, — он как будто намеренно сменил тему. — Я даже некоторые читал. Хорошие стихи, искренние, и это я вовсе не из лести говорю…

Наденька знала, что не из лести: Вадим никогда не станет хвалить слабые вещи, но сама его похвала ей слегка польстила.

— Знаешь, однажды я бегал по чиновничьим кабинетам и банкам, искал кредит, чтобы тираж моей книжки был не пять, а десять тысяч экземпляров. Бегал-бегал, и все напрасно. Издерганный, злой, зашел на почту, чтобы получить двухтомник Ахматовой по подписке. Сел тут же на почте, стал читать и просто оторваться не мог. До сих пор помню одно стихотворение. Оно называется «С армянского».

Я приснюсь тебе черной овцою,
На нетвердых, сухих ногах,
Подойду, заблею, завою:
«Сладко ль ужинал, падишах?
Ты вселенную держишь, как бусу,
Светлой волей Аллаха храним…
Так пришелся ль сынок мой по вкусу
И тебе и деткам твоим?»

Ахматова написала его в 36-м, когда Льва Гумилева в очередной раз схватили. И я подумал, какой же пошлостью был занят сейчас. На что я потратил драгоценное время жизни! Кстати, ты напрасно так сильно красишься, — неожиданно заметил он. — Ты сама по себе красивая.

— Может, это просто желание спрятать настоящее лицо. — Ее ответ был вовсе не далек от истины.

Разговор зашел в тупик. Вадим сообщил, что побудет в городе еще некоторое время, надо переоформить на себя дом на Старой Петуховке.

Ближе к лету Вадим неожиданно появился в редакции, причем обратился не к ней, а к Саше-Сократу, который исполнял обязанности главреда за неимением других желающих занять это место. Вадим громко требовал в приемной зарегистрировать его рукопись, хотя рукописи уже давно никто не регистрировал, они приходили и уходили сами собой. Потом он говорил о чем-то с главредом за закрытой дверью, а потом исчез, и Наденька даже не поняла когда. Но в коридоре еще некоторое время витал запах старого дома и крепкого табака, струю которого Наденька уловила каким-то особым чутьем, тонким женским нюхом, и эта струя потянула за собой целый ворох ярких картинок...

На планерке Саша-Сократ объявил, что в следующем номере будет повесть Вадима Сопуна с рабочим названием «Повесть о настоящей собаке», хотя название придется изменить, чтобы никого не травмировать. И это было удивительно. Не перемена названия, а само решение напечатать Вадима Сопуна. Саша-Сократ был человек крайне осторожный, несмотря на отсутствие цензуры, диктата партийных органов и самих этих органов. Еще более удивительным было то, что повесть ставили в номер прямо с колес, не мурыжа полгода, как было принято в «Северных зорях», и никто активно не возражал.

Наденька рукопись прочла в тот же день и в один присест. Вадим писал о собаке своего детства, хвостатом друге, только звали его не Тузик, а более благородно — Цезарь. И от отцовского боевого товарища, который его съесть хотел, Цезарю удалось сбежать, и от живодеров. Смерть настигла его, когда герой уже вернулся из армии. Отравили Цезаря, вернее, он сам крысиного яду нажрался, потом умирал страшно, долго. Вот и пришлось герою пристрелить пса из отцовской винтовки, чтобы не мучился, все равно было не спасти. Сам отнес в карьер и выстрелил в сердце. И с отцом потом поминки справлял, как по боевому товарищу, потому что отец с Цезарем на охоту ходил, ценил его и даже по-человечески уважал.

«Отец был крепкий мужик, негибкий. А рыдал, как мальчишка. Хотя последняя его армейская должность, которая заставляла приводить в исполнение скорые решения военных трибуналов, гибкости не способствовала. Отнюдь. Сразу после победы союзники засыпали в Германию провокаторов из власовцев и оуновцев, переодетых в советскую военную форму. Оккупация территории побежденного противника — это вам не турпоездка в дружественную страну...»

Да что за человек Вадим Сопун! Наденьке припомнился вечер на Старой Петуховке — с водкой, бытовым матерком и рассказом о Тузике и боевом братстве. Может быть, Вадима вело желание исправить непоправимое, несправедливое, переписать набело отшумевшую жизнь? Или, более того, попытка взять отцовский грех на себя, что будто бы не отец Тузика погубил, а Вадим собственными руками. Перед кем тогда он хотел оправдать отца? Перед самим собой? Или перед всем миром? Наденька читала и думала: какая пронзительная, честная вышла штука. Цельная, как слиток. И чистая, как капля дождя на стекле. Что, если такой и предстает во временном отдалении любая человеческая жизнь, очищенная от будничной мути, сплетен, домыслов и откровенных наветов? Проступает главное — то, что человек жил в своем времени как мог и цеплялся за жизнь как умел. Ведь цепляются все — кто правдой, а кто неправдой. Петр Николаевич Сопун жил правдой — окопной, безжалостной и откровенно жестокой. До смерти носил под одеждой солдатское хэбэ — Наденька сама забирала его из петуховской прачечной, а похоронили его в сталинском кителе — об этом ей Вадим рассказал. Другого парадного костюма Петр Николаевич не знал, да и не хотел. Теперь зачахнут клубничные грядки в семейном огороде — последняя забота, которая ему оставалась. То есть клубника еще некоторое время будет цвести и плодоносить, не подозревая ничего плохого, пускать усы, стремясь распространиться по всему огороду, — это в ее характере. А потом клубнику задушит сорняк, но в этом году кричаще-алые ягоды еще будут попадаться в густой траве… Хотя при чем тут клубника?

Боль не отпускала до самой ночи. Хотя ведь это была не ее боль, а только отраженная боль Вадима, но, может быть, и ее тоже, и чувство вины перед Петром Николаевичем хотя бы за нелюбовь к старому шкафу, в котором висел его сталинский китель. Старый Сопун отождествлял этот китель с собой, он выражал его парадное «я», до которого им с Вадимом не было никакого дела. И еще неожиданно проросла тоска по той недолгой несуразной жизни на Старой Петуховке, качелям с опорой на пару старых берез, пьяными песнями за стеной и огромным шкафом с зеркальными дверцами...

> Боль каблуком прижата лаковым
> и перекручена бельем.
> Я ведь тебя почти отплакала
> и закопала. Над быльем
> благословенными закатами
> клубится морок заревой.
> Моя любовь в асфальт закатана
> и не проклюнется травой.
> Мне жить, светить, как та стожильная
> электролампочка, до дней...
> До дна. Ты знаешь, я же сильная.
> От этого еще больней.

Только не раскисать и не плакать! Она сильная, сильная, сильная! Захлопнув тетрадку, — стихи она до сих пор писала от руки, — Наденька выпила рюмку за упокой Петра Николаевича и нырнула в холодную постель, зачем-то поставив будильник на семь утра, хотя завтра был выходной. Но ей хотелось с самого утра перешерстить свой архив, а заодно и прошедшую жизнь, чтобы еще раз пережить старую боль и превратить ее в нежность. Потому что это проще, чем найти новую любовь, за которой непременно последует новая боль.

* * *

Двухтысячные проросли, и вроде бы что-то должно было существенно измениться, но жизнь все равно крутилась вокруг одних и тех же людей. Они могли исчезать на неопределенное время, а потом возникали из ниоткуда, и Наденька уже думала, что людей удерживает вместе вовсе не привязанность, а скорей предопределенность, как будто это расписано заранее, кому с кем шагать рядом, и в этом даже чувствовался изначальный авторский замысел. А может, все было проще: маленький город есть маленький город, и нужно просто расширить свою орбиту, чтобы на ней появились новые люди. Наденьке это не удавалось. Стоило ей оказаться в метрополии, как тут же на нее обрушивалось огромное одиночество, и она остро ощущала собственную ненужность. Возможно, это обычная черта всех провинциалов, а она и была закоренелой провинциалкой, она все чаще так думала о себе, хотя ни с кем не делилась. Она все еще ожидала, что ее жизнь вдруг круто вырулит на новый виток, новый уровень. Как? Благодаря стихам, что ли? Надеяться на это было просто смешно, и все же...

Когда он неожиданно появился в редакции, Наденька поначалу решила не показывать носу из кабинета. Она слышала, как он разговаривает в коридоре и как смеется на басовых нотах, она узнала его по голосу и смеху. Но что он делал в редакции? Зашел по какому делу? Наденька вспомнила, что у него некогда было журналистское образование, однако много воды утекло.

Потом он сам открыл дверь ее кабинета, ввалился без стука и, сказав: «Привет», уселся прямо на стол. С короткой стрижкой он стал как будто бы больше похож на себя. Некоторые с годами становятся похожи на собственное привидение, а другие, напротив, вылепляются четче. Именно так и случилось с Кирюхой. Лицо его как будто ковали — брутальное, с суровыми складками между бровей. Вдобавок во рту недоставало зубов.

Он не так давно вышел из Вологодской колонии, где оказался «за сбыт и распространение» и куда по подписке поступали «Северные зори». По этой статье в колонии сидели далеко не урки, а люди вполне вменяемые и где-то даже интеллектуальные, употребляющие гашиш вкупе с занятиями восточной философией. Поэтому «Северные зори» там ждали с нетерпением, как привет с воли. Однажды так прямо по радио заявили: «"Северные зори" читают не только в библиотеках, но даже в колониях и тюрьмах».

— Почему у тебя в стихах одни несчастья и разбитые сердца? — спросил Кирюха, как будто они расстались только вчера.

— Специфика жанра, — Наденька пыталась не выдавать своего волнения. — Иначе нельзя.

— А я-то думаю, чего это я женщинам нравлюсь. А им просто необходимо страдание. И все же я не могу вообразить, что я тебе нужен.

«Сдался ты мне!» — подумала Наденька.

— Ты хорошо одета, тебе каждый месяц с неба падает копейка…

— Не с неба. Я на работу хожу, между прочим.

— Я тоже сперва устроился контролером в туалет при автовокзале. А потом меня сократили, и я пока на бирже как безработный, пособие получаю.

— Выходит, это тебе копейка падает с неба, а не мне, — Наденька зачем-то впуталась в этот бессмысленный разговор и уже сама понимала, что ее затягивает проклятая воронка, как тогда, во дворе магазина.

— Крутишься как белка в колесе каждый день. И тебе это нравится?

— Если я остановлюсь, уже не смогу начать сначала, — зачем-то опять ответила Наденька.

— Я-то ведь смог.

Что смог? Контролером работать в туалете? Наденьке так и хотелось обломать его глупую спесь, однако он, похоже, гордился своей биографией.

Кирюха сказал, что в тюрьме написал повесть о том, как сидел в тюрьме. И что все, кто успел ее к этому времени прочесть, плакали и в один голос твердили, что это бомба, которая может разнести прежние представления о литературе как о чем-то чрезвычайно занудном и трудночитаемом, как вот эти ее стишки о разбитом сердце. Потому что надо не ныть, а самоутверждаться в любом месте, где б ты ни оказался по воле случая или начальства.

На этих словах Наденькино сердце действительно заныло.

— Ладно, оставь, я прочту, — она ответила устало, потому что ее действительно утомил этот бессмысленный разговор. Ничего особенного от Кирюхиной повести она не ждала.

— Прочтешь? Точно? — он пристально буравил ее глазами.

— Я же в редакции работаю, поэтому даже если не хочу, то прочту.

Он выложил на стол мятую, неаккуратную рукопись, всю в жирных пятнах, как будто на ней обедали.

— А в электронном виде нет? — спросила она по привычке и тут же поняла бессмысленность вопроса.

Кирюха пожал плечами.

— Ну, я дня через три зайду? — в глазах его сквозила надежда на грани отчаяния, хотя он наверняка не хотел себя выдать.

— Да, — коротко отрубив, Наденька уставилась в рукопись, давая понять, что говорить больше не о чем.

Кирюхина повесть начиналась с того, как заключенных везут в колонию в спецвагоне и какая пронзительная грусть стоит в глазах бритоголовых мужчин, когда они глядят из окон на случайных девиц на перронах промежуточных станций. Им нельзя покидать вагон, и от этого они чувствуют себя обманутыми.

«Как странно, обманутыми, — Наденька споткнулась на этом слове. — А разве они ожидали от тюрьмы чего-то особенного?»

Да, ожидали. Отверженность сперва отдавала романтикой и некой горделивой бедой, однако скоро обернулась банальной несвободой, внутри которой шла своя сокрытая жизнь. Смысл ее в основном состоял в том, чтобы перетерпеть саму себя, впрочем, большинство людей на воле практически так же ожидали, когда же кончится один день и начнется другой. Работа, паек, параша — и более ничего. Ну, еще изредка кино в качестве поощрения, во время которого, именно если показывали эротические сцены, мог случиться непроизвольный оргазм…

На этом месте Наденька наконец поверила, что текст написал Кирюха. Было в нем странное сочетание документальной точности, свойственной людям с журналистским образованием — они вообще почти не умеют выдумывать, — и бесстыдной развязности, свойственной Кирюхе Подойникову. Может быть, именно ее он в свое время называл непризнанием границ. А дальше следовало отступление о мире детства, который в тюрьме окончательно умирал. Но если человек вспоминал и писал о нем, это означало, что для конкретного заключенного этот мир не окончательно умер, а просто сбежался в горошину и затаился глубоко внутри, в самом средостении.

Рукопись отдавала пороком. Не смердела, но и не благоухала, запах порока был чем-то средним между тем и этим, подобный аромату прелой сирени перед началом ее увядания. Сюжет буксовал. Повесть представляла собой скорее физиологический очерк, причем уже в середине чувствовалась явная усталость автора, перебивка дыхания. Кирюха был спринтером, его хватало только на отчаянный рывок, марафонская дистанция оказалась ему не по силам.

«Очень жаль», — почти вслух произнесла Наденька, отложив рукопись. И все-таки это был другой Кирюха. Или же она плохо успела узнать его тогда. Да где там успела за несколько коротких встреч, во время которых они почти не разговаривали, а только потребляли друг друга, чувствуя в этом насущную необходимость. Теперь из прошлых свиданий и этой рукописи выплавилась странная физиономия любви. Кажется, когда-то очень давно На-

126

денька смотрела французский фильм, который так и назывался — «Физиономия любви», так вот теперь она не могла подобрать происходящему иного названия, причем эта физиономия еще и намекала на возможное счастье, хотя трезвым умом Наденька понимала, что никакого счастья с Кирюхой состояться не может. Ну а с кем тогда может? Почему у нее до сих пор ничего не получалось с так называемыми нормальными людьми? Может быть, была в ней изначально несовместимость с тем, что считалось нормой?

Кирюха позвонил в редакцию через три дня и произнес явно заранее заготовленную фразу:

— Я имею нахальство думать, что родился только для того, чтобы написать эту книгу.

Наденька поняла, что Кирюха говорит это, полный надежды и страха. Ему полагалось добавить, что для сюжета необходимо, чтобы он умер. Это действительно во многом спасло бы сюжет, однако он ничего такого не сказал, и Наденька ответила довольно резко:

— Слушай, еще ни один автор не заявил с порога: «Я вам тут очередную ерунду притащил». Сюда приходят исключительно гении…

Кирюха тут же повесил трубку. Однако в конце дня, покидая редакцию, Наденька заметила, что он стоит на противоположной стороне улицы и поворачивает вслед за ней лицо, как подсолнух за солнцем. Ей хотелось бежать от него куда глаза глядят, потому что все это было бессмысленно. С другой стороны, зачем бежать? Было ее смятение, вызванное глуховатым подспудным страхом неизвестно чего. Но если для нее это последний шанс родить ребенка? До сих пор у нее это тоже не получалось, хотя она уже давно не предохранялась и даже была готова к тому, чтобы родить без мужа. Зачем вообще нужен этот муж? Выросла же она сама без отца. Ведь выросла же! За несколько минут она успела придумать какую-то гипотетическую жизнь и даже прожить ее. Она создала фантом, в центре которого был Кирюха Подойников со стройной фигурой и широкими плечами. Ее толкала к нему странная сила, которой сопротивлялись разум и зависимость от общественного мнения. Она могла бы подойти к нему и сказать: «Да черт с ней, с этой рукописью. Признайся честно, что ты пришел ко мне». Однако она просто окликнула его, подошла и сказала выверенно невозмутимо, что он напрасно обиделся, все не так страшно. Начало вообще написано замечательно, а потом интерес постепенно уходит, потому что нет развития действия…

А он все время улыбался щербатым ртом.

Потом они мирно посиживали вдвоем на скамейке под кленами, и Кирюха рассказывал, что всегда хотел стать сам собой и наконец стал им в тюрьме, потому что не пожелал уподобиться ублюдкам.

— Вы тут все заботитесь о своей репутации, а мне уже не стоит думать о ней.

И Наденька подумала, что хотя бы в этом он абсолютно прав.

— Можно тебя поцеловать? — спросил Кирюха.

— Не здесь, — она ответила коротко и будто даже расчетливо. По крайней мере, ей самой так показалось, и она была немного зла на себя за то, что ввязалась в эту порочную игру, причем как будто бы по собственной воле.

Кирюха рассмеялся и спросил, кого она так боится. Наденька и сама не могла бы ответить на этот вопрос, кого
конкретно. Она понимала только, что все свидетели их
разговора, в том числе собаки, цветы и ласточки, становились их сообщниками, хотя они пока что ничего зазорно-
го не совершили. Вообще ничего. Она уже собралась подняться и уйти, но внезапно резче ощутила собственную
неприкаянность и пронзительное одиночество. И с ужасом вспомнила, что только вчера накрасила на ногах ногти, как будто заранее знала про Кирюху и хотела ему по-
нравиться.

— Знаешь, любой предмет в мире для меня теперь оз-
начает совсем не то, что для тебя, — слепил Кирюха, и Наденька поняла, что он пытался при ней выражаться по
возможности литературным языком, но это давалось ему
с трудом. И все-таки она поняла, что он хотел сказать, до-
нести до нее, что простые вещи, вроде того, что они сейчас
сидят и разговаривают под кленами, еще недавно были
для него совершенно невообразимы, поэтому до сих пор
чрезвычайно значимы.

И вот опять внезапно проросло это яркое осознание
собственного присутствия в мире, включенности в общую
ткань бытия наравне с цветами и ласточками. Почему-то
это случалось только рядом с Кирюхой. «Вот мы сейчас
сидим на скамейке», — думалось Наденьке, и ей больше
не хотелось вставать, потому что встать и уйти — означало завернуть в ближайший магазин за молоком и хлебом
и отправиться прямиком домой, где ее ждала старая мама,
а больше никто и нигде не ждал.

— Так можно поцеловать? — переспросил Кирюха.

— Не здесь, — упрямо повторила она.

— Я спрашиваю не потому, что все еще влюблен в тебя, а просто так надо, — он произнес это гораздо более мягким тоном, и все-таки она поднялась, чтоб уйти. Потому что «так надо» в ее мире означало вовсе другое, чем в мире Кирюхи Подойникова.

Во «все еще влюблен» Наденька просто не поверила, потому что сомневалась, был ли Подойников вообще когда-либо влюблен в нее. Скорее всего, он этого обстоятельства попросту не помнил, поэтому и не отправился вслед за ней и дня два-три не появлялся на горизонте. Потом однажды с утра она обнаружила в своем кабинете записку, просунутую под дверь и свернутую вчетверо, что было весьма неосмотрительно, потому что записку мог найти кто угодно, хотя бы даже уборщица. Однако, на счастье, в редакции убирали редко. Записка была написана полудетским округлым почерком и по содержанию напоминала прошение о помиловании, однако заканчивалась так: «А помнишь, как мы ходили в "Апельсин" стрелять окурки?» Но дело в том, что ни в какой «Апельсин» они никогда не ходили. С какой бы стати Наденька стреляла окурки? Вероятно, Кирюха спутал ее с кем-то из прошлой жизни. Ну и пусть. Та, прошлая, жизнь давно окончилась. И Кирюхе все-таки удалось прорасти, пробиться сквозь асфальт забвения. Он снова присутствовал рядом.

Последовало несколько недель мучительной бессолнечной жизни, несмотря на царившее за окном яркое лето. Кирюха притянул к себе все ее мысли и нервы, тайные подспудные желания. И все это время она даже боялась смеяться, потому что в те области, которые обнаружились в ней и где именно обитали эти желания, нет доступа смеху. Теперь она ходила на работу в каком-то оцепенении, будто по принуждению, и все обыденные дела выполняла механически, не понимая их смысла. Временами она еще пыталась докопаться до себя, выдергиваясь в действительность, но тут же уходила на глубину, в самое себя, где не оставалось никого, кроме Кирюхи Подойникова. Иногда ей было невыносимо страшно, когда в Кирюхе просыпалось обыкновенное зверство, и он, намотав на кулак ее волосы, швырял ее на постель, а она лежала, не в силах сопротивляться, и думала именно: «Господи, страшно-то так». Женщина была для него кусочком воска, из которого он привык лепить все, что ему вздумается. Он то и дело спрашивал: «Тебе хорошо? Ты счастлива?» Если это и было счастьем, то пепельно-серым, подернутым пеленой бессознательного. Неужели именно это называлось «быть собой», то есть попросту жертвой?

Она заметно похудела, вдобавок случилась задержка на две недели, которая заставила ее поволноваться на полном диапазоне от радостного «неужели правда?» до «что же мне теперь делать?», однако напрасно. Никакой беременности не было и в помине, были элементарная усталость и издерганность. Пожилая врачиха с бесстрастно-мудрым лицом слегка покачала головой: «У вас, милочка, скорее всего, легкая форма генитального инфантилизма. Выносить и родить ребенка возможно только при гормональном лечении». Инфантильная матка! Почему же никто прежде ей этого не сказал, не назначил лечения? Инфантильная матка означала еще и то, что ей так и не удалось вырасти, стать настоящей женщиной. Она продолжала оставаться маминой дочкой, Наденькой, редким тепличным растением, и может быть, так и задумано было с самого начала, что она навсегда останется рядом с мамой, будет наблюдать ее постепенное увядание, ухаживать за ней и выполнять все ее прихоти и капризы? Кто-то ведь должен, это так. Но при этом ей самой никогда не стать матерью, не взять на руки собственную дочку. За что ей это? И что вообще впереди, кроме работы в редакции журнала, который по большому счету давно никому не нужен? А Вадим еще обвинял ее в том, что она некогда бросила ребенка, полосы на животе разглядел. Вот теперь она точно могла предъявить ему медицинскую справку: на, читай. Но господи, какая же горькая вышла насмешка! И кто это так жестоко шутит с ней? Кто?

Она ничего не рассказала Кирюхе, его этот вопрос наверняка не волновал вообще. Однако, узнав о себе кое-что новое, Наденька ощутила резкое отчуждение и явную бессмысленность происходящего. Кирюха вдобавок пристрастился одалживать у нее деньги, поначалу рублей по сто на пиво и сигареты, потому что его пособия ни на что не хватало, а работать в туалете он больше не хотел; потом стал стрелять по пятьсот, мотивируя тем, что у нее же есть зарплата, а у него нет. «Одалживать» — означало просто подкормиться, без намека на то, чтобы когда-нибудь вернуть эти деньги. Но это Наденьку не больно-то волновало до тех пор, пока в голове ее царил дурман под названием Кирюха Подойников, и Наденька не могла адекватно воспринимать происходящее. Теперь ей захотелось выскочить наружу хотя бы на несколько дней, выпутаться из липкой паутины…

Она сказала, что едет в отпуск. Отпуск ей действительно полагался. Наденька взяла билет до Валдая, где теперь проживала ее сестра с мужем и двумя детьми. Мама спросила, надолго ли. Где-то на неделю. «Ого!» Мама теперь на все отвечала: «Ого!», утвердившись в зацикленном времени домашнего мирка и предпочитая не выходить на улицу, хотя формальных причин для этого не существовало. Она попросту присвоила Наденьку из невозможности переносить полное одиночество. Перед отъездом Наденька купила ей новый телевизор, потому что старый практически отдал концы, а мама жила исключительно сериалами, перипетиями экранных героев, и на неделю они способны были заменить ей Наденьку.

Отъезд скорей походил на бегство. Наскоро собрав чемодан и купив какие-то дурацкие гостинцы, Наденька села на проходящий поезд, который единственный шел до места без пересадки. Вагон был странно пуст, несмотря на отпускной сезон, только по соседству на боковых местах устроилась толстая мамаша со множеством чумазых детей, которые тут же захотели в туалет. Возня с горшком и уговоры проводницы в иной момент стали бы раздражать Наденьку, но теперь она переносила их почти с умилением и думала, что этих детей стоит перво-наперво отмыть, а девочку нарядить как следует. С девочкой вообще, наверное, можно играть как с куклой, хорошо иметь девочку! Перед самым отправлением в вагон шумно ввалилась еще какая-то компания, быстро рассосалась по своим местам, поезд дернулся и поехал, а через минуту-другую Наденька с удивлением увидела напротив себя рыжего Сашу, сотрудника радио, который запрыгнул в поезд в последний момент и еще блуждал по вагонам.

Саша успел поседеть и будто вылинять. Огненная его шевелюра отгорела, покрылась налетом пепла, лицо скукожилось и стало похоже на фигу, но вздорно торчащий нос по-прежнему венчали очки с толстыми стеклами. Саша узнал ее, поздоровался: «Привет» — и поинтересовался, не болят ли у Наденьки зубы, потому что ее лицо, в свою очередь, показалось ему слегка перекошенным. Он тут же заказал проводнице чаю и разложил на салфетке печенье, пастилу и еще какие-то сладости, которые в обычной жизни Наденька не ела, потому что просто не увлекалась сладким. Однако Саша уговорил. Он ехал то ли в командировку, то ли просто по каким-то своим делам, Наденька плохо поняла, да это было и не важно. Ей вспомнилось, что однажды они с Сашей вот так же пили чай на Старой Петуховке, и он рассказывал ей о том, какая яркая жизнь бурлит в Москве. Наденька посмотрела в окно. Поезд как раз миновал маленькую станцию с задрипанным, вросшим в землю вокзальчиком, и за окном потянулись частные огороды с пугалами… Наденька подумала, что там, в Москве, может, что-то и меняется с течением времени, только у них в провинции принципиально не меняется ничего уже сто пятьдесят лет.

— Почему ты молчала, что Сопун тебя бил? — неожиданно спросил Саша.

— С чего ты взял? — Наденька даже рассмеялась.

— Да он мне сам недавно признался. Колотил я, говорит, ее почем зря, вот она и ушла.

— Нет. Это неправда, — Наденька по инерции начала было оправдываться. — Может быть, он кого-то другого бил, только не меня.

Мужчины вообще часто путают подруг своей жизни, то есть помнят собственные действия и антураж, но с кем именно это происходило, для них вовсе не важно, потому что в центр событий они помещают себя, вот как Кирюха Подойников с этим «Апельсином». Хотя нет, не то. Наденька поняла, что Сопун опять перевел стрелки, будто он один во всем виноват, и чтобы больше никто ничего не спрашивал. Хотя дело прошлое, неужели кто-то до сих пор перемывал им кости? Вот именно что кости — трупик ее любви в лифчике изумрудной зелени давно истлел в платяном шкафу.

Нет, слишком много нитей связывало их с Сопуном. Наденька еще раз пережила жизнь на Старой Петуховке, «короткую, но яркую», — именно! Вспомнила качели, зеркальные дверцы шкафа, уставленную кастрюлями дровяную плиту и, наконец, полосы на животе…

— Сопун от сына отказался. Слышала? — буднично, как бы между делом произнес Саша.

— Как это? — Наденька даже вздрогнула.

— Глазки у ребенка голубые. Все ждал, что потемнеют, как это часто случается, а они так и остались голубыми.

— Что? Голубые глазки — и все? — Наденьку пригвоздило к месту.

— Ты разве Сопуна не знаешь? Ему достаточно малейшей зацепки, и он целую историю вытянет на поверхность. Я пытался его переубедить, да где там.

— Нет, как же можно! Он ведь еще хвастался мне…

— Да, хвастался. Гулять ходил с Петенькой, дорогие игрушки покупал.

— И вот так, в одночасье? Но ведь ребенок уже подрос и все понимает.

Саша пожал плечами:

— Говорит, мне ублюдков не надо.

— Почему же ублюдков? У него есть доказательства?

— Жена на гастроли ездила часто, вот тебе и доказательства, — шумно отхлебнув из стакана, Саша замолчал и уставился в окно.

Поезд весело катил через мост, внизу река играла бликами солнца, на водной глади застыло несколько лодочек. Прямо картинка из букваря. Такой же широкой, медленно текущей и блестящей на солнце представляли в букваре саму жизнь.

«Да кто ты такой? — под перестук колес думала Наденька. — Разве ты злой? Ты же человек изначально добрый. Так что же делаешь с собой и со всеми, кто тебе дорог? Знаешь, у меня, наверное, вообще не будет детей...»

— Ты что там шепчешь? — спросил Саша, возвращаясь к чаю.

Наверное, она говорила почти вслух. С ней это случалось в последнее время, правда, когда она сочиняла стихи. Иногда шла по улице — и вдруг улавливала сперва ритм, а потом и целую строчку, которая тянула за собой другую. И вот, чтобы не забыть, она начинала проговаривать их про себя, а потом незаметно — вслух. И прохожие оборачивались ей вслед.

гда выпадет снег? А теперь впереди только ветер и снег...
Фраза зацепила. Наденька едва добежала до своего стола.

Нет, теперь впереди только ветер и снег.
И насмешки. А стоит ли дальше так жить?
Грех унынья, оправданный, впрочем, вполне,
Если прежнюю жизнь без конца ворошить.
В ней плевки поцелуев, разящих вином,
Послевкусие, горькой любви атавизм,
Пережитки надежды. Не все ли равно?
Неужели оно называется жизнь?
На задворках любви прорастают цветы
Среди сорной травы, среди мертвых камней,
Там манящие маки разинули рты
И безмолвно поют в утешение мне.
Там гуляют собаки стоглазой толпой,
Удивительно нежно глядят на меня
Кобели, увлекая хвостом за собой,
Чтоб остатки любви до конца разменять.
И какая-то сучка, чей жалкий живот
Безнадежно исполнен хвостатых ребят,
Материнского счастья безропотно ждет.
Почему так же просто не радуюсь я?

Еще одно стихотворение в будущий сборник. Ну и что?
Кто обрадуется, что наконец-то у нее выйдет книжка, кроме разве что мамы? Ну, еще в местной газете напишут,
в отделе культурных новостей, что такого-то числа состоялась презентация поэтической книжки...

В редакции царило затишье. Сдав очередной номер в печать, Саша-Сократ уехал в санаторий, деятельность замерла, впрочем, и при нем она не бывала бурной. Так, наведывались авторы, которым было что сказать человечеству, как они полагали. Однако почти ничего яркого, свежего… Можно было спокойно заниматься своими делами, высиживая в кабинете отпущенные на работу часы, пить чай с печеньем и созерцать, как за окном по осени затухала жизнь.

Однажды явился Вадим Сопун. Ворвался странно веселый, яркий, в ковбойской шляпе и остроносых «казаках», купленных явно на барахолке. Сказал, что принес статью, которую Наденьке следовало во что бы то ни стало протолкнуть в печать, пока Саша-Сократ отдыхает, потому что Саша трус и подхалим, лижет задницу местному начальству из страха, что журнал закроют. А журнал неминуемо закроют, потому что читать в нем нечего, кроме маразматических мемуаров и жидкой прозы, похожей на столовский супчик, — вроде плещется в тарелке, а не насытишься…

— Давай сюда, — коротко и сухо ответила Наденька.

Она пока что только убедилась в том, что Сопун вернулся домой, потерпев в столице окончательное фиаско, и что клоунский его наряд был своеобразной реакцией на это фиаско. Наденьке рассказывали еще летом, что после развода со своей музыкантшей ему оказалось попросту негде жить, снимать квартиру в Москве было не по карману, постоянной работы так и не нашлось, перебивался случайными заработками… В общем, банальнейшая и вполне предсказуемая история. Провинция все же крепко держала своих сыновей, не позволяя им выпорхнуть в большой мир и расправить крылья. Рано или поздно они возвращались, кляня на чем свет провинциальную скуку, глупость и бездарность местной жизни, однако в иных краях приходились и вовсе не ко двору. А теперь и в родном городе Сопуна на работу никто не брал, поэтому квартиру ему приходилось по-прежнему сдавать, а жить в отцовском доме на Старой Петуховке с дровами и водокачкой через квартал. И что толку человеку от трудов его?.. Нет, какая дурная, бесконечная получалась круговерть. Что же, сколько ни рыпайся, а все равно окажешься на прежнем месте, там, откуда так хотел вырваться. И то, что ты лелеял в мечтах, рано или поздно разбивается «о деревянную жопу реальности», как точно подметил один местный классик, автор «Северных зорь», хотя «жопу» в печать, конечно, не пропустили, нашли какой-то постный эквивалент...

Сопун писал о том, что министерство культуры должно быть уничтожено как орган абсолютно бесполезный, а высвободившиеся деньги следует отдать непосредственно деятелям культуры. В этом он, вероятнее всего, был прав, однако «Северные зори» финансировались именно министерством культуры, поэтому пилить сук, на котором сидишь... А дальше Сопун распространялся по поводу обкомовских шлюх, которые еще при советской власти шли в культурное начальство, потому что проституция только слегка видоизменилась с языческих времен. «До 35—40 лет партфункционерок использовали в обкомах и райкомах КПСС и ВЛКСМ по прямому предназначению. Потом их надо было куда-то девать. А куда? На фабрику валяной обуви директором не поставишь — глупые эти партфункционерки еще провалят госплан. Поэтому только в культуру. Так подержанные обкомовские шлюхи становились директорами музеев, библиотек и прочих объектов соцкультбыта, а затем плавно перемещались в министерство на вакантные должности и начинали обучать несознательную богему, как правильно писать рассказы и картины, ставить спектакли…» И опять Наденьку охватило это ощущение гигантской ленты Мебиуса, по которой все они, оказывается, так и продолжали двигаться в невозможности выскочить, разбегались и снова сталкивались друг с другом, бесконечно возвращаясь к одному и тому же… Да что же он зациклился на этих обкомовских шлюхах! Советская власть давно кончилась, бороться вроде бы больше не с чем.

Наденька понимала, что ей придется как-то объясняться с Вадимом, потому что он принес статью именно ей, очевидно полагаясь на ее смелость и какие-то скрытые возможности. Хотя Надежда Эдуардовна при всем желании не могла протолкнуть в печать ни одну статью через голову Саши-Сократа, а ему действительно не стоило даже показывать сочинение Вадима Сопуна, потому что культурное начальство ценило его за покладистость и неимение собственного мнения, отличного от мнения этого самого начальства. По большому счету Вадим Сопун и не умел писать публицистику. Он попросту копался в загаженном внутреннем мирке, выставляя на всеобщее обозрение мелочные едкие обиды. Наденьке вспомнились Вадимовы грязные трусы, которые Кирюха Подойников однажды обнаружил у нее под диваном. Примерно такое же чувство вызывала эта статья, ее хотелось отправить в корзину с грязным бельем, а не на журнальную полосу. И с какой стати Наденька должна способствовать публикации? Но ведь Вадим явно давал понять, что именно Наденька должна правдами или неправдами обнародовать теорию обкомовских шлюх. Можно, конечно, свалить все на Сашу-Сократа, что он, а не Наденька, в конце концов, решает судьбу каждой строчки, но это было бы чересчур трусливо и даже нечестно, потому что Наденька научилась отвечать за себя и за журнал в целом.

Когда Вадим заглянул к ней через три дня, мячкая в руках ковбойскую шляпу и тем самым невольно выдавая свое волнение, Наденька ответила прямо, что ни один редактор в здравом уме эту статью публиковать не возьмется, потому что это верное судебное разбирательство, а приведенные доводы весьма умозрительны и недоказуемы... Вадим, не дослушав ее, надел шляпу, потом, чуть помедлив, приподнял ее в знак прощания и молча вышел. Однако, перекурив на лестнице, вернулся и произнес без прелюдий:

— Ты, Наденька, не умеешь отдавать.

— Что отдавать? Долги?

— Нет, в более широком смысле. Для того чтобы любить, надо отдавать. А ты так гордишься, что ты особенная, что у тебя нет мужа, нет детей, что ты разбазарила все, что называется нормальной жизнью. А на самом деле ты просто отдавать не умеешь.

Вклиниться в его монолог было невозможно, да это бы означало опять оправдываться, хотя оправдываться перед Сопуном было не в чем, поэтому Наденька просто молча слушала, пытаясь не примерять его доводы на себя. Потому что разве она бездумно разбазарила эту самую нормальную жизнь? И вообще, что такое нормальная жизнь в понимании Сопуна? Вечера на хуторе Старая Петуховка, с которого она в свое время удачно сбежала? Или Кирюха Подойников? И почему Вадим наконец не оставит ее в покое?

Саша-Сократ, вернувшись из санатория, спросил ее публично, на планерке, что за история произошла с Сопуном и почему она не приняла его рукопись. Оказывается, Сопун нажаловался в министерство культуры о том, что он, как член местного творческого союза, имеет право публиковаться в «Северных зорях», а редактор Балагурова его отвергает. Министерство культуры обязано разбираться с жалобами граждан, поэтому оно и спустило жалобу в «Северные зори», дабы редакция ответила непосредственно, что там произошло. Сократовский лоб главреда собрался гармошкой, когда он в паузе испытующе смотрел на Наденьку.

— Если министерство культуры настаивает, давайте опубликуем, — спокойно ответила Наденька.

Она устала, ей не хотелось возвращаться к теме, да и вообще по большому счету не хотелось работать в этом журнале, который превратился в площадку самореализации прозаиков и поэтов, чьи рукописи не принимало ни одно другое издание: они были откровенно бездарны. Нет, по большому счету жизненная тема себя исчерпала, надо было искать что-то новое. Но что?

Потом Саша-Сократ затек в ее кабинет с рукописью Сопуна и вкрадчиво спросил:

— Так что же ты не объяснила по-человечески, как есть?

Наденька только отмахнулась:

— А кто бы стал меня слушать? Сопун же теперь в фаворе. Как же, он из Москвы вернулся, а для вас Москва — волшебное слово… — неожиданно для себя она захлебнулась. Оказывается, ее по-настоящему задевало то, что теперь приходилось оправдываться по поводу и без повода, причем каждый норовил уколоть: а ты вообще кто такая и что ты понимаешь в литературе.

Статья Вадима Сопуна вскоре всплыла на каком-то московском сайте с такой преамбулой, что ее не пропустили в «Северных зорях», которыми управляют гламуры из племени двуногого быдла, и что сквозь холеные руки этого гламурного быдла подлинно талантливый текст не может прорваться к думающему читателю. Вадиму даже вручили какую-то журналистскую премию «За смелость и новаторство», и об этом в местных новостях несколько раз крутили сюжет. А Наденьке помнился визит Шкатулочки в их убогую квартиру на Старой Петуховке, простая закуска на столе, шкалик и две рюмочки по случаю рассказа о настоящей собаке. Что там говорила Шкатулочка? «Нельзя так бездумно распоряжаться собственной жизнью, пусть ее даже впереди очень много». Наперед, что ли, знала Мария Ивановна? Или судьба всех жен Вадима Сопуна трагична изначально, и это как-то сразу заметно? Бедная Шкатулочка, вспомнил ли кто ее добрым словом? Наверняка же не одним Сопунам помогла получить квартиру…

Глухой зимой, когда рассвет едва брезжил и птицы сидели на ветках круглые, как шары, нахохлившиеся и от холода лишившиеся дара пения, Наденька вышла вынести мусор, хотя выходить на мороз субботним утром ой как не хотелось. Поваляться бы еще в постели с книжкой, однако ведро пованивало тухлой рыбой, мама ворчала, и ничего иного не оставалось, как натянуть теплые штаны, полушубок, завернуться в пуховый платок — все равно во дворе в такой час никого нет — и выкатиться во двор. Помойка оказалась настолько щедрой, что к ней вплотную было не подойти. Походило на то, что кто-то затеял в квартире евроремонт, скорее всего, после смерти престарелого родственника, и вот весь жизненный скарб, сопровождавший покойного долгие годы, в одночасье оказался на свалке как никому не нужное барахло. Тут были лыжи Karjala, деревянные еще, давно снятые с производства, шестиструнная гитара, на которой пацаны семидесятых бацали дворовые песни, пачка старых писем и документов, среди них трудовая книжка водителя троллейбуса Николая Шепилова с последней записью: «уволен по случаю выхода на пенсию», но главное — целая библиотека, некогда собранная скрупулезно по подписке журнала «Огонек». Конан Дойль, Оскар Уайльд, Эмиль Золя, советская классика… Наденька, забыв про холод, перебирала прихваченные инеем томики. Водитель троллейбуса Николай Шепилов, дядя Коля, с которым она только здоровалась во дворе при встрече, оказывается, был начитанным человеком. Но волновал ли кого-то этот момент вообще? Или дядя Коля сам до выхода на пенсию внимания не обращал, что там у него на книжной полке. Стоят себе книжки и есть не просят.

Во дворе остановилась обшарпанная машина, и бедновато одетый мужчина, зайдя с другого боку, принялся нагружать книжками магазинные пластиковые пакеты.

— Это все я уже отложил, — он без обиняков оттеснил Наденьку от английской классики. — Вот, пришлось даже машину взять.

— Нет, пожалуйста, — Наденька выпустила из рук Голсуорси. — А как вы узнали?

— Сестра позвонила. Она здесь, в шестой квартире, живет, это ее сосед по площадке умер.

— А-а, — Наденька тихо возрадовалась, что кое-что все-таки еще можно спасти, и тут увидела знакомый переплет, выглядывавший из-под пакета с тряпьем. Вадим Сопун, «Моя карьера», в свое время эта книжка наделала в Москве много шума. Наденька попробовала оторвать ее от другой, толстой книги, к которой «Карьера» за ночь основательно примерзла. Не получилось, и Наденька взяла в руки обе. Толстый том оказался Библией, причем фундаментальной, с золотым тиснением по корешку. Это походило на прощальное объятие, так люди, приговоренные к смерти, иногда обнимают совсем чужого человека, оказавшегося рядом, только для того, чтобы не умирать в одиночку. Как будто с кем-то вдвоем это не так страшно.

— Я эти две возьму? — Наденька на всякий случай спросила дядьку с пластиковыми пакетами.

— Берите, я уже отобрал все, что хотел, — и он, поворачиваясь, принялся загружать пакеты в багажник. — Вот люди! До такого даже Брэдбери не додумался.

— В каком смысле?

— А в таком, что никого и не потребовалось отучать от чтения. Сами забыли, как это делается!

Когда дядька наконец загрузился и его машина покинула двор, фыркая и пукая фиолетовым дымом, Наденька еще немного порылась в книгах — почти все в таком же исполнении были у нее на полке, мама еще покупала, — а потом из жалости подобрала плюшевого мишку, убогенького, советского еще производства. Мишка был ей не нужен, но почему-то к нему вдруг проросла острая жалость. Наверняка ведь был чьей-то любимой игрушкой и думал — если игрушки все-таки умеют думать, а почему бы и нет, ведь в детстве они для нас живые… Так вот, мишка думал, что так будет всегда, что его хозяин никогда не вырастет, и вдруг его отправили на антресоли вместе с другими игрушками, а теперь — вообще на помойку. Неправильно это, нельзя так с игрушками поступать, сродни предательству…

* * *

С течением времени сердце примиряется с теми, кто тебя предал. И начинает казаться, что первые лет двадцать пять жизни и были собственно этой самой жизнью. Простые, но яркие радости, взлетающие до неба качели, мороженое в вафельном стаканчике как лучшее лакомство, приправленное безусловной любовью целого мира к тебе, когда все вокруг только и заняты тобой, твоими успехами. А потом, напорхавшись вдоволь, вот так усаживаешься на ветку и вдруг понимаешь, что, в принципе, можно уже помирать, потому никто от тебя давно ничего не ждет, что выросли новые люди, которые заполонили собой все свободное пространство и которым ты на фиг не нужен.

Теперь каждое новое лето Надежда Эдуардовна, Наденька, которой так и не удалось окончательно повзрослеть, путешествовала уже не для того, чтобы увидеть новые места, а только для того, чтобы встретить тех, с кем рядом когда-то жила, кто помнил ее совсем юной. Хотя ей до сих пор говорили, что она выглядит юной. И всякий раз перед сном, когда запивала сердечную таблетку водой, на ум ей непременно лезли строки: «Летели дни, кружась проклятым роем…» Вероятно, потому, что дело обстояло именно так: засасывала проклятая круговерть будней, из которой она едва успевала выдернуть голову, как тут же захлестывал поток суетных, никчемных, в сущности, дел. И только когда угасал очередной день, хотелось ненадолго придержать его: куда ты? Мы же с тобой толком ничего не успели…

Вылазки в действительность, то есть осознанные вылазки, когда она ясно ощущала свое присутствие в мире, случались неожиданно, как если внезапно загорался яркий фонарь на темной дороге, и тогда казалось, что некто большой и страшный, который заранее решил все за нас, намеренно выхватывал ее из темноты. И ничего другого не оставалось, как только двигаться вперед, потому что ничего иного вот именно что не оставалось. Она руководила отделом в крупном информационном холдинге, хотя само название «холдинг» звучало смешно для провинциального городка, сермяжная сущность которого с годами проявлялась все яснее. Рабочая слободка, признававшая в качестве досуга только пьянство и простые развлечения вроде телесериалов или концертов приезжих артистов. Стихи она не забросила, у нее вышло несколько сборников, и творческие вечера регулярно случались в городской библиотеке. Только теперь, возвращаясь после выступления домой с букетом цветов, она намеренно замедляла шаги, потому что спешить было некуда и никто не радовался ее успехам. Более того, она однажды обнаружила, что уже не хочет ярких нарядов, к которым всегда питала настоящую слабость, потому что не с кем поделиться радостью от обновки: мамы больше не было рядом, и с ее уходом обнаружилось не только настоящее одиночество, но подлинное сиротство и настоящая бессмысленность бытия, когда на работу она ходила только в поисках хоть какого-то смысла.

Однажды случилось так, что творческий вечер в библиотеке окончился очень поздно, и к остановке она шла вместе с последним читателем, молодым человеком лет двадцати пяти, который задавал ей из вежливости ничего не значащие вопросы. Они поднялись знакомым путем по влажным ступенькам и дальше пошли короткой аллеей, усыпанной кленовыми листьями. В этот день как раз грянула настоящая осень, которая, по обыкновению, не оставляет никаких надежд даже на мимолетное возвращение тепла. Короткое и твердое НЕТ, которое все же приходится принять, как и неминуемое наступление сумеречной зимы… И вот в некоторый момент на этой темной аллее ей вдруг совершенно явно представилось, что все это уже было однажды. Она точно так же возвращалась той же тропой из библиотеки, а рядом с ней шел молодой человек лет двадцати пяти — давно, когда она еще училась в университете. Они говорили о чем-то маловажном, потому что ни о чем ином люди не говорят по пути на остановку, и ветер осени так же безжалостно и безответно срывал с деревьев яркие желто-красные листья. Летели дни, кружась проклятым роем… Дни или желтые листья, подобные листкам календаря? Сравнение затасканное, конечно, но ведь так оно на самом деле и было. Космический ветер последовательно и неумолимо срывал дни один за другим, и они уносились неизвестно куда, растворяясь в бездне прошедшего времени.

И тогда, давно, ей представлялось так, что двадцать пять лет — это кошмарно взрослый возраст, до которого она, может, еще и не доживет. И что молодой человек, который шел к остановке вместе с ней, наверняка знал что-то такое, чего не знала она. Не в смысле гуманитарных наук, а в том смысле, как вообще устроена жизнь. И что когда-нибудь она тоже об этом узнает и тогда наверняка станет очень серьезной женщиной с закрученными тугим узлом волосами. И вот, вынырнув в реальность и осознав себя вновь в той же ситуации и в том месте, она вдруг с ужасом осознала, что так ничего и не успела понять о том, как устроена эта самая жизнь. И что молодой человек, который идет рядом с ней, на самом деле еще очень молодой человек, поэтому что вообще может он понимать…

Потом у него в кармане зазвонил мобильник, и он ответил, утверждая во Вселенной свое время и место, что вот сейчас идет из библиотеки, да, той самой аллеей, и скоро будет на остановке, и чтобы она шла ему навстречу. И на какую-то долю секунды Надежде Эдуардовне, Наденьке, стало непонятно, а почему есть еще какая-то она? Потом они вышли к автобусу, и все это сразу кончилось. Навалилась промозглая тоска обычной осени. Листья чавкали под ногами грязными мокрыми тряпками, и Наденька подумала мимоходом: «А что это я?..»

Летели дни, кружась проклятым роем… Еще одна осень, как твердое короткое НЕТ.

В тот вечер ей позвонил Вадим Сопун, чтобы поздравить с их серебряной свадьбой. И Наденька от души рассмеялась, потому что в свою очередь смеялся он. Почему-то им обоим было очень смешно оттого, что они поженились двадцать пять лет назад. Вадим предложил встретиться завтра, отметить событие, например, у него дома в шесть. До этого момента они не разговаривали лет десять друг с другом. Правда, при встрече на очередном вираже ленты Мебиуса здоровались, но только кивком, и продолжали двигаться каждый в своем направлении.

Наденька знала, что вскоре после возвращения из Москвы Вадим снова женился, причем на женщине, случайно подвернувшейся под руку. Она белила потолок в его доме на Старой Петуховке и клеила новые обои. Через год у них родилась дочь, которую назвали Надеждой, чему Наденька очень удивилась, но Вадим объяснял всем вокруг и даже вывесил пост в соцсетях, что это действительно его последняя надежда, поэтому дочку назвали никак не в честь Надежды Эдуардовны Балагуровой, не подумайте ничего такого. Надежда Эдуардовна, сволочь, не пропустила в печать его публицистику, которая затем размножилась на московских сайтах и за которую ему даже дали премию, а то и две, так что плевать нам на Надежду Эдуардовну… Вскоре после родов новая жена Вадима пристрастилась к бутылке, а еще через год умерла, потому что у нее открылась застарелая язва желудка, а от плохой водки случилось прободение… Наденька только удивлялась, зачем же Сопун женился на этой малярше и что могло быть у них общего, кроме ребенка. Вадим по-прежнему обитал в доме на Старой Петуховке вдвоем с дочкой, которая уже ходила в школу. Несколько лет назад Наденька встретила их в парке, на детской площадке. Наденька-вторая возилась в песочнице, не обращая внимания на прохожих, целиком занятая песочными замками. Наденька неожиданно для себя окликнула ее: «Наденька!» Девочка подняла головку и посмотрела прямо на нее черными смышлеными глазками. Стряхнув морок, Наденька поспешила дальше, не пожелав задерживаться.

Вообще Наденька любила осень, даже самую глубокую и промозглую. Потому что осень, по крайней мере, была искренней, она не обещала скорого тепла, вообще ничего, кроме ветра и близкого снега. И это была правда, в отличие от обещаний, которые в самом начале раздавала жизнь. Наденька чуть припозднилась: автобус не остановился по требованию, и ей пришлось шлепать по жирной петуховской грязи квартала два. За четверть века там ничего не изменилось, и будто бы те же собаки валялись на обочине в ожидании хозяина, случайной подачки или милости от самой природы, вдоль заборов шныряли те же коты, и те же герани горели в окнах, украшенных тем же тюлем. Во дворе ветер трепал кучу листьев, собранных для костра, и Наденька подумала мимоходом, что пора наконец точно так же сжечь на огромном костре весь душевный мусор, хлам.

Когда она наконец появилась на пороге, в красном пальто и пылающей шляпке, как некое чудо посреди петуховской бедности, ее снова встретил огромный, до потолка, двустворчатый шкаф с зеркальными дверцами, принял ее отражение и, наверное, сразу же отправил в скрытые файлы своей памяти. Кто может сказать наверняка, что вещи не обладают памятью? Они ведь не молчат, поэтому мы считаем, что ничего такого нет, но кто знает, как оно там в мире вещей на самом деле? Наденька усмехнулась своему желанию произнести с порога: «Уважаемый шкаф...»

— Чему смеешься? — спросил Вадим.

— Да настроение просто хорошее, несмотря на осень.

Она устроилась на диване, который привычно крякнул под ней, и поняла, что Вадим действительно ждал ее возвращения. Вот просто сидел дома и ждал, может быть, уже не один вечер, а шестьсот, семьсот вечеров подряд. А может, он сперва даже не понимал, чего именно ждет, но просто сидел. А там наконец понял, что ждет именно ее, Наденьку, и натопил печь, чтобы в доме было тепло, разжег плиту, чтобы приготовить к ее приходу курицу с картошкой. В доме сто лет уже была электроплитка, но он предпочитал готовить на живом огне...

На столе были разложены еще какие-то нехитрые закуски, нарезка и салатики из магазина, а по центру бутылка грузинского вина отливала черной кровью. Вадим сказал, что водки давно не пьет. Да ну ее вообще, эту водку, люди от нее дохнут как мухи. Вот и жена его последняя, Зойка, откинулась, чего и следовало ожидать. Любила заложить за воротник.

— Зачем же ты женился на ней? — спросила Наденька.

— Понимаешь, я очень ребеночка хотел. Пусть даже все равно кто его родит, мой будет, мой. Сам воспитаю. А тут Зойка подвернулась — бойкая, с глазами как чернославы. В общем, как-то само собой закрутилось, а когда опомнился, Надька уже родилась… — Выглядел он растерянно, как мальчишка, который вызвался объяснить, откуда у него на штанах огромная прореха. — Она у меня на хореографию ходит. Тут недалеко занимаются, в школьном спортзале, часам к восьми вернуться должна.

— Не боишься одну отпускать?

— Да она с соседской девочкой ходит, их потом папаша на машине домой привозит. Тут, на Старой Петуховке, дети как бы общие…

«Вот везет мужикам, — думала Наденька. — Ближе к пенсии ребенка завел, и никаких сожалений, что, мол, старый уже папаша. Сколько же ему лет? Уже под шестьдесят…» Наденька отметила, что Сопун в последнее время сильно сдал. Похудел, поседел до белизны и наконец аккуратно подстриг усы, превратившись в ничем не примечательного, в общем-то, человека, которого вряд ли выделишь из толпы. И еще она подумала, что в свое время у нее не получилось вот так же ребеночка родить от кого угодно, то есть от Кирюхи Подойникова. Она внимательно посмотрела на шкаф, пытаясь проникнуть в глубь отражения, в само зазеркалье, в котором где-нибудь среди скрытых файлов наверняка до сих пор хранилось изображение голого Кирюхи Подойникова и этой его девицы с задницей ослепительно-белой и яркой, как фотовспышка. Когда же все это случилось? Как будто только вчера.

— А помнишь, качели висели во дворе между двух берез? — спросила Наденька. — Они сейчас где?

— Качели? Нет, не помню. Я вообще из тех лет мало что помню и как-то отрывками. Может, потому, что водки много пил. А может, просто думал, зачем запоминать, если все еще впереди.

— Так ведь не намеренно оно запоминается, — сказала Наденька и подумала, что ведь тоже помнит из той давно прошедшей жизни какие-то отрывки. Как Вадим приходил пьяный и шуточки свои отпускал дурацкие про тетку, засоленную в бочке, и производство золота из бытового дерьма, как она плакала навзрыд от жалости к себе и еще оттого, что жизнь не оправдала ее ожиданий, от невозможности счастья.

— Ты самая счастливая из моих жен, — сказал Вадим. — Может, потому, что вовремя от меня сбежала. А может, в силу своего характера. Ты же упертая, захочешь, так своего добьешься.

— Счастливая? А чего я такого особенного добилась? — Наденьке опять захотелось плакать.

— Последние стихи у тебя замечательные.

— Читал, что ли?

— Читал, даже книжку купил однажды. Сейчас все кому не лень стишки свои издают, а люди читают и думают, что это и есть поэзия. Настоящих стихов очень мало, причем они произрастают на нездешней почве, то есть принадлежат как будто не этому миру, ну я не знаю, как еще объяснить…

— Я только недавно поняла, — наконец невпопад сформулировала Наденька, слегка удивившись внезапно ясности мысли, — что никакой иной жизни нет и не было никогда.

— Какой еще иной жизни?

— Ну, я раньше думала, что вот мы барахтаемся в своем мирке, как та лягушка в болоте. И не выпрыгнуть нам из зеленой ряски, сколько ни бей лапками. А где-то идет иная, правильная жизнь, о которой в книжках пишут, в ней все иначе устроено, и каждый день не похож на другой. Так вот я наконец поняла, что этой жизни просто не существует, ее выдумали поэты. А на самом деле — та же маета повсюду, куда ни плюнь. Зачем живут люди, мучаются…

— Знаешь что, — помедлив, сказал Вадим. — А может, ты опять за меня замуж выйдешь?

Он дал ей с полминуты очнуться, а потом продолжил страстно, как заговорщик, раскрывающий план захвата власти:

— Подумай. Две квартиры сможем обменять на одну большую. И дочка уже готовая есть, воспитывать вместе будем. Я раньше думал, что ребенок сам вырастет, воспитывать не надо, чтобы не сломать, как травинку, которая сама тянется к солнцу. Траву ведь никто не поучает, как ей расти, она сама все правильно делает. А теперь вижу — нельзя ребенку без матери, некоторые вещи только мать может объяснить… — он выдал это на одном дыхании, без пауз, как будто долго репетировал, держа перед глазами листок.

— Так ты… это… ради дочки, что ли?

— Нет, ты не думай. — Вадим залпом выпил стакан вина. — Я долго размышлял, и чего мы с тобой… характерами не сошлись, как говорят. Могли бы притерпеться.

— Притерпеться — это к чему-то неудобному можно притерпеться. К дырявым ботинкам, например, потому что денег нет купить новые. Но рано или поздно все равно купишь, как только деньги появятся.

— Притчами говоришь. Значит, прямо не решаешься дать отлуп. А ты не торопись, подумай. От добра-то, Наденька, добра не ищут.

От добра? Вот, значит, как. Наденька оглядела комнату еще раз: антураж сохранился прежний, разве что компьютер появился в углу, но его можно было не принимать в расчет — когда путешествуешь в прошлое, всегда что-нибудь прихватываешь с собой по ошибке. Трепетно хранимые воспоминания, радости, горечи и обиды, выцветшие открытки, зачитанные до дыр книжки, раненные временем чашки, линялые простыни вдруг сложились в единую киноленту, в почти осязаемый фильм отгоревшей жизни, болью отозвавшийся в сердце. Она невольно поискала глазами свой зеленый халатик, прожженный на рукаве, как будто он так и должен был висеть на стуле. Интересно, а сохранилась ли в шкафу посылочная коробка от Натальи Эрлих?.. Господи, да что за глупости лезут в голову? Какая еще коробка? И при чем тут добро? Конечно, Вадим никогда не хотел причинять ей зла, он же добрый, зло как-то само собой оформлялось в ее системе координат, все лучшее выворачивалось наизнанку и превращалось в идиотский фарс, а попросту — факты жизни, даты свадьбы и развода, между которыми стоял жирный прочерк.

— Как быстро перегорела жизнь, — сказала Наденька. — Как спичка, просто как спичка.

Ей представилось, как она, сидя у дровяной плиты в своем зеленом халате, тщетно пытается развести огонь, жертвуя спичками, и как Петр Николаевич, проходя мимо, ворчит по обыкновению: «Все не слава богу, все не слава богу…» Но из какой материи ткутся воспоминания? Присутствуем ли мы в них наяву, как, например, во сне? Ведь когда спим, мы не прекращаем существовать, только перемещаемся в иную реальность. Теперь, нырнув с головой в прошлое, Наденька подумала, что их жизнь с Вадимом так и не разгорелась, вот что! А дрова давно отсырели, так что не стоит теперь пытаться…

— Напрасно ты так, — сказал Вадим. — Тебе еще долго жить, лет на двадцать меня переживешь, а мне уже пора подумать...

— О чем? О вечности? — Наденька встрепенулась. — Не стоит себе намеренно срок отмерять. Тебе еще дочку растить.

— Вот именно. А что будет с ней, когда меня не будет?

Он молча разлил по стаканам вино, потом подошел к Наденьке, сел рядом с ней на диван и внезапно погладил ее по щеке, провел ладонью по волосам, по лбу, как будто желая получше запомнить. Она в ответ приникла, притекла к нему, потому что он был ей другом. По большому счету, они оба одинаково не состоялись, и теперь наконец это стало абсолютно ясно. И оба совершенно не знали, что их ждет впереди — в конце этой осени, через год. И не было человека ближе и родней ни у Наденьки, ни у Вадима.

«Ты мой светлый и добрый, мой плохой человек», — сложилось у Наденьки в голове. Они долго сидели так, прижавшись друг к другу, с закрытыми глазами, и она ощущала щекой его колкую щетину, а еще — большую усталость и отсутствие желания. Их общность началась и кончилась в эту минуту.

* * *

Месяц май в ее представлении всегда был зеленым. Даже если весна запаздывала и первые клейкие листочки пробивались в жизнь, когда утро дышало холодом и мелкий злой снег напоследок сек лицо, все равно ощущался в воздухе ярко-зеленый веселый оттенок. Светлые вечера сгущались только к полуночи, поэтому спать не хотелось вовсе, а хотелось только пялить глаза в светлую ночь в надежде увидеть что-то особенное. Она сильно недосыпала без какой-либо причины, кроме яркого переживания весны внутри обычно сумеречного, беспросветного города.

Она назначила встречу в кафе на восемь вечера. Поздновато для чисто делового свидания, почти собеседования, однако днем молодой человек был занят, а сразу после работы ей не хотелось тащиться в кафе в помятом и усталом виде, лучше еще заскочить домой, переодеться, заново подвести глаза и аккуратно накрасить губы, чтобы она могла раз-го-ва-ри-вать. К тому же она наконец четко для себя уяснила, что Виктор ей определенно нравился, хотя он и был лет на пятнадцать младше, ну так это уж как карта ляжет. Причем явно не сегодня. Нет, сегодня она собиралась говорить исключительно о должностных обязанностях, которые хотела возложить на

Виктора, и более ни о чем. Тема, по крайней мере, помогает выявить дурака, а дураков вообще не так-то просто раскусить, когда они обладают стандартным набором профессиональных знаний и умеют выражать свои мысли более-менее складно. С молодняком тем более надо держать ухо востро: берут обаянием, а вскоре оказывается, что за этим обаянием — дырка от бублика, ни большого интеллекта, ни элементарной грамотности. Вообще не знают, как пишутся слова. Хотя Вадим Сопун тоже не шибко грамотный, однако ему простительно — рос на медных грошах.

Прежде чем выключить компьютер, она проверила комментарии к литературному блогу и обнаружила отзыв от Сопуна, который писал, что ее последняя подборка стихов оставляет ощущение содранной кожи и кровоточащего сердца. Это в поэзии допустимо, однако наконец уже хочется мягкости: «Хватит плакаться, Наденька, хватит уже страдать и вывешивать это свое страдание на всеобщее обозрение, как белье на просушку. Изящное белье, я согласен, рождает фантазии, но — и только...» Отзыв прилетел в 15.40, она хотела было на него ответить, однако решила, что не стоит размещать на сайте скоропалительные ответы, тем более от лица редактора. Обычно она вообще не отвечала на посты.

В кафе Надежда Эдуардовна вошла туго запеленутая в зеленое платье и, посмотрев в зеркало, показалась себе непристойно жирной. Волосы ее выглядели тускло на фоне яркой зелени, и она подумала, что надо бы к лету придать им более яркий оттенок. Впрочем, в последнее время она вообще была собой недовольна, особенно когда попадала в места, обжитые молодежью, как это кафе с претензией на богемную атмосферу. Мальчики и девочки потягивали кофе с выражением усталого всезнайства, которое казалось ей теперь чрезвычайно забавным. Ну что они могли знать, в самом деле? Ее юность прошла в стране, в которой чашка кофе случалась далеко не каждый день, а в кафе бывало еще не так-то просто попасть… Ей почему-то настойчиво полезло в голову воспоминание, как она сперва прокаливает в духовке зерна зеленого кофе, а потом мелет ручной мельницей, и терпкий аромат плывет по дому, навевая мечты об Африке, в которой на плантациях трудятся негры — густо-черные, как жареные кофейные зерна. До чего осязаемо-яркими вдруг стали моменты прошлого, и она искренне удивилась, почему до сих пор живет и продолжает еще на что-то надеяться, хотя реальность теперь вызывала ощущение глубокого сна. Однако она уже умела преодолевать отвращение к жизни, поэтому придала лицу более-менее радостное выражение.

— Надежда Эдуардовна?

В кафе царил полумрак, а Виктор примостился в углу, и она не сразу его заметила. Он был бодр и весел, и слегка даже отличался от другой публики, одетой в основном в стиле кантри, если можно было вообще говорить о каком-то стиле. Виктор был в сером твидовом пиджаке, который загадочным образом ассоциировался с интеллектуальной деятельностью или даже намекал на начатый роман, который писался в такого рода богемных кафе. Хотя никаких романов в кафе не пишут, потому что романы требуют одиночества и отрешенности…

— Я опоздала? Прошу прощения, — она слегка вздохнула, как бы намекая на чрезвычайную занятость. В последнее время она старалась усиленно улыбаться, потому что серьезное выражение оттягивало уголки рта вниз и сильно ее старило.

— Нет, вы удивительно пунктуальны, это я обычно заранее прихожу. Я заказал вам кофе американо.

— Откуда вы узнали, что американо?

— Разведка доложила, — Виктор явно рисовался, и ей стало немного противно. Не оттого, собственно, что он рисовался, а более от себя самой. Зачем она вырядилась в это зеленое платье и ярко накрасила губы, изображая гламурную особу? Гламур, как она давно уже сформулировала для себя, — это чистая форма, без намека на какое-либо содержание. А Виктор наверняка озаботился содержанием информационного холдинга и ее литературного блога, и за это одно ей хотелось потрепать его по голове, как несмышленого мальчишку, потому что не стоило совать нос в литературу из чистого любопытства; другое дело, если писать становится естественным состоянием, вот как дышать…

Из глубины зала доносились взрывы хохота, быстро вспыхивающие и угасающие. Она подумала, что уже давно не умеет вот так смеяться, потому что в конце концов жизнь все равно обманывает. И опять почему-то полезло навязчивое воспоминание, как она мелет кофе в зеленом халате того же оттенка, что и ее нынешнее платье. Похоже, она так и осталась лягушкой. Жабой, которая пыжилась изо всех сил, раздувая собственную значимость.

— Так где вы сейчас работаете? — она задала Виктору для затравки нейтральный вопрос.

— До последнего времени в юридической фирме «Флюгер»…

— Название отражает суть? — она искренне рассмеялась.

— В смысле? — он не уловил иронии.

— Флюгер поворачивается, куда ветер дунет, так и наши законы… Знаете, такая пословица есть: закон что дышло…

— У вас очень красивые руки, — неожиданно сказал Виктор, и реплика его скорей ошеломила, чем польстила.

С рассеянным видом она надорвала пакетик с сахаром, чтобы высыпать в чашку, и уже почти придумала, что ответить, однако зазвонил мобильник, и она, извинившись, суетливо нашарила его в сумке. Звонил Саша-Сократ. Он говорил что-то совсем непонятное, что никто не возьмется писать некролог, потому что все равно никто не сделает это лучше нее, и надо бы уже к завтрашнему утру отправить в редакцию, потому что похороны назначены на среду скоропалительно: магнитные бури, неожиданно много покойников, морг переполнен, резать не успевают…

— Какие еще магнитные бури? Да что такое случилось? — она почти прокричала в трубку сквозь очередной взрыв дурацкого хохота.

— Так ты ничего не знаешь? — долетел до нее приглушенный голос. — Умер Вадим Сопун.

— Как умер? Он же только сегодня в литблоге… — она замолчала, не договорив.

— Сегодня умер, около четырех часов. Дочка пришла домой, он не открывал, не отвечал на звонки, а через окно было видно, что он сидит за компьютером, уронив голову на стол, — Саша-Сократ еще что-то такое рассказывал, но она плохо понимала. Наконец он напомнил написать к утру некролог и заключил: — Материальную помощь выделит министерство культуры.

Она ощутила, как кровь схлынула с лица, и мгновенно стало немного холодно. Она сидела неподвижно в этом своем радостно-зеленом платье и думала: «Странно, наверно, я выгляжу». Ей никак не удавалось поверить в кошмар случившегося, что Вадим Сопун сейчас в морге, его режут сейчас — когда она сидит в кафе в дурацком зеленом платье и строит из себя светскую львицу. Потом внезапно горячей волной нахлынула нежность, как будто Вадим был ее братом, захотелось взять в ладони его лицо и поцеловать, прощаясь навсегда.

— Вадим Сопун умер, — сказала она, услышав себя как бы со стороны. В следующий момент потоком хлынули теплые едкие слезы. Она плакала безутешно, как маленькая девочка, размазывая слезы по лицу. Виктор суетился вокруг нее, поил водой, официанты порхали вокруг, как перепуганные воробьи. Потом он, наверное, вызвал такси. Во всяком случае, когда она вышла из кафе, пошатываясь на своих каблуках, машина уже ждала.

— Проводить вас домой, Надежда Эдуардовна? — спросил Виктор.

— Нет, не беспокойтесь, я сама…

Ее охватило ощущение впустую прожитой жизни и еще какой-то громадной вселенской несправедливости. «Смотри, прилетели ласточки», — на поверхность сознания выдернулась странная, ничего не значащая фраза, сказанная голосом Вадима. Какие ласточки? Неужели все навсегда кончилось? А ей-то казалось, что самое главное еще впереди, что с ними непременно должно случиться что-то очень хорошее. Да как он посмел умереть, бросить ее в одиночестве, так и не сказав ей самого главного? Или уже сказал, а она не заметила? Она не заметила, как мимо нее пролетела его несуразная, скомканная жизнь. Как же она могла его ненавидеть, но никогда, никогда он не оставлял ее равнодушной. Может быть, это и называется любовью?

Ей пятьдесят раз за день пришлось выслушивать одни и те же вопросы о жизни с Сопуном, о причинах развода с Сопуном, о любви с Сопуном и даже о сексе с Сопуном. О сексе она не могла рассказать ничего, потому что и не помнила ничего, кроме простыней в цветочек, которые лично купила к свадьбе; все остальное стерла без следа и жалости рука забвения или, в худшем случае, вытеснила в бессознательное, как говорят психоаналитики. Почему? Да черт его знает. На похоронах к ней пристала окололитературная дамочка с пошлыми вопросами о свадебном платье, медовом месяце и о том, почему у них не случилось детей, хотя юные девушки сразу же стремятся забеременеть, или, может быть, Наденька боялась испортить фигуру? У нее было стройное тело?.. Саша-Сократ никак не мог успокоиться по тому поводу, какой она написала хороший некролог: редко кому пишут так нестандартно. Наденьке очень хотелось сказать, что она с удовольствием напишет некрологи всем присутствующим, и в этот момент уловила какой-то тихий скрытый смешок, хотя ничего такого просто быть не могло, как будто это усмехнулся сам Сопун. Он лежал в гробу с чуть перекошенным ртом, может быть, поэтому ей так почудилось. И она неожиданно улыбнулась в ответ.

Вокруг нее то и дело крутился Виктор, как мальчик-паж, отгоняющий назойливых журналистов: «Вы разве не понимаете, что ваши вопросы неуместны? Оставьте в покое Надежду Эдуардовну!» Его суетливая активность казалась ей совершенно фальшивой, и в этом он, безусловно, уступал хаму и грубияну Сопуну, потому что Вадим часто бывал неправым, но всегда искренним.

Перед тем как гроб, обитый простым красным сукном, вынесли и положили в катафалк, к ней подошел какой-то человек в черном плаще, наглухо застегнутом до самого подбородка. Для богемы он был слишком хорошо одет и слишком аккуратно подстрижен. Представился нотариусом Бочкаревым, старым знакомым Вадима Сопуна, протянул ей визитную карточку и попросил непременно позвонить через несколько дней, когда улягутся страсти. Зачем? Чтобы уладить юридические формальности. Она поняла так, что у Вадима не осталось близких родственников, кроме несовершеннолетней дочки, которую пока отправили на попечение тетки по линии матери... Жаль девочку, жаль. Девочку было даже больше жаль, чем Вадима. Потому что Вадим уже умер, и ему не было больно, а девочке придется жить дальше с воспоминанием о папе, который не открыл ей дверь. Какая страшная сказка: папа сидит за столом, девочка стучит в окно, а он не хочет ей открывать!

Остатками трезвого ума Наденька прикинула, как же этот Бочкарев был старым знакомым Вадима? Бочкарев был из другой жизни, в которую Вадим не заглядывал. Впрочем, это было вовсе не важно. Воздух дышал весной, насквозь просвеченный солнцем, тем страшней представлялась смерть, звучащая диссонансом внутри вселенского ликования.

— Почему не отпевали? — задала она вопрос в пространство, но тут же подумала, что никто не знал, наверное, принял ли Вадим крещение или же до смерти оставался еретиком, как его отец Петр Николаевич.

На следующий день она все же заказала сорокоуст, потому что вряд ли кому-то еще в целом мире было дело до грешной души раба Божьего Вадима, которого Боженька задумал человеком изначально добрым. А что было в нем злого, так то сам Вадим почерпнул из мира, пытаясь уцепиться за жизнь, и умер как собака, никого не предупредив, забившись подальше от всех в свою конуру, потому что нет у человека преимущества перед скотом!

Еще через день позвонил нотариус Бочкарев: «Что же вы, Надежда Эдуардовна, не заходите?» — «А надо?» — «Непременно надо». Она зашла в эту контору под вечер, перед самым закрытием, не испытывая большого желания подписывать какие-нибудь формальные бумаги.

В конторе пахло кофе. Нотариус Бочкарев восседал в кожаном кресле, как грозный судия, с ничего не выражающим лицом, будто высеченным из камня. Наверное, смерть для него была только заключительным юридическим актом бытия вне эмоционального содержания. И столь же ровным, ничего не выражающим, скрипучим голосом нотариус Бочкарев начал перечислять, что все недвижимое имущество Вадим Сопун завещал своей дочери Надежде Вадимовне Сопун, как-то: двухкомнатную квартиру, дом на Старой Петуховке... Она слушала невнимательно, заглядевшись в окно на птиц, рассевшихся на проводах. Нотариус Бочкарев также сообщил, что Надежда Вадимовна Сопун наследует авторские права на произведения Вадима Петровича Сопуна, и наконец подытожил:

— А опекунство над Надеждой Вадимовной Сопун до ее совершеннолетия Вадим Петрович Сопун доверил своей бывшей супруге Надежде Эдуардовне Балагуровой.

— Что?

Оторвавшись от бумаг, нотариус поднял глаза на Надежду Эдуардовну:

— Вы знали об этом?

— Нет, — она по-настоящему растерялась. — То есть он как-то обмолвился, что боится умереть, потому что Наденька тогда одна останется...

— Вадим Петрович поспешил оформить завещание, потому что у него обнаружили запущенную болезнь сердца. Осталось уладить некоторые юридические формальности, а потом — забирайте девочку и воспитывайте! Наденька теперь ваша. При желании можете удочерить, — на каменном лице нотариуса мелькнуло подобие улыбки.

— Так это правда? — она сглотнула подступивший к горлу комок.

— Осталось уладить формальности, — повторил нотариус. — Но вы не переживайте, я буду всячески содействовать...

«Я буду всячески содействовать...» Да он что, не умеет выражаться по-человечески? Выйдя на крыльцо, на свежий, промытый теплым дождем воздух, Наденька промокнула платком счастливые слезы. Что-то ты, мать, плакать пристрастилась в последнее время, а это нехорошо. Держаться надо, стоять до последнего, как некогда учила советская классика.

Птицы весело чирикали, шныряя между проводов и будто норовя воссоздать подобие простой мелодии на нотном стане. И тут Наденька неожиданно вспомнила: «Смотри: прилетели ласточки!» — «Иди ты, действительно ласточки!» Она рассмеялась в голос солнцу и яркому небу. Подарку, который уже после смерти сделал ей Вадим Сопун.

Самому щедрому подарку в ее неуклюжей, нескладной жизни.

Золотарь
и Перчаточник

Всем моим собакам

1

В сердце осени, когда тополя заводской аллеи, ведущей к главному корпусу, обсыпало пронзительно-желтыми, яркими, как электролампочки, листьями, возникла иллюзия торжественности, пафоса трудового будня. Вдобавок во дворе возле самой проходной стоял гипсовый рабочий с корабельным винтом в руках, да еще главный корпус украшала надпись: «Спасибо за труд!», читавшаяся издалека. Однако стоило пройтись этой аллеей каких-нибудь сто шагов, как открывались мертвые корпуса цехов с запыленными стеклами и линялыми фасадами, похожими на засморканные носовые платки, между которыми едва читалась железнодорожная колея, заросшая бурьяном…

— Вот корпус «П», там транспортный участок, это центральный склад… — пояснял на ходу дедок в рябой черно-белой кепке, которого Лешке определили в наставники. — Хотя я уже и не знаю, что там они на центральном складе хранят. Цветмет, наверное, как везде. От всего завода осталось-то человек двести, считай, вместе с администрацией и собаками.

— Как же? А я недавно читал, что завод получил госзаказ на ремонт военных крейсеров… — Лешка не мог справиться с растерянностью от зрелища разрухи и обилия ржавого железа, в беспорядке разбросанного по всей территории. Он ожидал иного. Тайно даже надеялся, что из шума станков прорастет «Болеро» Равеля или, по крайней мере, напористая ритмика Свиридова — «Время, вперед»… Но здесь время остановилось. Хотя завод именно так и назывался: «Вперед».

— Это кто там про госзаказ пишет? — хохотнул дедок. — Наверняка директор наш пишет. А на самом деле стоит на ремонте один кораблишко. Видать, последний, а потом… — он безнадежно махнул рукой. — Ну, еще пластиковые лодки выпускать взялись. Криволапенко, как только директором стал, собрал всех, кто еще в живых остался, и говорит: вместе будем восстанавливать производство. И что из этого вышло? Криволапенко-то по специальности животновод, ему бы только коров осеменять, а он сунулся корабли строить.

И дальше, пока дедок вел Лешку по территории завода, все ярче рисовались запустение и тщета человеческих усилий, которые пожирала тотальная беспощадная ржавчина, выплеснувшаяся, казалось, наружу из разрушенных цехов. Ржавчина сожрала не только индустриальную музыку, но и обычную человеческую жизнь, всегда сопровождавшую любое производство. Пустыми глазницами смотрело на корпус «П» двухэтажное зданьице с треснувшей табличкой «Библиотека», на балконах бывшего спорткомплекса примостились робкие деревца…

У Лешки перед глазами еще стояло лицо начальника охраны, который только что принял его на работу в питомник завода «Вперед». Круглоголовый, бритый под ноль дядька с бульдожьей челюстью и вздернутым носом не стал вдаваться в расспросы, почему Лешка идет в кинологи и есть ли у него опыт работы с собаками. Он просто велел заполнить анкету, ознакомил с распорядком патрульно-дозорной службы, а потом на полном серьезе произнес: «Вам доверяют охрану не просто заводской территории, а тридцать гектаров русской земли». В тот момент Лешка подумал, что дядька ведь наверняка фашист, черная форма и высокие армейские ботинки только усиливали сходство.

— Колян! — дедок на ходу помахал некоему хлипкому человеку в фуфайке, который направлялся с ведром к воротам корпуса «П», как называлось на схеме завода здание красного кирпича с пыльными глазницами окон. Над входом сохранилась надпись «Планы капитального строительства выполним досрочно». Хлипкий обернулся и застыл в ожидании, поправив кепочку, сползавшую на глаза.

— Колян, ты Рыжика накормил или он опять у тебя голодным сидит? — строго спросил дедок.

— Нет, дядя Саша, к этому волкодаву я ни ногой. С меня прошлого раза хватило, — спокойно ответил хлипкий.

— Да что там прошлого раза-то? Ну, тявкнул на тебя Рыжик, так постовой собаке и полагается на чужих тявкать. А что ты станешь делать, когда я уволюсь?

— Ничего, разберемся, — Колян буркнул под нос и затек в узкую щель ворот.

— Колян, напарник твой, — объяснил дядя Саша (Лешка наконец узнал, как зовут дедка).— Можно его и по фамилии называть — Золотарь. Золотарь он и есть, даром что бывший мент. Пока что вот определил его дерьмо убирать, а дальше не знаю. Колян вроде начальнику охраны приятелем приходится, тот тоже из ментов. Говорит, Золотарь будет прямо в питомнике жить. Бомж, что ли… Теперь давай немного влево возьмем. Через двор тебя не поведу, там сейчас собаки на столбиках сидят…

Дядя Саша свернул куда-то прямо в заросшее бурьяном поле. В высокой траве едва обозначалась тропинка, ведущая к ржавому сеточному забору, за которым виднелись строение щербатого кирпича и череда сараев — свежеотстроенных, судя по цвету дерева.

— А еще к нам пришла Диана Рафаэлевна, очень интеллигентная женщина. Она раньше редактором была, потом, что ли, с начальством поругалась. Не хочу, говорит, больше с людьми работать. Ну, она не в твоей смене, будете только утром встречаться, — дядя Саша уверенно шагал вперед, казалось, грудью прокладывая дорогу в траве. — Осторожней, тут повсюду железные прутья из земли торчат. Не запнись, особенно когда в темноте пойдешь… В конце лета нам еще Кизила навязали. Это племянник начальника охраны, говорят, только что из армии…

Вскоре трава кончилась, и они вышли к разбитой, расползшейся дороге, которая вела к воротам питомника, ржавым насквозь, примотанным к забору одной проволокой.

— А ты в армии отслужил, сынок? — по-родственному уже спросил дядя Саша.

— Да, тоже вот только весной вернулся. В университет на заочное поступил, на юридический.

— Это хорошо. Значит, задержишься у нас.

— Почему вы так решили? — хмыкнул Лешка. Он сам толком не знал, задержится здесь, не задержится. Его пока интересовали две вещи: зарплату обещали приличную и смена — сутки через двое. Что вмещается в эти самые трудовые сутки, он пока плохо представлял.

— А я людей насквозь вижу, — сказал дедок. — Тут много народу перебывало. Потолкутся недельки две — и привет. А вот про тебя я сразу подумал: этот надолго к нам. Собак любишь, выходит?

— Была у меня до армии овчарка. Под машину попала.

Дядя Саша сочувственно крякнул и поправил кепку.

— Ну, теперь у тебя в подчинении будет двадцать восемь собак. Кстати, заставь-ка начальство ворота починить, — дядя Саша отодвинул шпингалет, тоже насквозь ржавый. — А Золотаря заставь подъездные пути опилками засыпать, их на берегу целые горы лежат. Иначе в грязи увязнете по уши.

— А вы разве уходите? — сообразил Лешка, испытав легкое сожаление: дедок как-то располагал к себе.

— С первого ноября переводят в разнорабочие, на более легкий труд. В охрану больше по возрасту не гожусь. Если б еще хоть парочку ребят набрать таких, как ты, — голос дяди Саши дрогнул. — Я сам тридцать лет в питомнике отработал.

Дядя Саша толкнул плечом ржавые ворота, которые подались внутрь вместе со стойкой, и тут же, с перебивом, может, в долю секунды, грянул разноголосый лай. Мягким красивым баритоном солировал матерый самец, ему вторило несколько голосов потоньше, отрывисто подтявкивали переярки, а где-то в дальнем углу противно и протяжно, старушечьим дрожащим тембром выла сука. Сараи на самом деле оказались вольерами, стоящими по периметру питомника. Во внутреннем дворике

177

сидели огромные псы, привязанные к столбикам, расположением своим повторявшим квадрат вольеров. Прямо по диагонали, на углу, между вольерами была калитка, выходившая прямо на блок «П» и металлосклад, — так объяснил дядя Саша.

Еще во дворе находилось одноэтажное строение красного кирпича, вдоль стены которого ютились пара старых электроплит, разбитая мотоколяска, холодильник — из первых советских моделей, какие-то баки и прочий хлам, который всегда сопутствует разрухе и бедности. Из недр этой кучи высунул круглую башку драный кот, с ненавистью посмотрел на Лешку и вновь скрылся, нырнув прямо в электроплиту сквозь дыру от конфорки. Дядя Саша опять плечом толкнул дверь — Лешка успел заметить, что на ней вообще нет ни замка, ни даже крючка, и в нос сразу шибануло дешевой рыбой и чем-то еще, едким и склизким. Похоже пахло в армейской столовой.

Лешка оказался в длинном обшарпанном коридоре со множеством дверей. В первом же проеме, почти у самого входа, находилась бытовка, уставленная утлой кухонной мебелишкой. На электроплитке кипела большая кастрюля, распространяя рыбный дух, а рядом стоял замызганный чайник с грубо приклепанным носиком. Холодильник украшал портрет Че Гевары, над ним на стенке намертво была приколочена табличка «Ответственный за чистоту тов. Денисов», рисованная еще в советские времена масляной краской.

— Путассу только для щенков, — пояснил дядя Саша гордо, как будто рассуждая о деликатесе. — А взрослым собакам мы кашу на куриных головенках варим...

В следующей, варочно-разделочной, комнате в самом деле кипел огромный котел, в котором бултыхались отрубленные головы с гребешками — зримое воплощение куриного ада. В котле огромной поварешкой шуровал Золотарь, как-то успевший уже накормить собак. Теперь он готовил для них ужин, и Лешка даже невольно подумал, а вдруг этих Золотарей двое, однако дядя Саша окликнул Золотаря по имени:

— Колян! Вот тебе сменщик. Пока на пару работать будете, прежде чем он попривыкнет.

— Ну, гляди, сменщик, какой бурдой мы собак кормим! — Золотарь вынул из котла поварешку с мутным желтоватым варевом. — Это ж стыд!

— Перед кем, интересно, тебе стыдно? — хмыкнул дядя Саша.

— Перед собаками. Перед родиной, что ли?

В поднимавшихся парах Золотарь смахивал на беса: редкие его волосики вздыбились вокруг плешивого лба, на худой шее ходил острый большой кадык.

— Ты сам небось бурду потихонечку пробуешь, — не отставал дядя Саша.

— Пробую, конечно. Я ж собакам абы чего не подсуну…

Далее по коридору следовали еще какие-то закрытые и открытые двери, ведущие в такие же хозяйственные помещения, наконец последней была раздевалка, в которой на полу кучей свалены были пустые мешки из-под крупы, резиновые сапоги, какие-то коробки… Стоило открыть дверь, как из кучи брызнули во все стороны разномастные коты.

— Без них тоже нельзя, — сказал дядя Саша. — Иначе крысы разведутся. У нас они как-то даже в телевизор залезли… Ты, сынок, выбери себе резиновые сапоги по размеру, потому что без них не обойтись, особенно когда пойдем на посты собак кормить. Провалиться можно по самое не хочу. Сейчас я тебе шкаф под рабочую одежду освобожу…

Дядя Саша дернул дверцу металлического шкафчика, тронутого ржавчиной, вытащил изнутри бурую фуфайку, казалось, тоже ржавую от времени, пару электролампочек, несколько пыльных книжек. Книжки были в основном на историческую тему: «Младший сын» Балашова, «Емельян Пугачев» Шишкова, «Петр Первый» Алексея Толстого. Лешка осторожно открыл «Пугачева». На титульном листе чернильной еще ручкой было написано: «Александру Насонову в день окончания училища. Май 1960». Почти полвека прошло! Надпись оказалась столь неожиданной, что Лешка тут же захлопнул книжку. Полетела пыль, полезла в глаза, нос. Лешка оглушительно чихнул.

— Ты, сынок, только не пугайся, — с расстановкой произнес дядя Саша, обводя рукой окружающее безобразие. — Скоро начальство обещает ремонт сделать. Да-а… Вот только выкинут меня отсюда вместе с этим хламом и обязательно сделают ремонт. — Он горько усмехнулся. — Ну, пойдем, что ли, чаю хлебнем. А там проведу тебя по постам, с собаками познакомишься. Если, конечно, не боишься. Вон Золотарь полгода на службе, а псов боится как огня.

— Собак-то чего бояться? — слегка поникшим голосом произнес Лешка.

— Правильно. Собак бояться не стоит. Они ж не люди.

И потом, когда они двинулись назад унылым коридором с давно потрескавшейся штукатуркой, Лешку не покидало странное ощущение, что он наяву попал в прошлое, в далекий социализм. То есть там, за заводским забором, успела состояться целая жизнь — его жизнь, а тут ничего как будто бы не случилось.

На кухне за столом сидел Золотарь. Каким-то образом он везде поспевал прежде их. Золотарь прихлебывал кофе, заедая бутербродом с колбасой, который на фоне всеобщей разрухи выглядел весьма неаппетитно, как будто его уже ел кто-то другой. Дядя Саша крутанул ручку радиоточки, и Лешка невольно вздрогнул, ожидая, что сейчас раздастся передача из этого самого прошлого, но радио так и не ожило.

— Приемник все-таки нужен, — прожевав, сказал Золотарь. — Хоть новости послушать.

— Новости ты слушать не будешь, — строго отрезал дядя Саша. — Ты будешь с лопатой бегать и с топором. Я сколько тебя прошу скамеечки сколотить.

— А кто, интересно, вчера собакам корм выбивал?! — Золотарь завелся мгновенно, и Лешка понял, что они постоянно ругаются.

Дядя Саша, безнадежно махнув рукой, налил чаю в две керамические кружки, которые только и подтверждали, что все это происходит в настоящем.

2

Именно в этот день рухнула настоящая осень, когда исчезает последняя надежда, что лето еще вернется. Странное ощущение скорого возврата лета долго не покидало Лешку, хотя он, безусловно, понимал линейный ток времени, что после сентября не может снова случиться август. И вот сегодня зарядил мелкий тоскливый дождь, который длится дни напролет, проникая в самое нутро, рождая глубокое уныние. Под ногами чавкала разжиженная глинистая почва, налипавшая комьями на сапоги в стремлении заполонить собой все жизненное пространство. И ведь действительно, если не бороться с грязью, она очень скоро поселяется в каждом закутке, причем надолго, а за ней неминуемо наступает разруха…

— Руками не маши. Собака подбежит — пусть нюхает, она и должна сперва обнюхать, — наставлял дядя Саша, который шел впереди с ведром баланды. — Если на тебя попрет — стой как стоял. В сторону не шарахайся.

Дядя Саша ступал уверенно, твердо, находя притоптанную тропинку в высоких остьях травы. Лешка едва поспевал за ним с таким же ведром. Ноша оттягивала руку, жидкая грязь слегка подсасывала резиновые сапоги, не давая продвигаться вперед, к берегу озера, где среди золотистых опилок в вечном карауле стояли Ванда и Цезарь — исхудавшие ротвейлеры, которые, вместо того чтобы прогонять случайных прохожих, встречали их радостным лаем. Вынув из целлофанового мешка куриную голову, Лешка осторожно протянул ее Ванде к самой морде и назвал собаку по имени. Ванда в одно мгновение проглотила головенку, чуть прикусив кончик Лешкиной перчатки, обрубок ее хвоста оживился, веселая дрожь пробежала по всему туловищу. На всякий случай выставив ведро вперед, Лешка потянулся к собачьей плошке-кастрюле и быстро налил из ведра баланды. Собака принялась яростно лакать, с головой уйдя в кастрюлю, обрубок хвоста ее при этом так и ходил, выражая восторг.

— Молодец, из тебя точно выйдет толк, — похвалил дядя Саша.

Покидая пост, Лешка еще раз оглянулся на Ванду. Собака не отрывалась от кастрюли. И только когда они отошли уже довольно далеко и собачья будка скрылась за опилочной дюной, раздался требовательный, слегка растерянный лай. Лешке даже захотелось вернуться, но впереди было еще несколько постов, на которых ждали голодные собаки.

Метров через пятнадцать, за такой же золотой дюной, таился в прибрежной траве Цезарь. Он обнаружил себя, только когда они подошли очень близко. Цезарь выглядел более грозно и тяжело, что вполне соответствовало его имени, но на похлебку накинулся так же яростно, забыв все прочее на свете. И опять Лешке хотелось чуть повременить возле него, однако впереди, вдоль забора, начинавшегося от самого озера, в вольерах вольно перемещались собаки.

— Испорчены они у нас, — сказал дядя Саша, когда они двинулись вдоль забора тропинкой, петляющей между огромных луж. — Сторожевая собака должна быть злобной, а эти… Да чего уж теперь ждать? — он кивком указал за забор, откуда доносились едва различимые звуки иной жизни. — С той стороны коттеджи наступают. Еще в прошлом году здесь, возле забора, мы подосиновики собирали, а теперь лес вырубили и грибница погибла. Москвичи место закупили. Говорят, скоро видеокамеры поставят вместо собак. Кому охота кормить?

— А нас куда же?

— Можно было бы — в расход пустили бы, это точно, — подмигнул дядя Саша. — Мы ведь есть просим.

В угловом вольере, образованном резким поворотом забора, жил Рыжик, которого так боялся Золотарь. Еще за несколько метров до проволочной сетки сквозь голые ветки кустарников Лешка заметил движение кого-то очень большого, величиной с теленка. Почуяв трапезу, пес приблизился к калитке, и Лешка разглядел огромную башку с висячими на хрящах ушами и мокрый коричневый нос размером с приличную сливу, который нервно тыкался в щель забора.

— Это какой же породы? — ошарашенно спросил он.

— Порода у нас теперь только одна: впередовская. Этот к нам сам прибился, как такого не взять? — Дядя Саша поставил на землю ведро и перевел дух. — Раньше брали щенков с Балтийского завода. Но породистые не такие стойкие. Однажды возился я с шестью кавказцами, а они брык — и готово. Энтерит. Раньше прививок от него не делали… Ты сам кормить Рыжика будешь?

Лешка кивнул.

— Ну, иди корми, раз такой смелый. Только сперва куриной головенкой не забудь угостить.

Лешка просунул куриную башку в щель забора, Рыжик аккуратно обнюхал ее, потом осторожно взял, приоткрыв пасть, усаженную акульими зубами, и чуть заметно повел хвостом.

— Так ты же добрый пес! — Лешка смело толкнул калитку, сперва просунул внутрь ведро, потом осторожно зашел сам. Рыжик выглядел вполне дружелюбно. Лешка наполнил похлебкой его ведро, и пес, прежде чем приступить к еде, благодарно посмотрел на него темно-карими влажными глазами.

Потом, когда они уже пробирались назад к размытой дороге, цепляя пустым ведром колючий кустарник, Рыжик начал подвывать — сперва отрывисто, скромно, потом взял высокую пронзительную ноту, но ее почти сразу перебил гудок далекого поезда. Лешка подумал, что Рыжик ведь знать не знает, что где-то за забором бегают поезда, он, наверно, полагает, будто такой же большой собрат отвечает на его призыв.

— Давай-ка, сынок, расскажи, как тебя к нам прибило, — вдруг попросил дядя Саша. — Внешность у тебя неожиданная для нашей псарни.

— Чем неожиданная? — удивился Лешка. — Обычная внешность.

— Да нет, ты вроде на какого-то артиста похож. И пальцы у тебя тонкие, длинные. В перчатках ходишь — руки бережешь?

— Я в детстве музыкой занимался. А потом палец сломал, вот и все. Вы сами-то как сюда попали?

— Сперва в милиции работал, потом школу служебного собаководства окончил, меня сюда и направили. Раньше все было по-другому.

— По-другому, точно. Теперь за учебу платить надо, а деньги откуда возьмешь? Мать у меня и без того все жалуется: денег нет, денег нет. А тут десять штук обещают.

— Мать у тебя пенсионерка?

— Куда там? Ей сорок три года. Вот недавно себе вторые джинсы купила.

— А говорит — денег нет. Ты это к тому?

— Нет, я просто думаю, зачем человеку вторые джинсы в сорок три года?

Дядя Саша рассмеялся от души, в голос, и долго еще смеялся, всю обратную дорогу к питомнику за порцией новой еды. Лешка недоумевал, а что такого смешного он сказал, но спросить стеснялся. Наполнив ведра, они отправились к следующему посту, к пригорку, где в совершенно правильном для него месте, на Олимпе, стоял в карауле Зевс и, наконец, возле старой проходной обитал полукровка Бандит.

Ворота — огромные, как на стадионе, — были крест-накрест перекрыты двумя досками, как будто кто-то большой и всесильный зачеркнул выход в иную жизнь. Метрах в десяти от зачеркнутых ворот находилась собачья будка, а от нее к сторожке администрации мазутного хозяйства тянулась проволока, к которой крепилась цепь, так что Бандит мог свободно перемещаться туда-сюда, контролируя доверенный ему участок. Однако теперь в зоне видимости собаки не было, пейзаж разил пустотой. Дядя Саша несколько раз позвал: «Бандит! Бандит!», но собака так и не появилась. Дедок заглянул в будку — и та была пуста, тогда он двинулся вдоль проволоки к сторожке, и только теперь из-за угла домика осторожно высунулась собачья морда. Прижав уши, Бандит забился к самому забору и трусливо поскуливал.

— Бандит, ты что? — дядя Саша приблизился, но Бандит только еще больше скукожился, притек к самой земле и собрал морду гармошкой, обнажив клыки.

— Да что же это делается? — присвистнув, дядя Саша достал из пакета куриную голову и протянул ее Бандиту. Собака повела носом. Тогда дядя Саша чуть отошел, держа головенку на вытянутой руке. Бандит следом поднялся по-стариковски медленно, поджав хвост, и сделал пару осторожных шагов вперед. Дядя Саша поднес головенку к самой морде Бандита. Мгновенно цапнув еду, собака отскочила и вновь прибилась к забору.

— Не понимаю. Ничего не понимаю. Почему боится Бандит? — сняв кепку, дядя Саша утер лоб носовым платком. — Мы же с ним еще летом ходили в дозор.

— Может, он меня испугался? — предположил Лешка.

— Да не должна сторожевая собака чужих бояться! Это же не болонка. Тут что-то не так. Сегодня же доложу начальнику охраны. Ты вот что: похлебку ему налей, а миску возле будки поставь. Проголодается — вылезет. Вот черт, испортили собаку! — дядя Саша хватил кепкой об колено. — По правилам списывать нужно Бандита.

И всю обратную дорогу он поругивался про себя, видимо, соображая, что же могло случиться, а уже у самых ворот питомника произнес:

— Там под забором старой проходной — дыра. В нее с той стороны рабочие бутылку просовывают, а с этой стороны подбирают, потому что дежурный всех трясет. Так вот Бандит им наверняка мешает, они и придумали в него камнями швырять. Запомни: сторожевую собаку бить нельзя, она трусливой становится…

В коридоре бытовки мордатый кот нахально имел кошку прямо на мешке с крупой. На кухне Золотарь варил для щенков геркулес, повторяя над кастрюлей как заклинание:

— Ай, паразиты, кашку будете кушать, сволочи маленькие.

Заметив Лешку, он оторвался от занятия и, попробовав блюдо на вкус, хитро подмигнул:

— Представляешь, вчера у магазина две девки из-за меня подрались. Одна кричит: забирай его себе, а вторая говорит: а на кой он мне нужен?

Лешка хмыкнул, а Золотарь продолжил:

— Сегодня вечером сходим с тобой в гастроном жир забрать. Нам дают из-под гриля. Ты к спиртному относишься отрицательно?

— А по какому случаю гуляем? — Лешке вовсе не хотелось с Золотарем пить. Колян напоминал ему прапорщика Герасимова из недавней армейской жизни — мужичка незлобного, но никчемного, распоряжений которого никто никогда не выполнял, и тот от сознания своей никудышности хорошо закладывал.

— Это разве гуляем? Это так… — Золотарь пренебрежительно отмахнулся. — Я в загул ухожу, если с кем познакомлюсь, на три-пять дней.

— Что-то недолгие у тебя знакомства, — встрял дядя Саша.

— Мне хватает. Я на улице с любой познакомиться могу. Вот я летом у нашего директора жил на даче, так меня сосед-

188

ка заложила, что я каждую ночь кого-то привожу, причем всякий раз новую. И чем мы там до утра занимаемся, непонятно. Мол, сперва свет у нас и музыка, а потом тихо, — подмигнув, Золотарь подсыпал в кашу соли и опять попробовал, причмокнув. Зубов у него почти не было, от этого щеки ввалились, а рот сбежался куриной гузкой. — Вот увидите, у меня и собаки еще на задних лапках ходить будут.

— Уволюсь, тогда и посмотрим, — дядя Саша достал из ящика покореженного письменного стола, на котором и стояла электроплитка, ручку и листок пожелтевшей бумаги.

— Небось на меня маляву накатать собираешься? — Золотарь, увлекшись, снова отправил в рот ложку каши.

— Скамейки не сделаешь — точно накатаю. Дождешься, что доски сгниют.

— Знаешь что, дядя Саша, я вот сейчас пойду, эти доски возьму и гробик тебе сколочу. Задрал ты уже со своими скамейками! Без тебя знаю, что мне надо делать, — огрызнулся Золотарь.

— Да-а? Так, может, ты знаешь, почему вдруг Бандит стал меня бояться? Ты его случаем камнем не угостил?

— Так он меня и без камней давненько побаивается. А сегодня еще и Зевс хвост поджал. Я ему просто сказал: «Жрать, на х..., не дам!», а он как сиганет в кусты! И вот еще что, дядя Саша, — теперь Золотарь говорил вполне серьезно. — Сегодня на посту я не видел Чернышки. То есть я ее дня три уже не видел. Прячется, что ли?

— А плошка у нее пустая? — спросил дядя Саша.

— Пустая. Но за нее, может, Ульс подъедает. Они же в паре стоят.

— Значит, из Соньнаволока через забор в собак камнями кидают, сволочи. А как на них управу найдешь?

Дядя Саша разгладил листок бумаги, положив его поверх толстого постового журнала, и, сосредоточившись, принялся что-то писать.

— А насчет этих скамеек... — примирительно сказал Золотарь, — завтра к нам плотник придет.

Дядя Саша оторвался от листка:

— Посторонние не должны находиться в питомнике! Сколько раз тебе повторять?

— Какой он посторонний? Он плотник!

— Для собак посторонний.

— Замашки у тебя коммунистические, дядя Саша, это я тебе прямо скажу. Раскомандовался тут! — Золотарь сплюнул. — Вот я завтра уйду отсюда — и дело с концом.

— Куда ты пойдешь-то?

— В монастырь!

— В монастырь тебя не возьмут — ты матом ругаешься. А скамеечку завтра должен сделать сам.

— Я корм собакам выбил, плотника выбил... Иди-ка ты, дядя Саша, домой. В ванне отмокни.

И когда дядя Саша, крякнув и махнув рукой, поднялся с табуретки, Золотарь добавил ему вслед:

— Только смотри, за буйки не заплывай.

Малыш Чезар, «азиат», достигающий в холке метр двадцать, уже полгода маялся в вольере. Никто не смел вывести его погулять или даже приоткрыть дверцу его темницы, чтобы поставить ведро с едой. Кормили его куриными головенками, перебрасывая еду ковшом из соседнего вольера через щель под крышей. Когда кто-либо, даже из тех, кто его кормил, проходил мимо, малыш кидался на сетку, продавливая ее мощным торсом, испускал горлом раскатистый рык и с ненавистью провожал нарушителя круглыми золотыми глазами. Чезар был настоящим сторожевым псом — таким, каким ему и полагается быть, за одним исключением: ему теперь некого было охранять. Хозяин сам отвел его в питомник, потому что малыш держал в смертельном страхе не только соседей по участкам в Соньнаволоке, но и всех домашних, кроме, разумеется, самого Хозяина, который и предал его.

Слегка утолив куриными головенками свербящий голод, преследовавший его последние полгода, малыш Чезар отдыхал в будке, во внутреннем помещении своего вольера, который успел загадить до крайности и сам от этого страдал чрезвычайно. Однако он не мог оставить свой пост до возвращения Хозяина. Он должен был рычать, истекать слюной, угрожая вцепиться в горло каждому, кто бы посмел нарушить границу доверенного ему участка. И он непременно именно так и поступил бы со всяким, потому что прежде, когда ему удавалось ухватить ватный рукав во время тренировок с «нарушителем», его награждали сахарной костью. И если он старательно скалился на каждого, кто посмел вторгнуться в родной двор, обнесенный глухим высоким забором, то считался хорошим мальчиком, молодцом, умницей. А потом случилось так, что Хозяин привел эту самку, от которой — помимо целого роя прочих, неинтересных, запахов — проистекал сильный запах страха, возбуждающий любого пса. Вдобавок на ней была шуба из звериных шкурок. Увидев Чезара, самка ахнула и взмахнула руками, как обычно поступал «нарушитель» в толстом ватнике, и вот Чезар, ощерившись, по всем правилам выполнил хватку с прыжком…

На следующий день пес оказался здесь. Теперь ему не оставалось ничего другого, как покорно ждать Хозяина, уложив на вытянутые лапы огромную свою, страшную голову. Он был готов ждать осень, зиму и следующее лето. Ждать вовсе не утомительно, когда знаешь наверняка, что Хозяин рано или поздно вернется.

Еще одним мучительно неудобным моментом было то, что вся собственность Чезара осталась в доме Хозяина. У Чезара прежде были своя подстилка, миска, мячик и щетка, которой ему чесали бока. Теперь старая шерсть свалялась в колтуны, и спал он на голых досках. Зато все ограниченное пространство жизни Чезара настолько пропиталось его духом, что ни одна шавка из тех, что обитали по соседству, не посмела бы и нос повернуть в сторону его логова. Собратья вовсе его не интересовали, равно как и люди, которых он терпеливо сносил только потому, что они раз в день закидывали ему в вольер через сетку склизкие куриные головы. Из людей, обитавших в питомнике, он прежде знал Старика, Хлипкого, Самочку и Кислого. Совсем недавно к ним присоединился Перчаточник, но особого интереса у Чезара он тоже не вызывал.

4

У автомата на выходе из магазина девушка платила за телефон. Золотарь, едва поставив ведро с жиром на пол, уже терся возле нее, советуя, как ловчее заплатить. Когда автомат выдал чек, девушка задорно сказала: «Номер запомнил? Звони», прежде чем нырнуть в дверь.

— Видал? — Золотарь хитро подмигнул Лешке. — Если б не это ведро, я бы с ней ушел.

Лешка, покачав головой, с новым интересом посмотрел на напарника. Мужичонка хлипенький, с какой стороны ни глянь. Нос топориком вперед торчит, того и гляди перевесит, кепчонка на глаза надвинута, ноги в голенищах болтаются…

— А у тебя девушка есть? — Золотарь, подхватив ведро, бодро зашагал через дорогу к заводу.

— Нет, я же только недавно из армии.

— Рассказывай! — Золотарь с ведром нагло попер через дорогу на красный. — Телку найти — не проблема. Ты за мной наблюдай и учись. Кстати, как грев через проходную пронесешь?

— Какой еще грев?

— Ну, бутылку. Ты об этом подумал?

У Лешки в пакете лежали три упаковки молока для щенков, батон и бутылка вина — для людей.

— Я под курткой пронесу. Меня никогда не проверяют.

Лешка постеснялся спросить у Коляна, что за слово такое «грев». Диалектное, что ли.

— Не, под курткой видать, — помотал головой Золотарь.

— Так, может, мы тоже под забор подсунем? Бандит уж нас не выдаст.

Золотарь захохотал, даже вынужденно опустил ведро на землю.

— Еще бы нас Бандит арестовал! Нет, давай лучше в ларьке газету купим и бутылку в нее завернем. Среди молочных пакетов незаметно будет.

Он тут же подрулил к газетному киоску на остановке и, вместо того чтобы просто купить газету, спросил, как зовут продавщицу, давно ли она работает здесь и как идет торговля. К Лешкиному удивлению, продавщица с охотой ответила, что ее зовут Вера и что работает она здесь только вторую неделю.

Ближе к ночи, после расстановки собак на охраняемые объекты — под краны, на корабль, отдыхающий в порту, к мазутному хозяйству, — случалось несколько часов перерыва, когда Колян смотрел телешоу и вечерние новости. Телевизор в бытовке работал постоянно, с самого раннего утра и до поздней ночи, забивая собой все свободное от хозяйственных забот пространство.

Лешка, устроившись на кухне за баком с собачьей едой, листал книжки, найденные в гардеробе. Попалась парочка интересных, среди них — рассказы Рабиндраната Тагора в ярко-зеленой кричащей обложке. Раскрыв книжку наугад, Лешка зацепился за фразу: «Если ты занимаешься чем-то исключительно ради денег, то это занятие не стоит твоих трудов». Соотнеся эту фразу с собой, Лешка подспудно, параллельным умом, с трепетом подумал о вечерней трапезе, для которой Колян и припас бутылку вина, потому что совершенно не представлял себе, о чем же говорить с напарником, не Тагора же обсуждать. Однако переживал он напрасно. Управившись с основными хозяйственными делами, Колян еще постирал носки и распластал их на обогревателе, а также накормил многочисленных котов, которых различал в «лицо», несмотря на схожесть. Потом, отварив сосисок, прочно обосновался на кухне и разлил по стаканам вино.

— Если тебе чего надо — ты сразу мне говори, к старому не обращайся: бесполезно, — Колян посмотрел вино на свет, повертев стакан перед пыльной лампочкой, как будто это был напиток из дорогих. — Начальник охраны — кореш мой еще по милиции, он все для меня сделает.

— Мне цифры не понравились в нашем договоре, — кстати вспомнил Лешка. — Обещали десять штук, а по договору едва ли пять наберется.

— Так эти цифры для налоговой инспекции, соображай. Вон я одно лето картошку на этажи таскал. Так у меня по ведомости получалось, что я в месяц шестьсот рублей получаю…

— Ты же говоришь, в милиции работал.

— Так это когда было! Тебя еще на свете не было. А я уже по садам лазал, велосипеды крал, мопеды. А потом друг собаку завел, я щенка взял — и как отрезало. После армии в милицию работать пошел, в уголовку.

Лешка ощутил некоторую ущербность от того, что все здешние сотрудники когда-то работали в милиции, он один из кинологов, получается, пришел с улицы.

— Ты, студент, не переживай, — Колян как будто услышал его внутреннее беспокойство. — Прежде чем подойти к собаке, нужно самому стать человеком, сечешь? А для этого вовсе не обязательно быть ментом.

— Ну вот, а сам говоришь, что к Рыжику ни ногой.

— Я человек, но не камикадзе, — подчеркнуто, со значением, произнес Золотарь и одним махом осушил стакан. — В собачью башку не заглянешь, что там он про себя соображает. Вертит-вертит хвостом, а потом ка-ак жвакнет! А мне еще жить и жить, между прочим. Я, может, еще женюсь.

Лешка прикинул, что в таком возрасте жениться, пожалуй, уже не стоит. Но ничего говорить не стал. Пригубив вина, он немного помолчал — в это время в пространство жизни пророс голос диктора, вещавший о небывалом росте производства в течение прошлого, 2007 года. Тогда Лешка все-таки спросил:

— Я вот тут прошелся по территории… Смотрю: раньше при заводе были спорткомплекс, столовая, а теперь — руины одни. Кому все это мешало?

— Неправильно вопрос ставишь. Кому весь этот соцкультбыт нужен? Столовая — так мы вон сами сообразим, чего перекусить. Продуктов теперь в любом магазине навалом. А спорткомплекс — тут за день так ухайдакаешься, что только и думаешь, где б ноги скорей протянуть. На хрена этот спорткомплекс был трудящемуся, когда он вкалывал как проклятый, завод-то раньше был ого-го! Другое дело, если ты целый день в конторе задницу отсиживаешь… Да что за мысли у тебя коммунистические? Прям как у дяди Саши.

— По-моему, хороший человек — дядя Саша.

— Это ты, парень, наивный человек. Вот скажи мне: дядя Саша при тебе открывал дверь бывшего изолятора? Ну, там, сразу за воротами питомника.

— Такой кирпичный флигелек? Нет, не открывал. Только сказал, что раньше тут был изолятор для больных собак.

— Вот именно. И при мне он двери тоже не открывал. И ни при ком. И никакого изолятора тут сто лет как нет. Сечешь?

— Нет, — честно признался Лешка. — Тут много чего нет. Спорткомплекса, например.

— Еще скажи: библиотеки. Ты только прикинь. Почему старый в изолятор никого не пускает?

— Почему?

— Потому что он там что-то прячет. Наворовал в свое время — и скрывает.

— А что тут можно украсть? — искренне удивился Лешка.

Золотарь захохотал, откинувшись на стуле.

— А что, по-твоему, мы тут охраняем? Ой, я не могу… — Колян закашлялся и запил кашель вином, отхлебнув прямо из горла. — В спорткомплексе медного кабеля до хрена, им там все стены обмотаны. А сколько катушек на территории стоит! Ты свежим взглядом-то пройдись. Килограмм двести рублей стоит. Я вон на работу каждое утро мимо мазутной станции шкандыбаю. Там цветмет просто так валяется на земле. Я потихоньку насобирал, а потом сдал на две тыщи. Не слабо, а?

— Жесть, — выдохнул Лешка.

— Не жесть, а цветмет. Говорю, двести рублей килограмм…

Золотарь, поднявшись, снял с обогревателя сухие носки, тут же натянул их, — похоже, носки у него были вообще одни, — и очень серьезно, со знанием дела, произнес:

— Засиделись тут, пора в дозор… Я еще спросить хотел: ты чего все в перчатках ходишь, как дамочка? Перчатки — западло, понял? Возьми рукавицы на складе, нам по штату полагается.

— Да ладно, я в перчатках привык. Хоть они и западло, как ты говоришь… Золотарь хмыкнул.

Сумерки уже упали на землю. Оттого что день состоялся ясным и чистым и столь же ясным был вечер, сумеречное небо казалось темно-синим, с яркими крапинками звезд, похожее на отрез ситца в желтый горошек. Такого неба не случалось в городе, его забивал свет фонарей, и стены домов мешали читать звездный рисунок. Большая Медведица зависла над самым причалом, где в карауле стоял Грант — благородный пес, не привыкший брехать по ерунде. А чуть поодаль, под краном, нес службу Алмаз, который часто лаял в никуда, в воздух, просто обозначая свое присутствие…

— Колян, а где созвездие Гончих Псов? — заглядевшись на небо, спросил Лешка.

— Да хер его знает. Ты давай пломбы проверь, на месте ли, — Золотарь направил фонарь на двери спорткомплекса, который располагался на берегу, заросшем метровыми дудками. Среди этих дудок по проволоке, натянутой вдоль всего побережья, перемещались на цепях собаки. Почуяв приближение охраны, стражи разволновались, и потревоженная проволока породила странный, почти музыкальный звук.

— Что там, за этими пломбами? — Лешка поинтересовался тихо, не желая перебивать фантастический звук поющей проволоки.

— Цветмет, говорю же.

Фонарик метнулся на линию берега, выхватив из темноты силуэт Вьюги, которая трепетала от радости, заметив своих, и, стелясь по земле, даже не могла лаять. Вьюга желала показать, как хорошо она несет свою службу — только затем, чтобы угодить людям. Этим или другим, которые станут для нее своими. Хозяевами, от которых пахнет едой и прочим человеческим, чем никогда не пахнет от собак. За жизнь Вьюга повидала уже много хозяев, некоторые пахли очень противно, но все равно они называли ее по имени и давали есть за то, что она исправно несла свою службу на берегу. Там было вовсе не так уж плохо. По озеру ходили медленные сонные баржи, корабли и катера, которые иногда причаливали к заводской пристани. Помотавшись по волнам, люди рано или поздно понимали, что нет места на земле лучше родной гавани. И Вьюга радовалась вместе с ними и лаяла на них только для порядка, потому что так было нужно, чтобы ее любили хозяева…

Свет фонаря перетек дальше, на воду, быстро черкнул по ней желтую дорожку и тут же скакнул снова на берег. Вслед за ним Лешка вынырнул в действительность, в темно-синий вечер, где Колян проверял пломбы на дверях складских и хозяйственных помещений, четко следуя вперед знакомым маршрутом.

— Птицефабрику москвичи купили, — Колян бубнил себе под нос просто для того, чтобы не молчать. — Сразу стали с зарплатами мудрить, народ и побежал. Зато теперь объявления в любой газете: «Требуются птичницы», «Требуются разнорабочие». А ведь раньше туда было не устроиться! Москвичи, кажись, еще гостиницу купили. И наш завод купят, вот увидишь…

Лешка послушно следовал за ним, невольно соображая про себя, что вот же как странно случилось, что сейчас он обходит дозором тридцать гектаров русской земли, до отказа набитые медным кабелем и прочим металлическим ломом. И что Золотарь вообще-то беззлобный неплохой человек. И что дядя Саша тоже человек хороший. И что собаки только кажутся злыми, а на самом деле — добрейшие создания, которые просто хотят, чтобы был хозяин — у каждой свой. Но если мир наполнен хорошими людьми, отчего же тогда вокруг такая мерзость? И почему страдают всегда безответные? То есть собаки. Нет, ответить они, конечно, могут — жвакнуть хорошенько. А вот пожаловаться начальству уже не могут. Не умеют они рассказать, кто их обидел.

— А вот на этом складе мне в 87-м дали по голове, — Колян вывел Лешку почти к самой проходной, к ангару, обшитому металлосайдингом. — Здесь раньше спирт хранился. И ведь я хорошо помню, что не хотел соваться в эту дверь. Я внутренний голос всегда слушаю, — он пробежал фонарем по массивным дверям склада, на которых висел устрашающий амбарный замок. — Вот недавно шел я мимо типографии. И вдруг слышу: внутренний голос говорит мне идти прямо, а я налево свернул. Ну, мне там и вломили по полной, шестеро на меня одного, прикинь! А где-то через неделю я опять мимо типографии шел, и опять внутренний голос велел мне прямо идти. На сей раз я послушался, и представляешь, ничего не случилось…

За забором, отделанным по всему периметру колючей проволокой, как кружевной оборкой, мелькнули огни троллейбуса. И Лешке так показалось, что троллейбус существует где-то в далекой, очень далекой жизни. И он удивился, почему это троллейбусы до сих пор ходят, хотя объявлен отбой. А ведь на самом деле было всего-то десять часов вечера и собаки пока не думали спать. Они сидели возле будок в дозоре, чутко реагируя на всякое шевеление. Наверное, эти собаки были счастливы сознанием своей свободы. Ведь те, кто на ночь оставался в вольерах, были несвободны вдвойне. Первым кругом несвободы был именно вольер, дверь которого открывалась во второй, чуть более широкий, круг несвободы — двор питомника, его собаки также не могли покинуть по своей воле. А вот уже за забором питомника открывалось настоящее царство — целая территория завода, мир, за границами которого, за колючей проволокой, очевидно, вообще ничего не было. Как ничего не было и за озером, открывавшимся в никуда. Ведь катера, отчаливавшие от заводской пристани, всегда возвращались домой. Потому что там наверняка была такая же вода, и родная территория представляла собой материк, плавающий в бесконечности вод.

И только иногда над головой — если собаки не сидели в вольере, а стояли в карауле, охраняя границы своего собачьего острова, — открывался опрокинутый мир, утыканный яркими точками звезд. Наверное, там, наверху, точно так же под вечер включали огни на блокпостах и возле каждого огонька дежурило по такому же счастливому псу. Поэтому, если смотреть в небо, собакам на постах становилось не так одиноко.

5

Чернышку нашел Золотарь во время обычного обхода по периметру. Ему просто стало интересно, где же несколько дней подряд может прятаться собака. Контрольная полоса сильно заросла высокой травой, кое-где пробился кустарник, в котором можно было затаиться. Но почему собака не прибегала на зов кинолога, который носит еду? Собак кормили один раз в день, сразу после полудня. Золотарь заглянул в собачью будку, прочесал кусты, карабкавшиеся на проволочное ограждение. К нему подбежал ротвейлер Ульс, караулившицй контрольную полосу в паре с Чернышкой. Коротко булькнув в нос, Ульс позвал Коляна за собой, в самый конец участка, где под забором, вытянув лапы, лежала Чернышка. Коляну хотелось верить, что она просто спит, поэтому он несколько раз окликнул собаку, потом, уже осознав, что все кончено, все-таки потрепал ее по морде в слабой надежде, что собака еще очнется. Однако труп окоченел. Плохо соображая, что же нужно делать, Колян бросил ведро в вольере и побежал за Сан Санычем, потому что тело собаки было довольно тяжелым, в одиночку он бы не принес его в питомник.

Так происшествие в общих чертах пересказали Лешке, когда тот заступил на смену. К тому времени тело бедной Чернышки уже отправили в ветлечебницу для выяснения причины смерти. До тех пор питомник полагалось закрыть на карантин. Собаки остались в вольерах, а начальник охраны собрал всех работников питомника на совещание в главный корпус. Помимо дяди Саши, Коляна и Лешки, на завод вызвали Диану Рафаэлевну— Лешка прежде видел ее только мельком — и еще одного парня, которого все звали Кизил. Кажется, это была его фамилия. Говорили, что он вроде приходится племянником начальнику охраны и что школу окончил со справкой — понятно, дядя пристроил. Кизил носил высокие ботинки и черную форму, которая вообще-то в питомнике была бесполезна, если работать с собаками на совесть: к концу дня от нее точно мало бы что осталось, потому что собаки все время лезли обниматься. К Лешке, по крайней мере. После смены одежду всякий раз приходилось стирать… Лешке вовсе не хотелось думать о черных штанах и куртке Кизила, — ему было очень жаль погибшей Чернышки, — и все-таки он не мог не задаваться вопросом, а как же Кизил в этой форме кормит собак. Еще он думал о том, что вот сегодня собаки остались в вольерах. Несколько дней, наверное, их продержат в изоляции. Вдруг Чернышка была больна чумкой или бешенством? Нет, бешенством вряд ли. Откуда у нее бешенство? Ведь Ульс нормально себя ведет. Он-то уж давно бы заболел.

— Будем надеяться, это просто несчастный случай, — начальник охраны с бульдожьими щеками говорил, в общем-то, о том же. Но как-то не так, без сострадания, что ли. Получалось, одной собакой меньше, другой больше… Главное, что есть кем заменить Чернышку. Например, поставить на периметр Вьюгу.

Холодное осеннее солнце пробивало пыльные окна административного корпуса. Кабинет, в котором проходило заседание, был выкрашен ярко-желтым и напоминал школьный класс, вдобавок над столом начальника охраны висел портрет президента. Все это вкупе производило странное, не вяжущееся с событием, почти торжественное впечатление. У Лешки на языке так и вертелся вопрос: а что, разве ничего особенного не случилось? И никто не собирается расследовать гибель Чернышки? Неужели все рассуждают, как и этот начальник, и никому не жалко собаки, которая умерла на посту? Она ведь служила людям, выполняла свой долг, невзирая на дождь и ветер… Однако он знал, что никогда не решится так прямо спросить, по крайней мере в присутствии начальника охраны.

Зато дядя Саша сказал без обиняков:

— Я уже писал докладную записку о том, что собаки странно себя ведут. Их либо закидывают камнями через забор, либо кто-то из заводских их постоянно бьет.

— Подозреваемые есть? — буркнул начальник охраны.

— Абдуллаева я подозреваю, — неожиданно выдал дядя Саша. — Того узбека, который на мазутном хозяйстве дежурит. Как раз была его смена.

Повисла пауза, показавшаяся еще более тягучей от холодного, ленивого света осеннего солнца, пробивавшего окна желтого кабинета. И все, кто находился в комнате, молча переглянулись, может быть, внутренне согласившись с дядей Сашей. А тот меж тем продолжил:

— Бандит как раз возле мазутки сидит. Я понять не мог, что же такое с собакой случилось. Решил понаблюдать, зашел в помещение станции, в окно гляжу: Абдуллаев на дежурство идет. Бандит, как его приметил, в будку забился, а Абдуллаев ему прямо в миску плюнул.

— На Востоке собак не очень-то любят. Может быть, просто в этом дело? — сказала Диана Рафаэлевна, крупная женщина с густым грудным голосом и медными вьющимися волосами, собранными в низкий пучок. Лешка слегка побаивался таких женщин: в них было слишком много материнского.

— Да, это еще не дает оснований для подозрений, — тем же бесцветным, казенным голосом отозвался начальник охраны.

— Вот именно, мало ли кому из вас я в миску плюю, — выдернулся Колян. — Но тут еще другое. Абдуллаев и с людьми-то по-русски объясниться не может, не то что с собаками. Наверняка чуть что — сразу ботинком в морду.

— Вообще-то это уже под статью попадает: жестокое обращение с животными. Только зачем бы Абдуллаев на контрольную полосу полез? — спросила Диана Рафаэлевна. — Это не его территория.

— Да бес его знает! — Колян между делом высморкался в какую-то тряпку. — Спросишь, так ведь не объяснит.

— Не, я ваще не понимаю… — наконец подал голос Кизил. — Какая, нах, разница, от чего там эта собака загнулась. Главно, чтоб не бешеная. А это вряд ли. Да и трусливая она была. Цветмет через забор прут, а она, падла, в кусты. На кой нам такая?

— Интересный вопрос, — вставила Диана Рафаэлевна. — Он касается практически каждого присутствующего. На кой нам такие кинологи?

— Э-э, да ты чего, Диана Рафаэлевна, говоришь? — с некоторым удивлением произнес Колян.

— Я повторяю: зачем нам такие кинологи, которые не могут наладить с собакой элементарный контакт? У вас ведь в запасе слова исключительно матерные. Обложили собаку и дальше пошли. Конечно, вам-то что? Но ведь это все равно что ударить животное, — Диана Рафаэлевна даже закурила, и пальцы ее чуть тряслись, когда она подносила сигарету к губам. — А между тем матерные ругательства — это древние проклятия на смерть. И если мы забыли их истинное значение, это не убавляет их силы...

— Ты это чего, серьезно? — Колян громко заржал.

Кизил тоже коротко хохотнул, хлопнув себя по ляжкам.

— Так вы, Диана Рафаэлевна, хотите сказать, что собака умерла от того, что кто-то из сотрудников покрыл ее матом? — брови начальника охраны поползли вверх.

— Или делал это в течение длительного времени, — подытожила Диана Рафаэлевна. — Нам не дано предугадать, как наше слово отзовется...

— Слушай, Диана Рафаэлевна, — сказал Колян. — Работала бы ты лучше в министерстве культуры. Чего тебя в питомник-то принесло?

— В питомнике собаки, а в министерстве — суки, — парировала Диана Рафаэлевна, придавив сигарету об дно жестянки, стоявшей на подоконнике.

Начальник охраны глубоко вздохнул:

— Вот вы, Диана Рафаэлевна, на редкость интеллигентная женщина. Наши дворники вас очень уважают, между прочим. А говорите иногда такое... — начальник старательно подбирал слова, — что сами не знаете, что говорите. Давайте дождемся результатов вскрытия. А там уже сделаем оргвыводы, накажем виновных...

— Абдуллаева надо изолировать от общества, — настаивал дядя Саша.

— В вольер предлагаете закрыть? — начальник охраны спросил, казалось, вполне серьезно. — Хорошо, подготовьте помещение.

Кизил опять хохотнул на высокой ноте.

А Лешка подумал, что, может, этот начальник и ничего мужик. Вроде даже с юмором... Но если начальник охраны тоже неплохой человек, тем более непонятно, откуда проистекает вся эта окружающая мерзость? И почему целая охранная служба, состоящая из неплохих людей, не в состоянии защитить одну-единственную собаку? Этот вопрос он, естественно, тоже не стал задавать вслух.

— А долго нам еще без опилок сидеть? — вдруг спросил Кизил. — Две недели назад заказали, нах.

— Больше ничего не хочешь спросить, — осадила Диана Рафаэлевна. — Тут собака умерла...

— Ну а другие-то пока живы. И срут, как... — он хотел выругаться, но зажевал конец фразы. Очевидно, Кизил все же немного стеснялся Дианы Рафаэлевны.

Опилками обычно посыпали собачьи вольеры, чтобы потом легче было убирать. Особенно теперь, когда ожидались ночные заморозки и мыть полы из шланга было уже нельзя.

Противно, дребезжащим старушечьим тембром зазвонил телефон. Начальник поднял трубку, коротко ответил: «Слушаю», потом что-то буркнул в телефон, обозначив отбой, обвел долгим взглядом присутствующих и, не скрывая своего удивления, произнес:

— Собака умерла от инсульта.

6

— К собакам надо относиться как к рабочему материалу, иначе здесь нельзя, — дядя Саша опрокинул рюмку и потянулся вилкой к соленому огурцу, наспех накромсанному на блюдце. — Хотя Чернышка хорошая собака была. Послушная. Она с Вьюгой из одного помета. У нас в питомнике родилась, другой жизни не знала, только как заводу служить. Родине то есть.

— А уж какая красавица, — подхватила Диана Рафаэлевна, тоже пригубив за упокой. — Кость узкая, даже чемто на гончую похожа, как и Вьюга, кстати.

Лешка, Колян и Кизил выпили молча. Лешка сморщился: водка показалась чересчур уж горькой. На столе, помимо огурцов, были квашеная капуста, несколько кусков ветчины, черный хлеб… Отставив рюмку, Лешка вспомнил, как собаки всякий раз провожали его, когда он разносил на посты еду. Окунув морду в ведро, они некоторое время не отрывались от жидкой похлебки и все-таки, когда звякала щеколда на калитке, устремлялись вдоль забора за ним, поскуливая, пытаясь опередить, просунуть нос в ячейки железной сетки, чтобы лизнуть его руку из благодарности, что вот, надо же, не забыл… И Лешке всякий раз было перед ними немного стыдно. Ведь это же люди заперли их на контрольной полосе между забором и забором, а собаки ничуть не обижались на людей за свою незавидную долю, будто так само собой получилось.

В коридоре противно заорал кот, требуя внимания. Колян кинул отрезок ветчины на голос со словами: «На, заткнись».

—Чернышка внеплановой вязки была, — сказал дядя Саша. — Отец ее сам к заводу прибился, с виду настоящая овчарка, только без документов. А кто у нас теперь с документами?

— Кстати, а кто у нас с документами? — спросил Кизил, дожевывая ветчину.

— Я внеплановый, последний зуб даю, — встрял Колян. — Меня родители случайно заделали на целине, еще при Хрущеве.

Отмахнувшись от Коляна, дядя Саша помолчал, будто прикидывая, а стоит ли говорить, потом все-таки сказал:

— Дора с родословной, еще из Балтийского питомника. Одной из последних взяли. Потом, у Ричи документы есть, у Арбата, который в третьем цехе сидит…

— Ни хера себе. Так чего ж вы такого пса, нах, заперли? Потомство от него надо было получить. Впарили бы щенков — нормально бы так нагрелись…

— Слушай, Кизил, — Диана Рафаэлевна, поморщившись, встала и направилась к дверям. — Ты можешь разговаривать без всяких вводных слов? Я не хочу этого слушать.

— Я по-русски, нах, говорил и говорить буду! — Кизил налил себе вторую рюмку и тут же отправил в рот. — Это древние русские слова, сами же сказали.

Диана Рафаэлевна молча вышла.

— Ты, Кизил, язык-то попридержи, — строго произнес Колян.

— А то чего? — усмехнулся Кизил.

— А то в морду дам.

— Ты? Да тебе уже прогулы на кладбище ставят.

— Рискуешь прежде меня там оказаться. Запомни: еще одно слово при Диане Рафаэлевне... Я за нее все что угодно отдам. Кроме аванса и получки, разумеется.

— Ну, этого ты нескоро теперь дождешься, — встрял дядя Саша. — Рабочие третий месяц без денег сидят. И, главное, профсоюз лапки сложил перед начальством.

— Дядя Саша, у тебя партбилет есть? — спросил Колян.

— Дома под сукном лежит.

— Не показывай его мне. Не люблю коммунистов.

— Напрасно. При коммунистах зарплату выдавали день в день. Пятого и двадцатого. А теперь...

— Теперь никто мозги не долбает. Кроме тебя. Ты, Леха, что молчишь? О чем думаешь? — Колян неожиданно обернулся к Лешке, будто ища поддержки.

— Я думаю... — Лешка вздохнул, прежде чем кое-чем поделиться. — Как же это собака от инсульта скончалась? Я такого даже представить не мог... Почему? Кто-то напугал ее, что ли? Кровоизлияние в мозг! Или камнем по голове? Но ведь тогда было бы заметно...

— Что теперь гадать? — ответил дядя Саша, как показалось Лешке, с досадой. — Кто расскажет, что там случилось? Ульс разве что знает. Но будет молчать.

— Вот именно, будет молчать, — со значением сказал Лешка. — На это и был расчет.

— У кого? — удивился Колян.

— У того, кто убил Чернышку. Ну, что рядом никого из людей не будет.

Кизил, кажется, порывался что-то еще сказать, но Лешке стало отчего-то чрезвычайно противно, и он вышел вслед за Дианой Рафаэлевной.

Солнечный свет разжижился, поблек. Воздух отдавал настоящим осенним холодом, который всегда подбирается исподволь, легким инеем на траве. Потом поутру на лужах остается нежная корочка льда, потом, очень скоро, осень обрушивается жестко и грубо, ветром и проливными дождями. Дыхание уже парило, да и с голыми руками было холодновато. Натянув перчатки, Лешка пошел мостками вдоль вольеров, ненадолго задерживаясь возле каждой собаки, которые приветствовали его разноголосым лаем. У клетки малыша Чезара, которая была в самом углу, как бы на отшибе, стояла Диана Рафаэлевна. Похоже, она разговаривала с этим желтоглазым мордатым зверем, и он ее слушал, даже не кидаясь на решетку вольера и не обнажая клыки.

— Смотри, что он умеет, — Диана Рафаэлевна помахала перед самым носом у Чезара половинкой сосиски и велела ему сесть. Чезар послушно сел, потом так же по команде лег, не отрывая от сосиски желтых глаз, в которых теперь играл огонек любопытства. Наконец Диана Рафаэлевна ловко просунула сосиску через сетку, и вожделенный кусок мгновенно исчез у пса в глотке — Лешка едва успел заметить, как все случилось. Чезар пару раз вильнул обрубком хвоста, приглашая продолжить игру.

— Видишь, уже не рычит, — Диана Рафаэлевна достала вторую половинку сосиски. — Я с ним давно общаюсь. Реакция у него мгновенная, да и вообще много чего умеет. Правда, я все равно его боюсь. Кто знает, что там у него на уме…

— А можно я тоже попробую? — спросил Лешка. — Я не боюсь, правда.

— Ну, держи! Только смотри, чтоб за пальцы не ухватил. Оттяпает, и пикнуть не успеешь.

Осторожно приподняв сосиску за хвост, Лешка сказал: «Сидеть!», все же сомневаясь в успехе. Однако Чезар послушно сел, булькнув в нос, и вперился в сосиску немигающими желтыми глазами. Не желая испытывать терпение зверя, Лешка, неуклюже ухватив сосиску рукой в перчатке, протолкнул ее внутрь, и вдруг в мгновение ока железные челюсти щелкнули, казалось, возле самого носа. Чезар почти вдавил морду в железную сеть и вместе с сосиской ухватил кончик перчатки. Лешка, не успев даже испугаться, отдернул руку, а перчатка застряла, и пес перехватил ее, атаковав стремительно, как тигр, и, радостно подпрыгнув, затянул перчатку в вольер. Теперь у него появилась игрушка!

— Вот сволочь, — спокойно сказала Диана Рафаэлевна. — Пальцы хоть целы?

— Целы, — Лешка подул на руку. Средний палец Чезар, кажется, слегка прикусил. Самый кончик, но не до крови. Так, только слегка саднило.

— Я же предупреждала: осторожней. Такого ценного работника чуть не съел.

Чезар, прихватив перчатку, убрался в самый дальний конец вольера за перегородку и, высунув оттуда морду, глухо клокотал, давая понять, что сегодня больше не собирается общаться.

— Впрочем, первыми всегда съедают тех, кто поинтеллигентней. Не стыдно тебе? — Диана Рафаэлевна продолжала выговаривать псу. — Почему бы тебе Кизила не съесть? Я бы даже не возражала. Потому что как представитель своего биологического вида Кизил гораздо менее развит, чем ты. Он ведь даже не научился говорить по-человечески. А грамоте он вообще не обучен, почитай постовой журнал…

Последняя фраза, похоже, относилась к Лешке, поэтому ему нужно было что-то ответить, но он не мог сообразить что.

— Диана Рафаэлевна, — наконец нашелся он. — А как же вы ведра таскаете на дальние посты? К старой проходной, например? Вам же тяжело, наверное.

— А я их и не таскаю, — Диана Рафаэлевна тряхнула красивой головой с тяжелым пучком. — Их за меня Коля носит. Сам предложил. Вот, говорит, Диана Рафаэлевна, я не позволю, чтобы ты тяжести таскала. Пока я жив, говорит, не позволю. Потому что ты женщина. Так прямо и сказал, представляешь?

— Колян?

— Ну да, — Диана Рафаэлевна слегка сникла. — До сих пор бывало наоборот: ты — баба, так вот давай работай.

— Какая же вы баба? — искренне удивился Лешка. — Это кто же так говорит?

Диана Рафаэлевна махнула рукой.

— Так все это странно… Столько лет работала с людьми. В газете, потом в журнале. И так бы и работала дальше, если бы не уволили. А вот сюда пришла — и всякий раз собаки радуются, стоит мне только появиться в воротах, улыбаются, хвостами виляют. Такого прежде никогда не было, чтобы коллектив так радовался моему появлению.

— Коллектив… собак? — осторожно переспросил Лешка.

— Собаки, люди — какая разница. Главное, я только теперь ощущаю, что делаю что-то очень важное. Вот накормишь собак — и они играть начинают, обниматься лезут. А людей сколько ни корми, им все мало! — Диана Рафаэлевна сказала с явной досадой, будто вспомнив что-то очень неприятное.

Лешке очень не хотелось возвращаться в бытовку, в табачный дым и обычную полузлую перебранку, хорошо сдобренную матом. Взяв на поводок Арбата, который сидел на самом входе в питомник, он направился к озеру. Там обычно никого не бывало и можно было спокойно подумать, что же предпринять дальше. Арбат, молодой крупный «немец», весело трусил впереди, почти не натягивая поводок. Лешке очень нравились такие моменты, которые вроде бы тоже считались работой, а на самом деле были обычной прогулкой с собакой, засидевшейся на посту возле будки. На полдороге, возле портового склада, который почему-то ласково назывался Муреной, Лешка поймал себя на том, что произносит вслух: «Что же делать? Что же нам делать?» Смутившись, хотя никто этого не слышал, он произнес уже осознанно: «Что же нам, Арбат, делать?» Совершенно ясно, что никто не собирался всерьез расследовать гибель Чернышки. Ее попросту списали, ведь рано или поздно в питомнике списывают всех собак как отслужившее свой срок оборудование.

Озеро волновалось. Правда, почему-то только справа от пирса. Волны с рокотом набегали на каменистый берег, с шумом и пеной разбиваясь о круглые валуны. Слева, у причала, где дневал и ночевал катер, который в постовом журнале назывался «объект 161», вода плескала спокойно, робко. Лешка повел Арбата берегом, вдоль линии пенного прибоя. В волнах ощущалась древняя неодолимая сила, рядом с которой человек всегда чувствует робость, особенно если остается в одиночестве. Когда они с Арбатом вышли на песчаную отмель, вылизанную прибоем, пес как-то заволновался, коротко лайнул на волну и чуть попятился, как будто она была живой, хотя на самом деле это была просто вода — такая же, как у него в миске. Тогда Лешка понял, что Арбата никто никогда не приводил к озеру. Он всю жизнь просидел возле будки на входе в питомник или в лучшем случае дежурил ночами на металлоскладе возле блока «П». «Буду водить сюда по очереди всех собак», — подумал Лешка безотносительно к недавнему «что делать».

Вдоль всего побережья из земли прорастала проволока на манер вьющихся растений. Казалось, если не выдернуть ее, не проредить, через год сам собой поднимется забор из железных прутьев. Все-таки какая-то своя, странная красота была в постиндустриальном пейзаже, но вместе с тем Лешку не покидало ощущение, что что-то такое кончилось. Может быть, по большому счету — страна, досрочно выполнявшая планы капитального строительства. И теперь на тридцати гектарах русской земли по винтику растаскивали руины цехов, некогда бывшие достоянием всего народа, а теперь — собственностью ОАО «Вперед». Двадцать восемь собак охраняли цветной металл, знать не зная о том, зачем он нужен. А несколько человек в свою очередь охраняли собак. А над ними стояло начальство, которому принадлежал металл. Хотя на самом деле металл этот начальству был абсолютно не нужен. Потому что последний цех выпускал пластиковые лодки вместо океанских лайнеров. И на месте директора завода Лешка собрал бы весь коллектив в главном корпусе и сказал: «Дорогие рабочие. Я банкрот, мне нечем платить вам зарплату. Поэтому несите с территории металлолом кто сколько может, кормите свои семьи. Заодно и порядок сам собой наведется, потому что среди такого хлама ничего хорошего построить нельзя». Вот бы как он сказал. И запросто раздал бы металл всем желающим…

Возвратив Арбата на место, Лешка вернулся в бытовку. Дяди Саши и Кизила уже не было, Диана Рафаэлевна тоже ушла. Один Золотарь по привычке смотрел по телеку какое-то шоу.

— Колян, — Лешка вспомнил разговор с Дианой Рафаэлевной. — Ты вроде нормальный мужик. Зачем же ты все время этот телевизор смотришь?

— А чего еще смотреть? — Золотарь искренне удивился.

— Я думаю, люди пялятся в телевизор, чтобы собственных мыслей не слышать. А вдруг в башку ненароком придет, что их дурят почем зря? Ты ведь этого боишься, Колян?

— Мне вообще тут неплохо живется, — лениво заметил Колян. — Захочу — выходной сделаю себе в любой день, с бабой какой закручу. А жрать нечего будет, так я костей в кастрюле отварю, капусты туда накидаю, морковки… Ненамного и собак объем. Остатки, кстати, им же и вылью.

— И все? И больше тебе ничего не нужно?

— Знаешь, а ведь я тоже не барыга какой, когда-то давно даже в университете учился.

— Ну и дальше что?

— Дальше мне по голове дали на спиртоскладе. Я тогда тоже подрабатывал в свободное время, вот как ты. И вдруг для меня все как-то прояснилось вокруг. Что человеку по большому счету нужны просто тарелка супа, койка в теплом месте, бычок — перекурить ситуацию, баба хоть иногда, ну и авторитет с понятиями, чтобы помягче. Начальник то есть.

— Это кто помягче? Дядя Саша? Что ж ты с ним ругаешься то и дело?

— Скажешь тоже — дядя Саша. У него лимит естественный вышел, вот он и корчит из себя божьего одуванчика. А ты знаешь, что там на самом деле в бывшем изоляторе?

— Ну?

— Щенячье кладбище, вот что. Раньше в питомнике собаки с документами были, плановые вязки, то, се. А если сама собой сука родит, без плана, и на щенков никакого заказа не будет, так вот дядя Саша твой щеночков в изоляторе закрывал, и они в три дня там помирали от голода. Я тебе больше скажу: он трупики прямо там и оставлял. Под полом. Ящиками еще заставит… Боялся на территории хоронить. Вдруг какая собака нароет.

— Колян? Ты что говоришь? Ты в своем уме?

— Я-то в своем. Поэтому сижу и не рыпаюсь, покуда меня койко-места не лишили. А ты, гляди, допрыгаешься!

Лешке сделалось почти физически дурно. Выйдя в коридор и кое-как справившись с этой дурнотой, он вернулся к Коляну и решительно, с той же не терпящей возражений интонацией, с какой отдавал собакам команду «Ко мне!», произнес:

— Колян! Иди проветрись. Я за тебя отдежурю.

Колян в крайнем удивлении уставился на Лешку.

— Я совершенно серьезно говорю. Проведай свою подружку. Веру эту из киоска проведай. Ты имеешь право на выходной.

— Че, правда? Отпускаешь меня? — Колян, еще не веря своей удаче, расплылся в улыбке, обнажив единственный зуб.

— Иди, Колян. И больше не говори мне ничего. Иди! — он почти крикнул.

Колян, сорвав с крючка кепочку, выскользнул в двери как легкий, почти неуловимый сквозняк.

7

Лешка знал, что никто из заводских уже не заглянет в питомник. Под вечер все спешили домой. К тому же пошел дождь, и окрестности развезло совершенно, так что добраться до ворот можно было только в бродных. Однако световой день еще тлел. Лешка быстро рассадил собак по вольерам, в который раз заново удивляясь, с каким послушанием собаки подчиняются ему, уверенные, что ничего плохого ни с ними, ни с хозяевами не случится, если только они не дадут слабину, если только станут соблюдать устав караульной службы и не пропустят на родную территорию посторонних. И в каждой собаке жила большая вера в справедливый миропорядок, и все они любили свое государство-остров посреди моря людей, потому что не представляли, что возможно какое-либо иное устройство мира.

Взяв на поводок полукровку Макса, Лешка отвел его к металлоскладу — как называлось это место в постовом журнале. На самом деле металлосклад был обычной свалкой, по центру которой возвышалась катушка с медным кабелем — ее-то, собственно, и охранял Макс. Пес был идеальным сторожем. Он отправлялся на пост с радостью — оттого что может послужить людям, честно дежурил до утра возле будки и с такой же радостью возвращался на рассвете в питомник. Когда Лешка сажал его на цепь возле катушки, Макс так и норовил, подпрыгнув, лизнуть его в ухо.

К самому металлоскладу подбегала заросшая колея узкоколейки. Рельсы обрывались, будто отрезанные ножом, а неподалеку на заборе, прямо под колючей проволокой, висела металлическая табличка: «Остановка локомотива». И все это вместе тоже производило впечатление глобального конца. Правда, Макс этого не знал. Когда он родился, локомотив индустриализации давно отдыхал в депо, и Макс думал, что мир именно и состоит из таких вот свалок металлолома, которые надо защищать от существ из инобытия, то есть от тех людей, которые иногда просачивались сквозь забор.

А между питомником и металлоскладом, в зоне видимости и нюха сторожевой собаки, как раз находился бывший изолятор — одноэтажный домик, похожий на хатку-мазанку, с несколькими слепыми окошками, густо застланными паутиной. На дверях металлосклада висел амбарный замок — основательный, но ржавый насквозь. И даже если душегуб дядя Саша носил на шее ключ от этого изолятора, вряд ли старый замок ему бы поддался.

Лешка потрепал Макса по холке, напоследок велел: «Служи!» — собаки не знали этой команды, но он все равно всякий раз напутствовал их так на дежурство — и, отыскав в груде металлолома подходящий ломик, направился к изолятору. При этом его не отпускало странное чувство, как будто он идет кого-то спасать, хотя в любом случае все давно кончилось, и Лешка это понимал безусловно.

Ему еще никогда не доводилось сбивать замки, но он видел, как это делается в кино. Просунув ломик в ушко замка, Лешка дернул со всей силы, но ничего не случилось. Тогда он попробовал второй раз и третий — в кино у героев это всегда получалось очень ловко. Наконец в отчаянии он ударил по замку со всего маху — отскочила заклепка, крепившая железную дужку на двери, замок повис на креплении, и Лешка дернул дверь изолятора. Она поддалась с трудом, но все-таки ее удалось открыть. Изнутри пахнуло сыростью. «Склепом», — невольно подумалось Лешке. Он осторожно ступил внутрь, радуясь, что догадался прихватить с собой фонарик, иначе все усилия были бы напрасны: слепые, задернутые паутиной окошки почти не давали света. Возле правой стены угадывалась сетка вольеров, и, когда он направил туда фонарик, луч высветил множество стеклянных банок, в беспорядке скинутых в вольер, а также дальше, по всему полу и вдоль стен… Очевидно, когда-то собак в питомнике кормили консервами, в не лучшие времена. Банки успели зарасти слоем черной землянистой пыли, и пауки уже проделали над ними знакомую работу. Лешка опять невольно, вскользь, подумал, что паутина и пыль, наверное, — составляющие самого времени.

Ничего другого в изоляторе в зоне видимости просто не было. Лешка пробежал фонариком по углам, также заставленным банками, и вдруг заметил дверь в другое помещение, заколоченную ДВП и тоже полузаставленную. Спотыкаясь, ступая прямо по банкам, он добрался до этой дверцы и дернул картон, который вовсе даже не был приколочен намертво, а держался на двух гвоздях. И опять полетела ржавая труха, посыпались банки, и вот в проеме дверей открылась каморка, в которой не было ничего, кроме таких же банок, на которых еще сохранились этикетки «Суп из свежей капусты». Похоже, дядя Саша, как большинство людей, переживших социализм, не умел расстаться ни с чем, что в принципе могло когда-нибудь пригодиться. Банки годились для домашних заготовок. Подобная черта была еще присуща Лешкиной бабушке. Звучно плюнув, потом зачихав от поднявшейся пыли, он, чертыхаясь, едва пробрался к выходу. Вряд ли Лешка был разочарован, скорее даже рад, что в изоляторе не оказалось ничего страшного.

День меж тем потух. В сумерках еще можно было различить контур будки и силуэт Макса, который с любопытством, наклонив голову, наблюдал за Лешкой, когда тот отряхивал от пыли и паутины штаны. Хотя это было вовсе ни к чему: к концу дня рабочая одежда обычно была такой грязной, что стояла коробом. Лешка слегка ругал себя за то, что клюнул на удочку Коляна. Происшествие выглядело немного глупо, да и взлом изолятора теперь придется как-то объяснять. Прикрыв входную дверь, он подпер ее палкой. Напоследок Лешка, вернувшись к Максу, потрепал ему холку, как бы намекая на то, чтобы Макс сохранил происшествие в тайне. Однако пес, напротив, начал потявкивать, потом, задрав нос к небу, зашелся частым протяжным лаем: кто-то приближался со стороны питомника, но только не Золотарь, на него собаки так не реагировали. Остановившись чуть поодаль, фигура разразилась длинным крутым ругательством, и тогда Лешка понял, что это Кизил.

— Сука, заткнись! — подняв с земли палку, Кизил замахнулся на Макса.

— Эй, ты что делаешь! — Лешка загородил собой Макса, который, не желая уступать, рвал цепь и отчаянно лаял.

— Да я эту суку счас… — Кизил икнул, и Лешка понял, что тот успел где-то набраться.

— Это кобель, во-первых, — с расстановкой сказал Лешка. — А во-вторых, сегодня не твоя смена. Шел бы ты домой, Кизил.

— Да брось ты, — примирительно ответил Кизил. — Собак ваще надо бить. Они ж как дети. Ни хера не понимают, покуда не стукнешь.

— А тебя в детстве били? — спросил Лешка.

— Меня каждый день били.

— Заметно.

Кизил заржал, хотя Лешка говорил на полном серьезе.

— Шел бы ты домой, а, — повторил Лешка. — Какого рожна мотаешься по территории?

— Я тут работаю! — заорал Кизил отвратительно громко, как орут только пьяные. — Может, ты меня еще строить начнешь? Давай, валяй докладную, пятьсот рублей премии выпишут, нах!

— Не ори, — сказал Лешка просто потому, что не любил, когда орут.

— Да-а? Че еще мне скажешь не делать?

Кизил все еще сжимал в руке палку, поигрывая ею как полицейской дубинкой. И вот стоило ему чуть резче махнуть рукой — конечно, он вовсе не собирался нападать на Лешку, — как Макс броском вцепился ему в куртку и с мясом вырвал рукав.

— Сука-а! — Кизил со всего маху съездил собаке ботинком по морде и тут же отбежал в сторону, чтобы Макс не смог достать его.

Пес завизжал, рванулся на цепи, но ошейник туго пережал гортань, и Макс захрипел, опрокинувшись на бок: удар был болезненным. Лешка подскочил к Кизилу и уже замахнулся сам, но тот загородился палкой, и Лешка вцепился в эту палку и стал зачем-то тянуть к себе, Кизил не отпускал. И так они несколько секунд перетягивали эту палку, не понимая зачем, просто из злости. Потом Кизил наконец отпустил палку, и Лешка упал на спину, прямо в жидкую грязь. В голове случайно мелькнула фраза: «Над ним уже ничего не было, кроме неба...» Макс, дотянувшись до Лешки, лизнул его прямо в рот, потом оскалился и зарычал на Кизила, готовый спокойно отдать свою собачью жизнь… В этот момент кто-то с силой дернул цепь и оттащил Макса к будке, но это был не Кизил.

— Место, с-собака! Я кому сказал, место! — невесть откуда взявшийся Золотарь разразился долгим проклятием. — Я тебя на трехразовое питание переведу: понедельник, среда, пятница. Понял, скотина?

Макс глухо зарычал в ноздри, но отступил к будке. Холка его вздыбилась.

— Колян, он не виноват, — Лешка кое-как поднялся, уже не обращая внимания на грязь.

— Правильно, не виноват, — подхватил Кизил. — Это все Леха, умник ваш гребаный. Знаешь, Колян, за чем я его застукал? Да он замок на изоляторе взломал, вот я ему и вмазал.

— Правда, что ли? — растерянно спросил Колян.

— Иди сам проверь, дверь-то палкой приперта, — расходился Кизил. — Думаешь, я ничего не видел, да?

— Заткнись, — буркнул Колян, потом подошел к изолятору, подергал дверь. — Хреновые дела, ребята.

— Да ничего особенного, — Лешка утер лицо рукавом, но рукав тоже был грязным. — Там в изоляторе одни банки.

— Банки-то банки, — прошамкал Колян. — Да только шумели вы, пацаны, сильно. Всю охрану подняли на уши. Ладно, марш домой!

На удивление, Кизил послушался Коляна и быстренько смылся, может быть, испугавшись ответственности за драку. Лешка только сейчас подумал, а почему это Колян оказался в питомнике, ведь он должен был встретиться с девушкой.

— Что, обломилось у тебя с Верочкой? — поддел Лешка уже на обратном пути в бытовку.

— Ай, да ну, — Колян отмахнулся. — Как до дела дойдет… Ладно, я спать завалюсь, а ты попросись в душ в пожарку.

Уже стемнело. За воротами питомника стояла густая непроглядная мгла, и Лешка попутно соображал, а каково же Максу дежурить целую ночь в этакой темноте. Даже Коляна он не различал в двух шагах от себя, только слышал, как его сапоги хлюпают по грязи. Внезапно Колян остановился. Лешка тоже остановился, потому что Колян сейчас должен был что-то сказать, объяснить, почему он остановился.

— Я тебе про трупики все наврал, — вдруг признался Колян.

— Наврал? Зачем? — Лешка удивился больше тому, что Колян честно признался в своем вранье.

— Да я ж на голову трахнутый, — просто ответил Колян. — Попугать хотел. Хотя... мне рассказывали, что у деда однажды шесть кавказцев от энтерита сдохли. По крайней мере, он утверждает, что от энтерита, а на самом деле — кто теперь скажет?

Колян помолчал, потом неожиданно произнес:

— Знаешь, парень, а ты ведь здесь всех достал.

— Я?! Чем? — воскликнул Лешка. Вроде бы он, напротив, пытался сделать как лучше — и собакам, и людям.

— Во-первых, ты книжки читаешь. Думаешь, не замечает никто? За баком с собачьей похлебкой пристроишься и читаешь.

— Ну, читаю... так я ведь студент.

— Это ты где-нибудь в другом месте студент. А здесь ты кинолог. Такой же, как все остальные, усек?

Лешка с возмущением подумал, что остальные кинологи в свободную минуту курят и смотрят телевизор. И почему-то за это их никто не ругает.

— На тебя уже две малявы у начальства лежат, — продолжал Колян.

— Чего-о?

— Докладных, чего!

— Докладных? За что?

— За то, что книжки читаешь в рабочее время. Я сам эти малявы сочиняю, если хочешь знать, — Колян снова двинулся вперед, и Лешка пошел за ним, не зная даже, как себя теперь вести.

— Мне перед начальством выслуживаться нужно, — Колян говорил спокойно и даже будто бы с гордостью. — Думаешь, чего я тут торчу безвылазно? Во-первых, жить негде. Я, когда из заключения вышел, меня братан домой не пустил. У него, видишь ли, жена молодая, а я до женского пола… сам знаешь. Потом, кто еще меня с такой биографией на работу возьмет, кроме кореша ментовского? А тут я вроде как человек.

— Колян, ты сказал: во-первых. Во-первых, я книжки читаю. Вам это не нравится. А во-вторых? Во-вторых — что?

— Ой, да много чего во-вторых. Перчатки вон носишь, интеллигент сраный. Руки бережешь.

— Перчатку мою Чезар съел, — горько усмехнулся Лешка.

— Правильно сделал. Собака, а с соображением. Потом, матом ругаться ты не умеешь. Да и вообще всякой придури в тебе полно.

— А в случае с Дианой Рафаэлевной как-то не так? — Лешка спросил только потому, что не понимал логики Коляна.

— Ну ты даешь! Диана мои трудовые будни скрашивает. Декоративная фигура, как говорится.

— У нее декоративная фигура?

— Нет, она сама для меня — фигура декоративная. Впрочем, фигура у нее тоже ничего. В этом ты прав.

Лешка усмехнулся, может быть, для того чтобы перебить горечь от признания Коляна. Он-то полагал, что достаточно никому не вредить нарочно и к тебе будут относиться хорошо.

Потом, уже в бытовке, когда Лешка снял грязные сапоги и куртку, ощутив себя неожиданно незащищенным, как улитка без панциря, он догадался спросить:

— А что, Кизил теперь тоже маляву на меня накатает?

— Не бойся, не накатает, — успокоил Колян. — Он, сволочь, мне кое-чем обязан.

И, прикурив и выдохнув дым, Колян спокойно сказал:

— Это же он Чернышку пришил.

— Как?

— Электрошокером. Просто получил на складе электрошокер — охране он вообще полагается — и решил на ком-нибудь испытать. К башке приставил да как звезданул! Убивать, конечно, не хотел. Думал, так, просто приструнить: Чернышка ж на него крысилась, вот он и…

— И ты все видел, Колян?

— Видел, мы ж вечером вместе в обход ходили. А там как раз на посту у Чернышки дыра в заборе со стороны Соньнаволока… Цветмет прут. А эта сука никого задержать не могла. В нее камень кинут — она и в кусты. Бесполезное существо. И Ульс, в общем-то, тоже. Только с виду страшный.

— А ты, Колян, существо полезное? — взорвался Лешка. — Для чего ты живешь?

— Родину охраняю. Цветмет берегу, — спокойно ответил Колян. — Мне, парень, Кизила закладывать никак нельзя. Во-первых, бездоказательно. Во-вторых, на меня же дело и перелицуют. Потому что я уголовник, а Кизил — племянник начальника, хоть и долботряс. И все равно он меня теперь побаивается. Это хорошо. Сечешь? Все, я спать пошел. А ты постовой журнал не забудь заполнить, как с обхода вернешься.

Широко зевнув, Колян отправился в соседнюю каморку, где обычно спали кинологи после вечернего обхода. Лешка, чтобы заглушить поток нахлынувших мыслей, включил телевизор, но стало еще гаже.

В душ он так и не попал: в пожарку его не пустили, сославшись на запрет начальства, и Лешка понял, что для всех он по-прежнему чужой. Устроившись на кухне на жесткой кушетке, он ненадолго провалился в сон, но вскоре очнулся и до самого рассвета уже не сомкнул глаз. Слышно было, как где-то в углу копошится крыса, абсолютно не опасаясь котов. Коты мирно спали, облепив обогреватель, который в отсутствие отопления шуровал день и ночь. Вспомнив наставление Коляна, Лешка решил заполнить постовой журнал — его все равно пришлось бы заполнять. Включив свет и устроившись за обеденным столом, он вписал в разлинованные графы: «С 22-00 до 24-00. Патрульно-дозорная служба по территории завода. Проверено: спорткомплекс, блок "П", объект 161, металлосклад…» и далее, как того требовал устав. Потом решил просмотреть предыдущие записи, в том числе и за тот день, когда убили Чернышку. Понятно, что журнал заполнял Кизил. Неровным полудетским почерком без соблюдения полей под датой было накарябано: «Патрульно дозорная служба на теретории завода. Проверено спорт комплес и контрольную полосу установлено развал заборов. Тропа натоптана кабута там ходили уже месяца три. И видно кабута выносят цветмет потому што валяется што потеряли».

Лешка невольно засмеялся и уже не мог остановиться. Он хохотал в голос, будто освобождаясь от накопившейся в душе мерзости. Коты, прежде спавшие мертвым сном, встрепенулись и на всякий случай растеклись по углам. В сумерках коридора нарисовалась шаткая фигура Коляна, больше похожая на привидение.

— Че ржешь? — Колян щурился от света настольной лампы. — Случилось чего?

— Ничего не случилось. Книжку забавную прочитал, — Лешка захлопнул постовой журнал и выключил лампу. За окном уже брезжил слабенький серый рассвет. — Собак пора снимать.

— Помочь? — Колян продрал глаза.

— Сам справлюсь. Можешь еще поспать.

Лешка быстро накинул заскорузлую куртку, испытав легкое отвращение, которое, впрочем, тут же прошло, надел резиновые сапоги, взял поводок и фонарик и вышел во двор. Ночевавшие в вольерах собаки тут же заворчали, делая вид, будто и не спали всю ночь, подошли к дверцам своих клеток, нетерпеливо ожидая, что же будет дальше, хотя каждое утро события повторялись по тому же сценарию: караульные возвращались со службы в свои вольеры, на ходу успевая облаять лентяев, ночевавших в питомнике. Но кто знает, может быть, собаки рассказывали о том, что случилось на постах за ночь и о чем люди могли только догадываться?

Закрыв калитку питомника, Лешка направился к озеру, где в ночном дозоре стояли Чук, Вьюга и Зубр. Тусклый свет карманного фонарика едва освещал тропу, петлявшую среди чахлых кустиков, обрезков труб и бытового мусора, разбросанного по всей охраняемой территории. Неожиданно Лешка подумал, а куда же это он идет? И есть ли какой-то смысл в том, чем он занимается здесь, в проверке этих пломб и замков на дверях, держащихся на честном слове? Может быть, его, да и вообще людей мало-мальски образованных не любят именно потому, что они задаются такими вопросами? Что на самом деле заводу нужны труддяги, которые бездумно выполняют все, что положено по уставу, не сверяют длину трудовой недели с КЗОТом, довольствуясь малым, вот именно как собаки, готовые служить за уютное место в клетке и кастрюлю баланды.

Почуяв Лешку издалека, караульные заплясали на цепи, и проволока, натянутая вдоль всего побережья, опять издала протяжный мелодичный звук, похожий на пение пилы. Лешка остановился, чтобы просто послушать. В рассветной тишине и пустоте звук расплывался, расходился волнами, затихал и вспыхивал вновь. Слева впереди, за складом, уже чуть обозначились контуры причала, возле которого ночевал «объект 161» — катер таможенников. Наверняка Алмаз, охранявший катер, тоже почуял приближение охранника и плясал на цепи, радостно поджидая окончания вахты. Лешка еще подумал, чему же так радуются собаки, если впереди — только короткая перебежка к питомнику, а потом долгий день во дворе на цепи или, если идет дождь, вообще в вольере?..

Ночью подморозило: трава на берегу была одета инеем, да и голые пальцы у Лешки окоченели, когда он отстегивал от цепи железные карабины ошейников. Первым на посту стоял Чук. Лешка знал, что может свободно его отпустить и пес не покинет пост, ожидая освобождения товарищей. Потом по команде «домой» все три овчарки — Чук, Вьюга и Зубр — дружно двинулись к питомнику. Почти бесшумно шли они вперед в высокой сухой траве, уткнув морды в землю. Длинные их распрямившиеся хвосты почти волочились по земле. В некоторый момент Лешка подумал, что, наверное, так же неслышно бежит в ночи волчья стая. И вдруг ощутил себя заодно с ними, таким же, как они, несмотря на то что передвигался на двух ногах...

Когда где-то через час, возвратив на место всех караульных собак, Лешка появился в бытовке, Колян уже смотрел телевизор и, попивая чаек, гладил на коленях замызганного кота, который жмурился от наслаждения и нежданной ласки.

— Я туалет вымыл и стульчак отдраил, — просто сказал Колян. — Так что вы хотя бы два дня с773те где-нибудь в другом месте, чтобы там было чисто!

Лешка опять, в который раз, удивился, когда это он успел, а Колян между тем добавил:

— Еще я дверь изолятора починил. Так что ты молчи о вчерашнем, если не спросят.

— Когда успел? — все-таки выдал свое удивление Лешка.

— Дак там делов-то — скобу закрепить. Держится на соплях, зато шито-крыто и мы тут ни при чем.

Лешка только покачал головой, испытав некоторую благодарность к Коляну.

Рабочую куртку и штаны пришлось упаковать в мешок и забрать домой, чтобы прокрутить в стиральной машине. Обычные джинсы и старая курточка, в которых он приехал на смену, теперь показались шикарной одежкой, и Лешка даже приосанился, шагая от завода к остановке. Правда, после бессонной ночи его покачивало, зато впереди было целых два выходных.

К девяти утра первая волна пассажиров автобусов и маршруток схлынула: производственные смены уже начались. Лешке самому приходилось выезжать на завод в половине восьмого утра с другого конца города, и он успел заметить, что рабочий люд в массе своей имел землистые, изрезанные ранними морщинами лица и крупные руки, которые по грубости своей выглядели неприлично голыми. Рабочие носили кожаные куртки с рынка и тупорылую потертую обувь. На смену ехали они с безразлично-сосредоточенным выражением, за которым абсолютно ничего особенного не скрывалось — это Лешка знал уже по себе, — разве что иногда переживание «как бы не опоздать», если маршрутки долго не было.

Теперь он попал не в свой поток. В девять на работу ехал народ почище, поприличнее, и уже на остановке Лешка невольно ощутил собственную ущербность, потому что стоял, как мешочник, с сумкой, набитой грязным тряпьем. Он даже прикинул, что в следующий раз обязательно достучится в пожарку, в этот самый душ, потому что под толстым свитером, который он не снимал уже вторые сутки, спина чесалась и прели подмышки.

Маршрутки не было минут пятнадцать, потом начался дождь, и под навесом у остановочного ларька сгрудились люди, похожие на серых зайцев, спасающихся от половодья на кочке. Лешка не пошел под навес, оставшись под дождем: он чувствовал себя как бы членом другой стаи. Наконец его маршрутка выскочила из-за поворота — чумазая, улепленная грязью, как будто всю ночь носилась по полям, развороченным колесами трактора. В ней было довольно тесно. Лешка все же прилепился на заднем сиденье, поставив сумку в ногах. Тетка в светлом пальто, сидевшая напротив, потянула носом и с подозрением на него посмотрела. На следующей остановке, когда впереди освободилось место, она пересела, хотя теперь ей приходилось ехать спиной вперед. Лешка примерил на себя то безразличное выражение, с которым рабочие ни свет ни заря отправлялись на смену, означающее, впрочем, глубокое безразличие уже к самой жизни. Он старался не смотреть на пассажиров, чтобы не ловить их любопытные взгляды, чтобы не думать о том, что, возможно, они принимают его за бича, который с утречка что-то уже накопал в помойке... И неожиданно Лешка обнаружил, что каким-то параллельным умом продолжает думать о собаках как о друзьях, которых оставил на попечение Коляна; о том, что похлебка вчера вышла особенно жидкой, потому что месяц кончается и крупу приходится экономить; что хорошо бы установить на теплотрассе новую будку: старую перекосило настолько, что ни одна собака уже не понимает, что это именно будка. Да и он сам вряд ли бы понял, если б не объяснил Колян.

Утро за окном маршрутки разгорелось уже совершенно, а Лешку вдруг потянуло в сон. Он насилу взбодрился, нащупал в кармане мелочь, второпях отсчитал и отдал водителю, когда маршрутка остановилась на кольце возле рынка. Ветхая старушка, пристроившаяся возле самого выхода, сказала нарочито звонким девчоночьим голосом: «Молодой, а смердит, как шелудивый пес». Лешка с силой захлопнул дверцу и зашагал, не оборачиваясь, домой. Ему хотелось скорее в душ, а потом сразу завалиться спать.

Очнулся он ближе к вечеру и несколько мгновений еще приходил в себя, соображая, где находится. Сквозь шторы в окно проникал серенький жидкий свет. Осень сгущалась, и уже тянуло холодом из-под балконной двери. Закутавшись в плед, Лешка первым делом подумал, а как же там собаки. Будто бы без него они уже не могли обойтись. Равно как и он без них.

Потом сообразил, что сегодня же пятнадцатое октября. А пятнадцатого они с приятелями договаривались собраться в «Лимоне». Вскочив с дивана, Лешка мгновенно натянул свитер, нашел на кухне холодный утренний чай и остатки пирога с капустой. Глотнув противного чаю, он быстро затолкал кусок в рот и, едва впрыгнув в ботинки и натянув куртку, нырнул в лифт. Нужно было слинять до прихода мамы, потому что она наверняка начала бы ворчать, что он не занимается, что сутками не бывает дома — вот теперь уж точно сутками.

Окончательно пришел в себя он только в троллейбусе, тогда же понял, что в «Лимон» отправился слишком рано — в запасе оставалось часа полтора. Однако отступать было некуда. Троллейбус остановился напротив заведения, на крыльце которого курила стайка «педиков», то есть студентов пединститута, находящегося по соседству. Они вечно просиживали в «Лимоне» штаны, а девчонки с иняза вдобавок пытались разговаривать между собой по-английски, чтобы выпендриться. Но теперь это было не важно. Сегодня Лешке вдруг по-настоящему захотелось пива. С такой силой ему не хотелось пива никогда. И только теперь он понял, почему трудящийся люд по выходным тянет именно в пивные — расслабиться и перестать думать об оставленной работе. Он никак не мог войти в обычный ритм города и прикидывал, глядя на девчонок, что на таких каблуках им ни за что не одолеть и трех метров по территории завода, нашпигованной цветметом, и что косметику с их личиков Макс слизал бы в первые полчаса.

В «Лимоне», пристроившись в углу, — не специально, там просто было свободное место — Лешка сразу отметил, что публика сидит неправильно. В питомнике собак старались рассаживать во дворе, строго соблюдая порядок: кобель — сука, кобель — сука, чтобы они между собой не дрались и чтобы никто не рвал цепь, норовя укусить соседа. Ведь кобели, особенно молодые, всегда бились между собой за первенство. Исключение составляли разве что Чук и Зубр, ходившие на дежурство вместе с Вьюгой. Их можно было спокойно отпускать без поводка, потому что Чук и Зубр были вообще трусоватые по натуре собаки. В стае такие никогда не становятся лидерами. С этой точки зрения в «Лимоне» народ сидел просто возмутительно, кому как взбрело в голову, а это в принципе было опасно…

Он по-прежнему думал о работе. Подозвав официанта, Лешка заказал пол-литра «Балтики» и осознал, что ничего другого, в общем-то, сейчас и не хочет. Когда принесли пиво, он с наслаждением сделал глоток и откинулся на стуле, успев подумать, что со стороны наверняка выглядит как заправский работяга, завернувший в «Лимон» по случаю аванса. В следующий момент пиво ударило в голову, потому что со вчерашнего дня он практически ничего не ел. А через полчаса он был уже банально пьян, как и подобает простому трудящемуся, — тем более если впереди еще один выходной.

9

Малыш Чезар злился от того, что ничего не мог поделать, когда к вольеру подходил этот, от которого несло кислятиной. Подобным образом пахла заскорузлая плесневелая колбаса, и все же человеческая кислятина с примесью мужского пота была еще противней. Кислятиной всегда несло от натур трусливых, в случае с этим парнем кисловатый запах не мог перебить даже табачный дух, въевшийся в его одежду, кожу и волосы. Подходя к клетке, Кислый всегда присаживался на корточки и, прикурив, что-то говорил Чезару сквозь зубы, как будто плевался. Чезар понимал, что Кислый говорит что-то очень обидное, причем без причины: Чезар ведь ничего плохого не делал. Пес злился, щелкал зубами перед белесой рожей, которая маячила возле самой сетки, но Кислому было хоть бы что. Наконец, когда Чезар с налитыми кровью глазами, раздув ноздри от праведного гнева, броском кидался на сетку, в этот самый момент Кислый с силой выдувал ему прямо в морду струю табачного дыма. Это было самое плохое. Дым проникал в ноздри, глотку, глаза. Задохнувшись, Чезар застывал с открытой пастью, потом принимался чихать, яростно тряся головой, и в невозможности лаять, потому что противный дым успевал проникнуть в гортань, издавал хриплые грудные звуки.

Кислый же брал для удобства ведро, переворачивал его кверху дном и садился прямо напротив клетки. Это означало, что пытка будет продолжаться долго. Чезару следовало просто скрыться в дальней комнате своего вольера, не реагировать на мучителя, но он не позволял себе отступить. Тем более перед этим дурно пахнущим человеческим недоноском, которого, будь он собакой, давно бы изгнали из стаи. Но люди снисходительны к своим уродцам.

Кислый тем временем не торопясь давил сапогом окурок и, вперившись белесыми глазками в морду Чезара, складывал губы трубочкой, улюлюкал, пытаясь еще больше раззадорить пса, потом вновь прикуривал и, набрав полные легкие, выдувал дым в клетку.

Похоже, никто из прочих людей питомника даже не догадывался о том, что происходит почти всякий раз, когда во дворе появляется Кислый. Мучитель издевался над псом, когда рядом никого не было. Чезар знал, что Кислый поступает так же и с некоторыми другими собаками, но больше всех доставалось Чезару именно потому, что он никогда не отступал. А ведь некоторые суки трусливо забивались в самый дальний угол вольера, поджав хвост и уши. Тогда Кислый их больше не трогал, потому что ему становилось неинтересно.

Впрочем, в питомнике был всего один уродец. Старик, Хлипкий, Самочка и Перчаточник были вполне сносные люди. Против них он особо никогда и не выступал, правда, пытался несколько раз пожаловаться на Кислого, но кто бы понимал собачьи жалобы? Перчаточника Чезар теперь выделял особым образом, потому что его любимая и единственная игрушка, запрятанная в вольере вместе с костью, которую ему кинули третьего дня, еще хранила запах прежнего владельца, была пропитана его потом. Правда, игрушка слегка припахивала самцом, но ведь

Перчаточник был Чезару не конкурент, наверняка он не претендовал ни на одну из сук питомника. Перчаточник тоже иногда говорил с Чезаром, но иначе, чем Кислый. Да и вообще, в Перчаточнике в последнее время появилось что-то очень собачье, что-то родственное, чего не было больше ни в ком из людей…

Вчера, ближе к ночи, когда уже стемнело, Кислый точно так же подошел к вольеру, но на ведро не присел, а просто встал возле самой сетки и позвал: «Чезар!» Кислый даже не курил в этот момент. Чезар, слегка удивленный, в чем же дело, глухо порыкивая, вылез из укрытия и приблизился к сетке. Тогда Кислый подпрыгнул, полуприсев, и взмахнул руками, дразня собаку. Чезар, заклокотав от бессильной ярости, припал к полу вольера, а потом всем своим мощным телом кинулся на ненавистную металлическую сетку, мешавшую расправиться с обидчиком. И в этот момент Кислый вытянул вперед руку с каким-то черным предметом, отдававшим железом, и тотчас же яркая острая боль, войдя в лапу, мигом пронзила все тело до обрубка его хвоста. Взвизгнув, Чезар отпрянул. Ему показалось, что фонарь над воротами питомника взорвался и осколки попали ему в глаза. Потом он больше ничего не помнил.

Когда он очнулся, шел глухой беспробудный ливень. Струи стучали в глухую заднюю стену, проникали сквозь крышу в вольер. Чезар с трудом поднялся — лапы плохо слушались, и, шатаясь, побрел в заднюю комнату вольера. Там он лег, положив тяжелую морду на свою перчатку, и подумал, что жизнь когда-нибудь еще наверняка переменится, что заточение его кончится, возможно, в весьма скором времени. Ведь и этот дождь, который кажется бесконечным, рано или поздно обязательно прекратится.

Утро пришло сырое и холодное. Чезар слышал, как в соседних вольерах зашевелились собаки, катая носом пустые миски. Вороны спустились с крыши и принялись нагло расхаживать по двору, прекрасно понимая, что собаки заперты и никто их не тронет. Возле сарая разномастные котята облепили серо-полосатую кошку. Здесь каждый был занят своим особым делом, имел поручение, особенно собаки, которые, гордо задрав нос, ежедневно ходили в караул. И только малыш Чезар проводил дни в безделье и одиночестве, иногда поругиваясь для порядка. Он не понимал, что же он делает не так. И за что его так жестоко наказывают.

Кислый пребывал где-то поблизости. Чезар чуял легкий оттенок его запаха в воздухе, мешавшегося с кислятиной вчерашней похлебки, оставленной на улице в баке. Теперь — впервые — Чезар предпочел не высовывать нос из своего укрытия, лучше перележать, переждать, ведь рано или поздно Кислый уйдет из питомника. Прежде так случалось всегда, и тогда Чезар ощущал себя чуть более свободным, хотя бы потому, что не нужно было ввязываться в пустую, бесполезную перебранку через сетку вольера, к тому же его соперник вел себя просто нечестно.

Привкус кислятины в воздухе сгустился, Чезар почуял, что враг приближается, однако даже не пошевелился, не поднял морды с потрепанной своей перчатки, а только глубоко, из самого сердца, вздохнул. Он слышал, как доски настила охали и прогибались под тяжелыми ботинками Кислого, как тот остановился, по обыкновению, у вольера и некоторое время топтался, переминаясь с ноги на ногу, как закурил, сегодня к тому же от него разило пивным выхлопом. Чезар не реагировал на вызов. Тогда Кислый протопал дальше, к калитке, и некоторое время торчал там на входе, потом второпях вернулся к клетке Чезара. Раздался металлический лязг, и сразу за этим, очень быстро, почти бегом, Кислый кинулся к калитке и выскочил вон.

Чезар услышал, как Кислый побежал по мосткам куда-то в сторону от питомника, и только тогда осторожно поднялся и с оглядкой, почти на кончиках лап, приблизился к сетке вольера. Он не заметил ничего особенного. Желая разглядеть конкретнее, что могло измениться во дворе со вчерашнего дня, пес встал на задние лапы, опершись передними на сетчатую дверь, и… дверь подалась вперед. Чезар поехал вместе с ней и почти выпал во двор, в желанную свободу, прежде доступную всем, даже воронам, только не ему. Встряхнувшись, Чезар ободрился и легко прогарцевал по периметру двора, попутно вызвав сумасшедший лай запертых в вольерах овчарок, задрал лапу поочередно возле каждого столбика, обозначив территорию своих владений, потом остановился по центру в легком опьянении от воли — и тут заметил Перчаточника.

10

С Кизилом Лешка разминулся почти на самом входе в питомник. Кизил выскочил из калитки второпях, натянув на голову капюшон, и очень быстро зашагал прочь, причем не к вахте, а наискосок, к теплотрассе, видимо торопясь куда-то, хотя по правилам полагалось дождаться сменщика. Было без двух минут девять. Лешка обычно не опаздывал, поэтому Кизил знал, что сменщик не заставит себя ждать. Однако что-то случилось, иначе с какой бы стати Кизил вылетел из питомника пулей. Неужели начальство прознало про их драку возле изолятора и Кизилу уже влетело? Буквально секунды через две надрывно заголосили собаки.

В недоумении Лешка вошел в питомник и, сделав всего пару шагов, прирос к месту. По двору преспокойно и будто бы даже весело прохаживалось черное чудовище. На воле малыш Чезар выглядел раза в полтора мощнее, чем в вольере. Настоящий царь собак, «азиат» был величиной с хорошего теленка. Заметив Лешку, Чезар застыл возле центрального столбика, набычился и густым басом буркнул в ноздри. Лешка подумал, что пес наверняка размышляет, как ловчее расправиться с врагом. Чезар меж тем медленно, как бы подбирая место, куда опустить огромную свою лапу, двинулся на Лешку.

Холодный пот выступил на висках, на затылке и змейкой затек за воротник. Лешка сделал шаг назад, но тут же приструнил себя, помня, что нужно стоять, как и стоял, не показывать страх. Он подумал, что возле самой калитки должен на крючке висеть поводок, который обычно там оставляют кинологи, вернув собак с постов. Медленно вытянув руку в сторону, он нащупал и снял поводок — на счастье, Кизил повесил его на место; потом, собрав остатки мужества, сделал шаг навстречу чудовищу и остановился все еще в отдалении. Чезар будто бы обрадовался, обрубок хвоста его завелся, заиграл, а пасть дрогнула подобием улыбки.

— Чезар! — Лешка вновь осторожно шагнул вперед.

Чезар присел. Перчаточник не был Хозяином, но все-таки казался своим. От него даже пахло невыразимо родным, как от знакомого пса, товарища по играм. Чезар лайнул коротко и звонко в знак приветствия, это прозвучало почти как «да».

— Чезар! Красавец, — Лешка все еще побаивался, но, уняв дрожь в коленках, медленно двинулся к собаке. — Ты мой красавец!

Чезар подался вперед, вытянув шею, ловя носом струю знакомого запаха. И точно так же, чуть подавшись корпусом вперед, шел навстречу ему Лешка. Последние шаги он проделал решительно, чтобы не дать собаке опомниться, и ловко, быстрым движением ухватив на холке ошейник, защелкнул на кольце карабин поводка. Теперь Чезар был его. И пес это понял. Ткнувшись носом в ладонь Перчаточника, Чезар мотнул огромной головой, приглашая прогуляться, и тут же радостно заплясал на месте в ожидании променада. Лешка, зная, что нужно делать, повел Чезара на поводке к калитке. Пес шел спокойно, не рвался вперед, и это было кстати: Лешка не смог бы его удержать.

Они оказались на тропе, ведущей к Мурене, по которой собаки каждый вечер ходили в караул. Чезар упорно тянул вперед, уткнув морду в землю, изучая следы предшественников, иногда задерживался ненадолго, обнюхивая особо интересное место, задирал лапу, но вскоре тянул дальше, дальше… Лешка прикинул, что с Чезаром следует держаться малообитаемой территории вокруг питомника: там практически не случалось рабочих, поэтому решил свернуть к бывшему спорткомплексу, сразу за которым начинались опилочные дюны. В них на посту денно и нощно стояла Ванда, но ведь суку Чезар не должен был тронуть.

Дождь висел в воздухе. Вокруг спорткомплекса дорога была разбита колесами грузовиков, которые возили мусор на свалку возле самого забора, вдобавок после ночного ливня грунт поплыл, и вперед пришлось пробираться, увязая в жидкой грязи, но Лешка надеялся, что и лапы Чезара, и собственные ботинки можно будет вымыть в озере. Наконец, когда удалось выбраться на асфальтированный участок возле самых ворот спорткомплекса, Чезар резко потянул поводок влево, и Лешка едва не полетел носом вперед, но кое-как на ногах удержался.

— Чезар, рядом! — успел скомандовать он, но неожиданно пронзительный визг, почти на частоте ультразвука, прошил влажный тяжелый воздух: ночная сторожиха, возвращавшаяся берегом со склада, при виде зубастого чудовища впечаталась в стену спорткомплекса и заорала что есть мочи, пытаясь прикрыться сумкой.

— Держи собаку! А-а-а! Собаку держи!

— Да я и держу. Замолчи ты, дура! — в свою очередь заорал Лешка, но было поздно.

Чезар, едва услышав пронзительный женский визг, рванул поводок как бешеный. Лешка потянул брезентовый ремень на себя, но — поехал по земле за Чезаром. Тот уже не лаял, а хрипел в удавке ошейника, перебирая передними лапами в воздухе. Перед глазами у Лешки на секунду выросли клодтовские кони на Аничковом мосту, в следующий момент он плашмя упал на землю, ударившись коленкой и локтем, и невольно вскрикнул от боли.

Услышав возглас Перчаточника, Чезар внезапно опомнился. Оставив жертву в покое, он развернулся к Леше, лизнул его в лицо и в ухо, слегка боднул в плечо, чтобы подбодрить: вставай, сейчас мы вдвоем ей покажем! Обхватив собаку снизу, Лешка вцепился в ошейник, ничуть не думая о том, что, если клыкастая пасть сомкнется на его запястье, руки у него точно не будет. И так держал Чезара, пока сторожиха, удирая на полусогнутых, не скрылась за углом.

— Докладную побежала писать, — решил Золотарь, когда Лешка вернул Чезара в вольер и рассказал о происшествии на озере. — У нас так: кто первый на кого маляву накатает, тот и прав. На твоем месте я бы сам на эту бабу быстренько бумаженцию наклепал. Пьяница она известная.

Золотарь на кухне попивал кофе, не отрываясь от телевизора. Так и говорил, не глядя на Лешку.

— За что докладную? — Лешка не понимал. — Ну, заорала она не по делу, так это со страху.

— Я тебя предупредил, — отмахнулся Золотарь. — Какого лешего ты только это чудище с утра на озеро поволок?

— А что еще было делать? Хорошо, поводок у входа висел, а то как его голыми руками возьмешь?

— Нафига вообще было брать? Сидел себе в вольере и пускай бы дальше сидел.

— Кто сидел-то? Чезар по двору бегал, когда я пришел.

— Как по двору бегал? — Золотарь наконец посмотрел на Лешку. — Кто его выпустил?

— Я думал, ты знаешь.

— Я слышал, собаки лают. Так решил, что это просто ты идешь… А Кизил где был?

— Кизил мимо меня проскочил, даже не поздоровался.

— Да… — Золотарь почесал макушку, покрытую редким пухом. — Ну а когда ты Чезара назад в вольер ставил, может, там со щеколдой что-то не так, не заметил? Или сетка порвалась?

— Сетка вроде целая, — Лешка пожал плечами. — А вольер просто открыт был, вот и все.

— Неужели Кизил? Вот сучонок, тебя извести решил, — Золотарь усмехнулся. — Понятно, почему он слинял по-тихому. А как ты эту зверюгу поймал?

— Спокойно поймал, на поводок, — буркнул Лешка.

Он не стал интересоваться, стоило ли ему писать еще одну докладную — на Кизила. Понятно, что стоило. Хотя, с другой стороны, у него не было доказательств, что клетку открыл именно Кизил, и дело опять-таки могли повернуть таким образом, что Чезара якобы выпустил Золотарь, чтобы свалить вину на Кизила. Или что Лешка сам вывел из вольера собаку, чтобы опять-таки свалить на Кизила в отместку за драку третьего дня, по поводу которой, возможно, на столе у начальства уже лежала докладная. Ладно.

Выпустил Кизил Чезара и выпустил. Зато теперь это была его, Лешкина, и только его, собака. Но разве можно так жить: хлебать в бытовке суп из одной кастрюли, вместе кормить собак, разводить их в караул, убирать вольеры — тоже вместе, бок о бок, и при этом денно и нощно сечь друг за другом. А ну как ошибется товарищ! И стучать, стучать, стучать, писать доносы при каждом удобном случае… Это как же теперь называется — пролетарская мораль?

— Дядя Саша будет уговаривать тебя остаться, — вдруг сказал Золотарь.

— А я вроде уходить не собирался, — растерялся Лешка.

Золотарь в ответ хмыкнул.

Дядя Саша появился в питомнике минут через пятнадцать, взволнованный и красный, с прилипшими ко лбу волосами. Как был, в куртке и сапогах, прошел на кухню и, выдернув из-под стола табуретку, уселся специально спиной к телевизору, чтоб быть к Золотарю лицом. Выложив перед собой какую-то бумагу, дядя Саша сурово произнес:

— Ну, допрыгались?

— А че случилось-то? — Золотарь сделал вид, что ничего не знает.

— А то ты не знаешь! — именно так и ответил дядя Саша. — У вас собака сторожиху потрепала, а вы сидите как ни в чем не бывало.

— Ничего не потрепала! — вспылил Лешка. — Испугала просто сторожиху эту, вот и все. Нашли тоже происшествие.

— Наверняка к хахалю своему шкандыбала, — встрял Золотарь. — Он у нее на металлоскладе…

— К хахалю не к хахалю шла, а на вахту попала. И докладная — вот она, — дядя Саша опустил ладонь на бумагу. — Теперь объяснительную пиши, сынок. Что собака делала на озере. Почему там оказалась.

— Потому что там никого не бывает обычно, вот почему! — Лешка нервно расхаживал из угла в угол. — Кой черт там шляться вообще, по этой грязи? Там Ванда зачем сидит? Именно чтобы никто не шлялся. Колян прав, надо было мне самому на нее докладную накатать. Не сообразил, дурак. Теперь хоть знать буду.

— Собаки не должны появляться на заводской территории без особой надобности, — казенно сказал дядя Саша, рубанув воздух ладонью. — Нельзя их просто так на прогулку таскать. Потому что они — собаки!

Последнее слово прозвучало как ругательство.

Потом, уже более мягко, дядя Саша добавил:

— Ты только не переживай так, сынок. И это... увольняться не думай. На кого еще я собак оставлю?

— Ничего, здесь народу хватает, — огрызнулся Лешка.

Схватив с крючка куртку, он выбежал во двор. Собаки, видимо, ощутив его порыв, заволновались в вольерах. Сегодня им предстояло провести день взаперти: вот-вот обещал снова зарядить дождь. Серые облака так плотно облепили небо, что день никак не мог разгореться. Мысль о собаках немного охладила голову. Лешка по мосткам пересек двор и, минуя вольеры, поздоровался с каждым хвостатым узником. Собаки через сетку тыкались мокрыми носами в его ладонь, пытались лизнуть. Это были те же самые собаки, которые отчаянно рвали поводки, выказывая желание в клочки растерзать любого, кто посягнет на вверенную им территорию. Хотя — они ведь до сих пор так никого и не тронули. Не было такого случая.

Чезар заплясал в вольере, обрубок его хвоста завелся, когда Лешка подошел к нему. Потом пес прислонился к сетке вольера мощным боком, и Лешка все еще с некоторой боязнью провел ладонью пару раз по его жесткой шерсти. Чезар скосил на него желтый глаза и негромко скульнул.

— Чезар, глупый ты мой пес. Видишь, что мы с тобой наделали... — Лешка гладил собаку через сетку, одновременно как бы уговаривая себя. — Но ничего ведь не случилось. Все хорошо, правда? Скоро опять пойдем гулять, только не на озеро, в другую сторону, к теплотрассе. Я там никогда никого не встречал...

Неожиданно Лешка осекся, обнаружив, что поговорить по душам в питомнике можно только с собакой. И вовсе не потому, что она не умеет писать докладные. Просто ни с кем другим разговаривать откровенно уже не хотелось. Правда, существовала еще Диана Рафаэлевна, но Лешка ее немного стеснялся, да и приходила она в тот день, когда его не было, то есть сразу за ним. Он сдавал ей смену — и все.

11

За выходные напряжение перегорело, и теперь Лешка даже немного удивлялся себе, а чего он, собственно, злился — на дядю Сашу, на Коляна? Они действовали «согласно инструкции», как любили говорить на заводе. Другое дело — Кизил. Неужели этот болван всерьез надеялся, что Чезар загрызет Лешку насмерть? Тогда, понятно, никто бы уже не смог предъявить душегубу никаких претензий. Но как поступить теперь? Утром, когда Лешка появится в питомнике, Кизил должен сдать ему смену. Как же это будет? Лешка переживал будущую встречу так, как если бы он сам был виноват. Вернее, он больше переживал за Кизила, потому что — ну никак не мог он себе представить, что вот они просто так встретятся, кивнут друг другу: «Привет», а потом Кизил, перекурив на кухне, спокойно уйдет домой. И все другие будут делать вид, что ничего не случилось.

С утра, подходя к воротам питомника, Лешка боялся, а вдруг сейчас, на мостках, где не разойтись, они столкнутся с Кизилом лицом к лицу? И что тогда сказать? Что сделать? Однако этого не случилось. Окрестности были пустынны, и в этой пустоте ощущалось даже что-то странное, хотя поутру всегда бывало безлюдно. Потом Лешка понял, что почему-то не видно чаек: обычно они кружились над берегом и бывали видны с дороги.

Когда Лешка открыл калитку, собаки, по обыкновению, дружно залаяли в знак приветствия. Проходя мимо вольеров, он поздоровался с каждой, искренне радуясь встрече, и подумал, что все вроде бы и ничего. Только вот не мешало бы прибрать со двора миски, оставшиеся после вчерашней кормежки… И так решил, что нужно срочно этим заняться, чтобы дурные мысли не лезли в голову. Вот только еще зайти в бытовку, поздороваться с Коляном, сообщить, что он пришел вовремя. Про Кизила лучше было вообще не думать.

Однако в бытовке никого не было. Хотя на полную мощь был включен телевизор, а на электроплитке еще дымился чайник. И на столе стояла недопитая чашка чая. Лешка вскользь подумал, что ведь он только что, как собака, взял след Коляна. Правда, не нюхом, а визуально. Колян не мог далеко уйти. Да и нельзя ему было без спросу покидать территорию. А спросить пока было некого.

Лешка вышел из бытовки через заднее крыльцо к полуразвалившимся воротам. В ноздри попер едкий запах дыма. Лешка понял, что Колян за забором, где почти сразу начиналась заводская свалка, сжигает мусор, а Кизил, вероятнее всего, успел слинять по-тихому.

— Колян! — позвал он.

— Чего? — откликнулся Золотарь как-то весело.

— Ты что это с самого утра затеял?

Он вышел за ворота и увидел кучу ломаных стульев, какие-то старые доски, бумаги и тряпки, сложенные в костер, над которым колдовал Золотарь, шуруя сучковатой палкой. На нем был надет длинный плащ с капюшоном, придававший ему сходство с инквизитором. А прямо за спиной Коляна открывалась панорама свалки, смазанная дрожащим теплым воздухом. И, оглядев пейзаж, Лешка не впервой подумал, что ведь так вполне может выглядеть преисподняя.

— Работы на сегодня много, — ответил Колян. — Вчера кладовки чистили, вот рухлядь до снега решили сжечь. Да и в бытовке мусора выше головы.

— Это правильно.

Потянувшись, Лешка все же спросил:

— А где Кизил?

— Кизил на аэродром поехал.

— Куда-а?

— На военный аэродром. В половине восьмого утра военные приезжали, им собака для охраны нужна. Кизил поехал сопровождать, — Колян говорил, уткнувшись в костер. К тому же из-за капюшона не было видно его лица.

— Вот как? — удивился Лешка. — А кого отдали?

— Чезара и отдали. На кой нам это чудовище?

— Че-за-ра? — переспросил Лешка. Так вот отчего было это чувство пустоты!

— Ну. А че ты удивляешься-то? — Колян продолжал ворочать палкой в костре. — Собаки у нас казенные. Отдать любую можем по требованию. А Чезар к тому же сторожиху загрыз.

— Да не загрыз, будто ты не знаешь!

— Ну, хотел загрызть, а это тоже статья, покушение на убийство, сечешь! Он бы и меня загрыз, если б разрешили, и Кизила. Тобой только побрезговал. Видно, ты книжным духом отравлен, — и через паузу, уже более дружелюбно, Колян добавил: — Не переживай. У них там возле летного поля вольер хороший, по периметру. Так что будет где твоему Чезару побегать.

— Ладно, отдали так отдали, — Лешка не хотел выдавать, что на самом деле расстроился. — Зачем только в такую рань понадобилось приезжать?

— Пока на заводе народу мало. Вдруг бы эта скотина вырвалась?

— Да, кстати, — спохватился Лешка. — А как же вы Чезара к машине вели?

— На палке с петлей. Вольер приоткрыли, петлю на шею накинули — и вперед. Я, правда, взмок весь, пока его до машины тащил.

— Смелые вы ребята, — хмыкнул Лешка. Не очень-то ему верилось, что Золотарь мог вести Чезара. Он и к Рыжику до сих пор боялся зайти.

Золотарь вместо ответа яростно двинул палкой, переворошив костер, и тут Лешка заметил, что чуть в сторонке промеж хлама мелькнула зеленая обложка. Он узнал ее.

— Эй, дай-ка сюда, — он чуть не силой отобрал у Коляна палку и выдернул из костра обгоревшую книжку. Рабиндранат Тагор. Рассказы. Лешке стало почти физически больно, но это была не его боль. Он ощутил, как ноют обожженные страницы книги. Даже не зная, что сказать, Лешка уставился на Золотаря, но все же наконец собрался с мыслями:

— Ты что, совсем с катушек слетел? Зачем ты книжку сжег?

— Так ты ведь ее уже прочитал, — просто ответил Колян.

— И все? И этого достаточно? — Лешка невольно рассмеялся.

— А на кой она еще нужна? Я посмотрел — старая, тыща девятьсот пятьдесят какого-то там года издания.

Даже меня еще на свете не было. Слушай, ты мне тут «Лебединое озеро» не устраивай, а лучше иди-ка за своим Чезаром вольер почисти. Там дерьма выше крыши, он целых полгода по углам гадил.

— Что еще сделать? — горько усмехнулся Лешка.

— Еще? — Колян не заметил его иронии. — Да тебе там до вечера работы хватит. Пол в вольере надо сдирать. Он прогнил насквозь.

Махнув рукой, Лешка оставил Коляна и пошел выводить собак на столбики, хотя для этого было еще слишком рано.

Вольером пришлось-таки заняться ближе к обеду, когда в питомнике не осталось других дел, а сидеть с Коляном в бытовке представлялось глупым и неприятным. Лешка надел брезентовые рукавицы и высокие сапоги-бродни, ожидая, что придется поливать по углам из шланга, взял лопату… Параллельно он не переставал думать о том, что же сейчас происходит с Чезаром. Наверняка он уже в вольере, успел обследовать и пометить территорию, освоить будку. Паек у него теперь должен быть пожирней. Военный аэродром всегда был на особом довольствии, да и собак там поменьше, так что кто-нибудь да позаботится о Чезаре… По крайней мере, Лешке хотелось думать, что все обстоит именно так.

И вдруг, когда он уже выгреб из логова Чезара груды засохшего дерьма в канавку, проложенную вдоль всех вольеров, и взял в руки шланг, опять его посетила эта странная дурная мысль: а что это он делает здесь? На что тратит время своей жизни? Конечно, это его занятие целиком оправдывала привязанность к собакам, которые, однако, для всех прочих оставались просто рабочим материалом — бездушным, безответным. И вот это потребительское отношение к живым тварям переносилось и на людей. Все они — и уголовник Колян, и болван Кизил, и наставник дядя Саша, и прекрасная Диана Рафаэлевна, и он сам — были для начальства обобщенной рабочей силой, которая нуждалась в еде и отдыхе — да, но не имела права переживать, вообще что-либо чувствовать, помимо ответственности за цветной металл, а уж тем более иметь собственное мнение.

Остаток дня пролетел в безмыслии, занятый кормежкой собак перед отправкой на посты, разводом караула и мелкими хозяйственными делами. Колян вызвался помочь разворотить пол в вольере Чезара, и вдвоем они вытаскали гнилые доски на задворки, чтобы сжечь в костре, который не потухал с самого утра. Стемнело быстро: близкая зима все настойчивей утверждалась в правах. Сумрак усугублялся тяжелыми тучами, которые натянуло с севера. Казалось, что вот-вот опять пойдет дождь или даже снег — ранний по календарю, но вполне уместный для нынешней холодной осени. Вот и Колян поторапливал: «Шевели штанами. Не ровен час — хлынет». Однако дождя не случилось.

Когда костер прогорел и от груды досок остались одни головешки, Лешка невольно засмотрелся на тлеющие угли — до тех пор времени на размышления просто не было — и тут как раз невольно подумал, что вот у него получилось прожить хотя бы полдня так, чтобы ни о чем не думать. И что большинство заводского люда, наверное, именно так и живет. Вкалывая изо дня в день, из года в год, по вечерам наблюдая по телеку чужой праздник, а по выходным, когда действительно нечем заняться, — потому что завод вырабатывает привычку к тяжелому физическому труду — заливая мозги пивом. Но если допустить, что так проходит жизнь огромной армии трудящихся огромной страны, — почему же продолжается эта всеобщая мерзость и неустроенность? Вот они с Коляном только что расчистили вольер, взломали негодный пол, под которым к тому же гнездились крысы. Завтра Колян постелет в вольере свежие доски, и какая-нибудь собака еще сможет там жить. Вроде все правильно сделали, поработали во благо своего питомника, своего завода. И ровно столько же времени трудились рабочие целого предприятия, и не только сегодня, а семьдесят лет подряд, если верить плакату, появившемуся возле проходной: «Заводу "Вперед"— 70!» Ну и где усилия нескольких поколений, в том числе нынешнего? Или рабочие трудятся не там, где надо, делают что-то не то?..

Колян тихо ретировался. Лешка знал, что тот пошел ужинать, но присоединяться не спешил. Он так и стоял, наблюдая, как приглушенный огонь бродит в углях. Потом еще вспомнил Чезара, подумал, а есть ли в вольере возле летного поля будка, неуютно же собаке спать на голой земле. Конечно же, будка там есть. Хорошая будка, просто очень хорошая. Иначе бы не стали военные так срочно забирать собаку себе. Не подготовившись то есть. У них же стратегия, все должно быть просчитано…

— Ты, нах, долго будешь там торчать?! — Колян выдернулся из дверей. Возглас его распорол ткань Лешкиных размышлений. — Кастрюли нужно еще помыть. Кто их за тебя помоет? Я?..

С утра парил густой туман — над озером и по всему побережью. Пелену не пробивал даже свет фонарика, и собак с постов Лешка снимал почти на ощупь. Они радостно тыкались мокрыми носами в его ладони и, подпрыгивая, так и норовили обнять. Когда Лешка вел в питомник Чука, Вьюгу и Зубра, — собаки шли, как всегда, без поводков, одной стаей, уткнув морды в землю, — над пеленой тумана, плотно укутавшей тропу и окрестности, мелькали только их длинные спины, подобно тому, как иногда мелькает в тихой воде хребет щуки. Из тумана вставали какие-то фантастические, нереальные образы. Туман, скрадывая детали, оставлял на поверхности главное, может быть, суть вещей. Спорткомплекс, обшитый металлосайдингом, казался межгалактическим кораблем-ковчегом, силуэт питомника тоже напоминал ковчег, только уже земной, сработанный на скорую руку. А ведь действительно, питомник и был ковчегом, в котором людям и животным — собакам, кошкам, воронам и крысам — предстояло переплыть через… что? Через зиму? Или через эпоху безвременья, в которую кинуло их помимо воли, а желанный берег все никак не обозначался на горизонте. Да и кто бы знал, к какому берегу пристать…

Утро разгоралось, туман со стороны Соньнаволока порозовел, потом прямо над забором, над колючкой повис огромный раскаленный шар, дышащий каким-то неземным, холодным жаром. И казалось, что это теперь так и будет всегда, что Землю занесло в пространство галактического тумана, который способен развеять только холодный космический ветер… Колян вышел во двор, не имея ни малейшего представления о том, что случилось за ночь. Даже если на самом деле ничего особенного и не случилось, — а Лешка, безусловно, сознавал это трезвым умом, — все равно и в этом случае Коляна по большому счету не интересовало, что творилось за пределами его мирка, ковчега, в котором он скрывался от своего же уголовного прошлого. Но тогда он, Лешка, от чего скрывался в ковчеге?..

Собаки заволновались в вольерах, наверняка кто-то зашел в питомник, но сейчас от бытовки за туманом это было пока незаметно. Через пару секунд во дворе обрисовался какой-то силуэт — смутный, шаткий. И по тому, как удивленно, не узнавая, смотрел на приближающуюся фигуру Колян, Лешка понял, что тот тоже видит что-то необычное.

Через двор шла Диана Рафаэлевна. Волосы ее были растрепаны, а бледные губы почти сливались с лицом, как у неприкаянной души. Лешка сперва даже не узнал ее, из-за тумана ему почудилось, что на ней надето что-то белое. Хотя в следующую секунду он разглядел, что это ее обычная одежда — черная курточка и джинсы.

Диана Рафаэлевна подошла прямо к Коляну и, с ходу схватив его за грудки, произнесла хриплым надтреснутым голосом:

— Какая же ты сволочь!

Колян вздрогнул, дернулся и принялся было оправдываться, но Диана Рафаэлевна не отпускала ворот его фуфайки, и в некоторый момент Лешке даже показалось, что Колян, будто вздернутый на крючок, перебирает ногами в воздухе. Хотя, конечно, ничего такого не было.

— Скоты, настоящие скоты! — она выкрикивала в лицо Коляну. — Я-то надеялась, что хоть в собачнике скроюсь от этого всеобщего скотства, так нет, и здесь достали меня...

— Кто тебе сказал? — Колян наконец вывернулся из ее цепких пальцев.

— Да что случилось?! — одновременно воскликнул Лешка, выйдя из оцепенения.

Диана Рафаэлевна подошла к нему. Глаза ее горели, лицо исказила гримаса гнева.

— Дворники мне сейчас рассказали, Леша.

— Какие дворники?! — перебил Колян и тут же разразился очередью длинных ругательств. — Да я сейчас пойду их урою, нах...

— Что случилось? — повторил Лешка, уже понимая, что случилось что-то страшное.

— Выстрел вчера был в питомнике, в восемь утра, — сказала Диана Рафаэлевна. — Военные приезжали, чтобы Чезара прикончить. А потом вон они, — она кивнула на Коляна, — с Кизилом тело вынесли на носилках. А нам теперь говорят, будто на аэродром его увезли. Нет, я не могу...

Отвернувшись, Диана Рафаэлевна закрыла лицо руками.

Лешке захотелось кричать. Он подозревал, что дело с Чезаром нечисто, но не допускал такого исхода.

— Колян, — произнес он на удивление, даже для себя, спокойно. — Как же интересно вы с Кизилом рассудили. Если вы не можете подойти к собаке, значит, ее пристрелить нужно? Ладно, давайте кошек на цепь посадим, раз уж вы боитесь собак.

— Да ты че… Думаешь, это я? — Колян, зачем-то прижав к голове кепку, стал незаметно отступать к бытовке. — Начальство велело. Он сторожиху покусал, а она жалобу написа…

— Колян, — Диана Рафаэлевна, глотая слезы, произнесла с надрывом, — ты же сам за поножовщину сидел. По пьянке приятеля покалечил.

— Да он ничего даже не понял! — визгливо воскликнул Колян. Может быть, для того, чтобы она замолчала. — В голову ему пальнули, в ухо. Раз — и готово.

— Заткнись ты! — Лешке хотелось прихлопнуть Коляна, как комара. Его даже не было жалко. Схватив попавшиеся под руку грабли, Лешка вдавил ими Коляна в стенку, не зная, что еще с ним сделать. — Зато ты у меня сейчас почувствуешь. Да разве ты человек? Ты… — он действительно не мог подобрать верного слова. — Если б разрешили, ты бы и мне в ухо выстрелил. За то, что я перчатки ношу.

Лешка с силой подналег на грабли. Колян захрипел. В унисон ему заскрипели ржавые ворота питомника, потом Лешке на плечи легли чьи-то тяжелые руки, и только тогда Лешка отпустил Коляна — с облегчением даже, потому что иначе наверняка бы его покалечил. А кстати возникший дядя Саша, поправив пеструю кепочку, произнес совершенно спокойно:

— Так ведь и знал, что интеллигенция разведет сопли. Я же говорил, что собаки — это просто рабочий материал…

Лешка бросил грабли.

— Пошел я, дядя Саша.

— Конечно, иди, сынок. Смена закончилась, мы тут разберемся сами. Только в следующий раз теплей одевайся, курточка тонкая у тебя…

— Нет, я вообще пошел, — решительно произнес Лешка. — Хватит с меня.

Возражать или уговаривать никто не решился. Воспользовавшись моментом, Колян тихо утек в бытовку. Диана Рафаэлевна утирала слезы платочком, а дядя Саша, потаптываясь на месте, смотрел в землю.

— По закону ты две недели отработать должен, — нашелся дядя Саша. — Если по собственному.

— Нет, не должен, — упрямо ответил Лешка. — Новый теперь закон: если зарплату вовремя не выдают, можно одним днем уволиться. А я денег еще ни разу не получал.

— Смотри, заплатят тебе по договору пять тысяч вместо десяти «черных» — и привет. И жаловаться некому.

— А я и не собираюсь.

Не желая больше ничего объяснять, Лешка прошел в бытовку, на ходу отпихнув Коляна, замешкавшегося в коридоре. Наскоро затолкав в сумку резиновые сапоги вместе с грязью, Лешка переодел куртку и вышел вон.

Дядя Саша по-прежнему стоял во дворе с Дианой Рафаэлевной. Лешка еще бы задержался на пару минут, чтобы поговорить с ней, но при дяде Саше не хотел. С собаками он тоже не стал прощаться, это было бы слишком тяжело. Только на выходе из питомника, когда Макс, сидевший в крайнем вольере, подбежал к самой сетке в знак приветствия, Лешка остановился и коротко кинул:

— Служи, дружище. Живи долго, Макс.

И почти про себя, обращаясь ко всем собакам, добавил:

— И вы, ребята, живите долго. Живите.

Потом, уже за калиткой, он услышал, как пронзительно-тонко завела песню Вьюга. Вой ее подхватил красивым баритоном Алмаз, вслед за ним вступили Чук и Зубр, а затем и прочие обитатели ковчега. Лешка все-таки обернулся и так с минуту стоял, прощаясь с теми, кого он любил. Потом решительно зашагал к главному корпусу, манившему издалека надписью: «Спасибо за труд». С озера навстречу ему шел холодный космический ветер — вестник близкой зимы, но это уже не имело никакого значения. Как и многое из того, что только недавно представлялось жизненно необходимым, теперь казалось совсем неважным, пустым.

Калевальская
Волчица

1

Сирая жизнь кузнеца Кости Коргуева катилась, набирая обороты, вниз, как колесо, случайно пущенное на волю. Пнуло Костю Коргуева под гору само обустройство жизни в некогда богатом поселке Хаапасуо, где нынче из последних сил чадил металлокомбинат, выпускающий стиральные доски, тазики и садово-огородный инвентарь, востребованный разве что самим поселковым людом.

Лет десять назад, когда Костя пришел после армии в кузницу, и работа была, и деньги. Особенно помнился заказ для мужского монастыря, восстанавливаемого по соседству. Ограду ковали и кружевной крест. Ой, как тонко он вычертился на ясном небе, когда водрузили его на самую маковку!

Бабка аж расщедрилась, подарила Косте старинный нательный крест — массивный, из чистого серебра. Рубаху на груди распахнешь, а там крест выпуклый увесисто лежит, подпертый упругими круглыми мышцами. Вот и разгуливал Костя нараспашку до самых морозов: девки на этот крест клевали, как на мормышку. Костя был собой красивый, смуглый вроде цыгана, глазищи черные, — из зависти говорили, что мастью он удался не в Коргуевых-кореляк, а в ворону кобылу. Кобылы у Коргуевых не было уже давно, да и отец с матерью померли. Бабка только до сих пор скрипела.

Дом Коргуевых, срубленный лет пятьдесят назад возле самого озера Хуккаламба, на скале, с течением времени оказался на отшибе: щитовые дома, в которые селили семьи рабочих, ставили на рыхлой почве, чтобы подвести водопровод. Всякую зиму он все равно промерзал насквозь, так что разницы никакой не было. Кстати, Коргуевым и до воды ближе, и до клюквенного болота — всего километра полтора.

К тридцати годам гадливо сделалось Косте жить. Ожидать от этого паскудства, главное, больше нечего. Вроде все уже успело случиться, ну, что с мужиком может случиться в жизни: армия там, любовь... А была любовь? Да хрен его знает!

В самом начале гадкой, как и вся житуха, мозглой весны Костя Коргуев колол во дворе дрова, за зиму схваченные морозом до сердцевины, а теперь разбухшие от влаги. Субботний день только завязывался, а продолжать его уже не хотелось, тем более, в карманах вторую неделю гулял ветер. Краем глаза он наблюдал, как внизу, под скалой, по поселку шастает Пекка Пяжиев, очевидно имея кое-что на продажу или в обмен на водку: те же плоскогубцы или прочий ворованный с комбината инвентарь. Он перемещался от дома к дому короткими перебежками, наконец заглянул и в коргуевский двор.

— Коська, слышь...

— Да иди ты, Пяжиев, на хер, — Костя хряпнул в ответ топором о полено. — Самому глотку промочить нечем.

— Я че пришел-то. На той неделе волки у директора комбината собаку задрали...

— Жаль, не его самого. Сколько кровушки нашей выпил.

— У Тергоевых зарезали пять овец...

— Меня еще недельку подержи без зарплаты — сам скотине горло порву.

— Да ты слышь, директор-то обещал пять ящиков водки выставить на облаву. Праздник для загонщиков. И закуски, грит, соображу, так чтоб не одну консерву, а культурно, из директорского фонда угостить. Ну так че, ружьишко у тебя не заржавело?

Костя прикинул. Ружьишко пылилось без надобности года три. Какой он охотник? Батя вон зазря по воронам палил. Прежде премию давали за вороньи лапы...

— Праздник, гришь... Ну, можно положить парочку серых, — Костя бросил лениво.

— Да какую парочку? Накроем логово, по льду-то им не уйти: рыхлый лед.

Костя согласился безучастно, даже не обрадовавшись гульбе на халяву.

— Коська, слышь, я еще че пришел... — не унимался Пекка.

— Ну, сказал же: иди ты на хер со своими плоскогубцами!

— Какими плоскогубцами?

— А которые ты мне за водку всучить желаешь.

Пекка шмыгнул носом обиженно:

— По-твоему, я алкаш?

— А кто нынче не алкаш? — ответил Костя слегка удивленно.

— Ну вот, к примеру, ты. Я потому тебя и приглашаю, заходи седня вечерком, посидим...

Костя отложил топор в сторонку и пристально обозрел Пекку. С чего вдруг Пяжиев зазывает в гости?

Квартирка Пекки Пяжиева в типовом двухэтажном бараке выглядела бы вовсе не жилой, если бы не объедки, конфузливо прикрытые плошкой, да пара-другая маек на веревке поперек кухоньки с дровяной плитой.

Пространство стола занимали банки с расквашенным вдрызг перцем, миска с кислой капустой и кастрюля с картошкой, источавшая дразнящий запах. По центру находилась едва початая бутылка. За всей этой снедью прорисовывалась девица с блеклыми глазами и тонкими прядями почти белых волос. На Костино приветствие она мяукнула, едва открыв рот, усаженный острыми зубками.

— Сеструха моя, — представил Пекка, и в голосе его сквозануло что-то вроде гордости. — Садись, в ногах правды нет.

Костя хмыкнул, метнул под себя табурет и, не спросясь, плеснул в стакан. Опрокинув водку одним махом в рот, он смачно, от души, выругался.

— А что это вы матом ругаетесь? — вдруг резко выдернулась девица.

Костя даже икнул, подавившись воздухом.

— Подумаешь, какие мы нежные!

— Городская, чего с нее взять, — поддержал Пяжиев. Закончила педучилище, вот с города вернулась домой, на родину.

— А че так? Пришлась не ко двору?

— Работы нет, жить негде, — объяснила девица, смягчившись.

— Я грю, будет в детском саду работать при комбинате, — Пекка разлил по стаканам водку, в том числе и сестре. — Все при деле, и дом родной. У меня тоже зарплата кой-какая, пропасть не дам.

«Это ты-то?» — прикинул про себя Костя, но вслух ему ничего говорить не стал, а обратился к девице:

— Что-то я тебя не припомню.

— Так я, дядя Костя, раньше маленькая была, — хихикнув, девица положила Косте картошки с капустой. — Меня, между прочим, Катей зовут.

— Катя! Ну так че, Катерина, выходит, матом уже и мысли выражать нельзя?

— Я знаю, вы привыкли на комбинате. И жизнь у вас грубая, простая…

— А ты ученая приехала, да? Интеллигентка! — Костю взяла полновесная злость. — Вот ты, ученая… — Костя чуть не произнес: «шалава», — скажи, а как князя Мышкина звали?

— Князя Мышкина… — Катя поперхнулась, смешавшись. Глаза ее сразу потухли.

— Да ла-а-дно, — встрял Пекка. — На черта нам знать, как там этого идиота звали.

— Нет, ты секи, Катерина! Работяга с комбината — и тот литературе обучен…

Костя что-то там еще говорил, захмелев на втором стакане, — он точно не помнил. Когда водка иссякла, он просто ушел.

К ночи налетел мокрый ветер, обозначавший по большому счету глобальное наступление весны, но в поселке Хаапасуо он только усугубил гнусность века. Косте не спалось. Внутри у него зародилось некое движение, будто наконец тронулось с места немотствовавшее до сих пор сердце. Сердце заныло. Так, бывает, с ноем отходят в тепле прихваченные стужей пальцы.

2

Черный волк шел закраиной леса — быстро, легко, отталкиваясь мощными лапами от земли, прихваченной ночным заморозком. Там-сям на кочках уже наметилась чернота, и резкий дух весны будоражил лесное воинство. Свежий ветер раздувал его грудь, освобождал мышцы, делая тело почти невесомым, а ход — резвым. Утро только занялось, пылал тот самый розовый момент предела ночи и дня, какой случается ранней весной, когда еще не сошел снег и белый покров леса разжижает багряные лучи.

В ноздри лез дух трусливой плоти зайца, затаившегося где-то недалеко; со стороны поселка шел яркий запах живой крови, к которой подмешивался душок плесени и гнили — спутник ветхого людского жилья. С комбината тянуло резкой вонью — но не столь сильно, как несколько зим назад. Там, закованный в железо и камень, обитал злейший враг волков — огонь, пылающий в горне. По всему выходило, этот огонь умирал. Случалось, дни тянулись за днями, а он спал в своем логове, не разевая красной пасти. Волки смелели. Чаще и чаще наведывались они к жилью, вселяя трепет в цепных псов, сея смятение среди двуногих. Без огня соперник был обескровлен, он прекратил наступление на лесные волчьи владения, заняв линию обороны…

Черный замер, уловив новое в воздушной струе. Тянуло железом. Так пахла сама волчья погибель, спрятанная в капкане или в ружье, к ней всегда прилипал человечий запах. Затаившись в кустах, Черный четко взял носом направление, и вот в отдалении на пустыре очертились два силуэта. Эти людишки не могли быть опасны поодиночке: они источали сигналы немощи и хвори. Но скучившись, организовав уйму прочих двуногих, люди бывали грозной силой. На своем веку Черный пережил несколько облав. Тем более, нынче лесной народ пребывал в беспамятстве весеннего гона, напрочь утратив всякую осторожность. Соперник воспрял. Конец приспел вседозволенности и нахальству, которые разгулялись минувшей зимой.

Черный отбежал в лес, к самому болоту. Настроив трубу горла по камертону ветра, он взвыл — высоко, тягуче, отражая звук родному глазу луны. Лес притих, но — никто не откликнулся. Взяв новое дыхание, он продолжил петь для той безвестной души, которая способна внять смертному его унынию.

3

— Ну, мать твою, под утро развылся волчара. Катька аж из постели выскочила. Че, вопит, на комбинате пожар? А я: заткнись, дура! Гори этот комбинат синим пламенем! Она: че это, че это? — Волк, грю, а то не слыхала прежде? — Ой, жуть, жуть! Тьфу ты, дура, — Пекка Пяжиев перекуривал пазу, поплевывая. — Выжлятники на рассвете видали след. Здоровый зверюга, матерый. Видать, почуял чего...

Слушая беседы о грядущей облаве, — в основном говорили, конечно, о празднике, — Костя Коргуев испытывал тусклое смятение, как будто сборы шли по его душу. Хотя сам он успел прочистить ружьецо и пристреляться (чисто гипотетически, мысленно) из окна по воронью.

А тут еще приключилось Косте под вечер пройтись мимо комбинатовского детсада. И вот только мельком глянул Костя за забор — а там Пяжиева Катерина детей выгуливает. Сама в короткой юбчонке, в огромных резиновых ботах, ножки в голенищах болтаются… И вдруг подумалось Косте, что хорошо бы ей прикрыть эти тонкие ножки. Зачем она их напоказ выставила? Холодно, зябко!

Такие мысли родили в душе его беспокойство, и, подойдя вплотную к забору, он громко произнес:

— Ты че, мать, сбрендила? Детей в такую погоду на улицу выгонять?

— Правила у нас, — она ответила застенчиво, тихо. — Снег не снег, а прогулку отменять нельзя.

— Правила — казенные, а дети живые!

— Да мы уже и нагулялись. На комбинате смена кончилась, сейчас придут детей разбирать.

И точно: как по команде, к садику потянулись мамаши, и детсадовская пузатая мелочь постепенно расплылась по домам, за исключением двух одинаковых малышей, которые ковырялись палкой в грязи. Костя почему-то не уходил, а так и стоял за забором.

— Это братья Кабоевы, их всегда забирают позже, — сказала Катерина, будто оправдываясь.

— Сама замерзла, поди?

— Ничего, мне не привыкать.

Костя нащупал в кармане сигареты, которые вроде бы тоже промокли (или так казалось от всеобщей сырости), закурил...

— Может, прикуришь? — протянул Катерине пачку.

— Нет, нам при детях нельзя.

— Можно, нельзя... А жить вот так, по-твоему, можно?

— Помирать сразу, что ли?

Костя задумался:

— Нет, помирать — это вряд ли.

Карапуз Кабоев, рывшийся палкой в грязи, поскользнулся и грянулся на спину плашмя. Катерина принялась его подымать, суматошась и причитая, хотя тот и не ревел. Костя невзначай прикинул, что, может быть, она будет так же заботлива и к собственным детям...

Вскоре приковылял мужичонка в шапчонке набекрень и забрал братьев Кабоевых.

— Ну, мне пора, — Катерина переминалась с ноги на ногу, поеживаясь от холода. — Вот только сдам ключ...

Костя категорично отщелкнул окурок в сторону:

— Тебя кто-то ждет?

— Нет, просто пора.

— Куда пора? К Пекке?

— Ну-у… Да.

— А че туда спешить?

Катерина не ответила, по-прежнему переминаясь, пожала плечами.

— Ну так … это… Пошли ко мне, че ли, — скороговоркой выдал Костя. — Чаю, там, попьем. У меня все теплей, печка. Кино какое посмотрим. Телевизор я не пропил покуда.

— Пошли, — Катерина кинула равнодушно. — И сигарету дай.

— Так ты вроде не куришь.

Но она закурила, жадно глотая дым. И хотя в поселке курили почти все девицы, Косте подумалось, что напрасно вообще она это, ей вредно.

Дома бабка, едва проворчав приветствие, залезла на печь и больше не показывалась. Все же Костя постоянно ощущал как бы лишние уши в комнате, пока накрывал стол чем мог. Бабкины пирожки с грибами, банка засахаренного варенья… Катерина говорила мало, придвинув стул к самой печке. И только крайне внимательно наблюдала оттуда за Костей светлыми юркими глазами.

— Рассказала бы про городскую житуху, — Костя мучался паузой.

— Кому город, а мне дыра дырой.

— Че так?

277

— Скучно.

— А замуж чего не вышла?

— Захотела бы — вышла.

— Ты не обижайся, это я так спросил. Девчонки обычно хотят в городе замуж выйти. Тогда сразу и жилье, и работа...

— Говорю тебе: кому город, а по мне так дыра дырой! И всякий прощелыга еще свысока глядит: что, мол, деревня, небось замуж хочешь? А сам-то едва по слогам читает.

— Ну, читать-то я обучен, — неожиданно солидно выдал Костя и тут же прикусил язык.

Катерина фыркнула, уткнувшись носом в печку.

— Ты... колючая какая-то. Или обиженная, — Костя придвинулся к ней вместе со стулом.

— Сам ты обиженный!

— Да ладно! Я человек простой, не знаю, как с вами, с городскими, обходиться.

Катерина безразлично дернула плечом, съежилась, упершись локтями в коленки.

— Может, тебе холодно? — Костя на порыве жалости накрыл ладонью ее коленку.

— Уйди ты, отстань! — она вскочила, стряхнув его руку, будто гусеницу. — Отстань!

Лицо ее перекривилось.

— Да ладно, че ты, я только... Катерина, е-мое... холодно же тебе!

— Подумаешь, чаем напоил, благодетель! Горемычную пригрел, да?

Нырнув в сапоги, едва запахнув курточку, Катерина метнулась во двор, снова выскользнув из Костиных рук. Он несуразно, неловко пытался поймать ее, как котенка, но лапал только воздух. Она ринулась за калитку и — оступилась, охнув, упала на колени в самую грязь. Опомнившись, Костя подскочил, неуклюже подхватил Катерину под локоть.

— Ну че ты, дурочка, испугалась?

— Сам ты дурак, дурак! — Катерина в отчаянии бессилия стукнула грязным кулачком Костю в грудь и вдруг, всхлипнув, зарылась в него лицом. — Ты дурак, ничего-ничего не знаешь...

— Да я, блин... че еще я не знаю? — Костя ощущал себя и впрямь по-дурацки.

— Не знаешь, да, ты не знаешь...

— Ну не знаю я!

— Все кругом знали, а ты теперь не знаешь!

— Да че случилось-то? Скажи толком!

— Тогда... давно, я еще в школе училась...

— Ну!

— Я любила тебя. Тебя одного.

— Как? — опешив, Костя едва перевел дыхание. — Как любила? Ты ж маленькая была!

— Маленькая, да. Только я ни на кого другого и не глядела! Потом в училище поступила, хотела забыть, с парнями нарочно гуляла, ан нет, перед глазами все ты, ты...

Костю нежданно прошибла вина — не только перед этой девчонкой, но почему-то перед всеми людьми сразу. Как будто бы он до сих пор жил не так, как ему предписывалось исконно.

— Не провожай меня, не надо, сама добреду, — Катерина проворно выскользнула из Костных рук и вскоре была уже под скалой, на дороге.

Бабка кровожадно кромсала ножом курицу, поварчивая между делом:

— Пяжиевых-то я хорошо помню, и все проделки их тож. До войны в поселке человек пятнадцать их было, и все колдуны. В тридцать девятом на Ивана Купалу колхозную скотину кто потравил? Председателя тогда расстреляли, а все Пяжиевских рук дело. Сами-то кучеряво жили. Старуха Пяжиева на руку скора была. Ей огород вскопать — что тебе стакан в горло залить. Колдунья, знамо дело. Ведьмаки с работой шибче обычного человека справляются, потому что бесы у них в подмастерьях. Вон Пяжиев-старший, Пекин отец, дневную норму на комбинате в два с половиной раза перекрывал. Еще и на доске почета висел. Другой пока раскочегарится, а у того с утра все горело в руках. Ясно, колдун...

Бабка осеклась: не сболтнуть бы лишку. Вот сейчас, когда в окно пялился синеватый мартовский вечер, подернутый облачной поволокой, вспомнились ей глубокие очи Мавры Пяжиевой, которая прежде трех мужей извела одного за другим. Первый в финскую сгинул, второго в Отечественную убили. Тогда Мавра себе молодого инвалида взяла, без ноги, дак этот по весне провалился под лед. Тут-то подлюка на Костиного деда Игнатия глаз положила. Крепкий был мужик, с войны в орденах пришел и на комбинат парторгом устроился. Ну, как его застукали с Маврой, естественно, выговор за аморалку... Бабка, вспомнив об этом, аж себя, молодуху, пожалела и украдкой смахнула слезу. Помогла родная партия, вернула детям отца, только с той поры она сама-то с тела стекла и волосы вылезли наполовину. Игнатий хоть и гоготал над ней, но от вида жениной неприглядности тайком к бутьлке тянулся. Ну а по весне намылился муженек крыльцо поправить, гнилую доску сменить. Сунулся под ступеньки — глядь, а там кукла тряпичная, и самое сердце ее иголкой проткнуто. Он как увидел — возопил, и в печь тую куклу прямо мордой, мордой!..

— Ну а Катерина-то тут при чем? — Костя будто подслушал бабкины мысли.

— А то ни при чем! — выдернулась бабка. — Экий ты бестолковый. Колдуны силу по наследству передают. К матери Катерининой девки ворожить бегали, пока та зубы не потеряла. В зубах, слышь, ихня сила. Потом, Катерина твоя с лица бледна, как покойница. Это-от тоже примета.

— Да ладно тебе пули лить. И с чегой-то она моя?

— А то нет! Я-то вижу, что тебя зацепило. Ой, гляди, приворотит — не рад будешь.

— Нет, че ты: сразу и приворотит. Я… это… я вроде сам, — соскользнуло у Кости с языка, и тут же он постиг, что да, зацепило, зацепило — помимо его воли. И что тоска, когтившая с недавних пор середку, обрела точный образ: тоской его была Катерина.

В пятницу, под завязку трудовой недели, как раз накануне охоты, поселковые мужики во укрепление бесстрашия втихую прикладывались к горькой уже в обед.

Костя после смены причесал кудри и в распахнутом полушубке, дабы крест на груди отчеркнул его природную стать, пустился к комбинатовскому садику. Катерины во дворе не было, отсутствовали и дети. Промаявшись четверть часа в зряшном ожидании, Костя скумекал, а ну как в пятницу сокращенный рабочий день и ребятню разбирают пораньше. Отступать, однако, не хотелось.

В садике погасло три окна, и двор окунулся в тусклые сумерки. Костя натужился, без остатка перетекая в зрение. Входная дверь выказала некоторое движение, и вот на дорожке возникла Катерина. Костя различал только ее силуэт, но легкая быстрая поступь выдавала ее.

— Катерина! — Костя не смог унять радости.

Она остановилась:

— Ты?

— Я. Да и видела же ты меня из окошка, поди.

— Видела. Ну и что? — Катерина пожала плечами.

— Завтра волка бить пойдем, — сказал Костя просто дабы поддержать беседу.

— Ну и что?

— Хочешь, шкуру тебе добуду? На пол постелешь. Нынче модно вроде.

Катерина засмеялась в голос.

— Че ж тогда тебе надо? — Костино нетерпение хлынуло через край.

— Мне? Да мне, Костенька, ничего не надо.

— Ну как? Говорила же ты мне... ну это... вроде ты... по мне сохла.

— Сохла! Да когда ж это было? Сто лет назад, — ее теплое дыхание было столь близко, что Костя почти перехватывал его по ветру, и от этого тоска в груди когтила с новой силой.

— Ну, не сто, положим, а чуток поменьше, — он перешел на шепот. — Че, нынче я плох для тебя заделался? Катерина! — Костя распахнул немалые свои руки, перекрыв ей дорогу, а попутно и весь прочий мир. — Хошь верь, хошь нет, а я последние дни брожу сам не свой. Водка в горло нейдет. Как тебя вспомню, так и жить невмоготу. Ты только скажи, Катерина, не томи, скажи! Да или нет?

В оголенных кронах дерев пронзительно гуднул ветер.

5

Кроткая ожидала приплод. Поступь ее сделалась тяжкой, и мокрый, грузный снег сдерживал прыть, прилепляясь к когтям. Бежала она будто на усаженных занозами лапах. Черный шел впереди, оглядываясь. Кроткая была волчицей стреляной, и все же нынешняя затяжная весна надорвала ее силы. Гнусная ругня псов, покуда насилу слышная, понуждала сняться и уносить головы. Черный знал, что вот-вот загонщики откроют шум, тогда надлежит смудрить, не нестись сломя голову вперед, а заместить в сторону, вбок, лед на озере еще довольно справен и выдержит борзый бег. За ночь он успел проведать, что давеча стрелки основались глубоко в лесу, на заимке, с тем чтобы поутру распялить цепь от дороги до самого берега. Так уже приключалось однажды, несколько зим назад, когда удалось уйти льдом через озеро.

Кроткая почти притекла к земле. Спина ее выгнулась дугой, тяжелый хвост с прилепившимися шариками снега царапал наст, пасть сочилась слюной. Несколько раз Черному доводилось остановиться, поджидая ее, хотя она пробиралась вперед из последних сил. Гиканье, беспорядочные выклики и стуки уже прошивали воздух, внятно различимые, недальние.

Вперед, вперед! Вот уже поредели сосны, и в просвете замаячило серое полотно озера, отчеркнутое на горизонте полосой леса. Черный рванул что есть сил и выскочил к берегу. Лед был ноздреватый, желтый, чуть подъятый весенней потугой воды, жаждавшей высвобождения. Кроткая подошла задыхаясь, вывалив язык. Оба застыли на короткое время возле самой кромки льда, наклонив головы, как бы размышляя и прислушиваясь к ходу воды под вздувшейся коркой. Уже чуть тянуло подтаявшими водорослями и что-то толкалось изнутри в лед.

Но вот заново, с расстояния минутного хода, раздалось гиканье, и едкий человечий запах, смешанный с запахом железа, попер в ноздри. Мешкать было нельзя. Черный аккуратно шагнул на лед и двинулся легко, ровно, стараясь ступать на одних кончиках лап, тут же меняя позицию, дабы не задерживаться на месте. Он слышал столь же быстрый ход Кроткой, которая двигалась за ним след в след. Порой казалось, что озеро дышит и ледяная корка раскачивается под лапами. Страха не было, была только цель, видевшаяся черной полосой леса, которая подрагивала вверх-вниз в такт бегу. Они уходили от шума, от запаха железа, который настигал-таки их с воздушным течением.

Наконец спасительный лес обрисовался явственней, волки были почти на середине озера. Еще чуть-чуть, и осы смерти, вылетающие из ружей, уже не достанут их. Черный знал по опыту своих скитаний, что двуногие не сунутся на зыбкий лед, они храбры в отдалении. Он чуть повернул голову и скосил глаз, только чтоб убедиться в близком присутствии Кроткой. Подруга малость поотстала, но шла по-прежнему по пятам. Ободренный близостью спасения, Черный пустился рысью, потом, сжавшись в тугой комок, спружинил в прыжке, толкнувшись сразу четырьмя лапами, и распрямился в воздухе телом, как тугой канат.

Едва он вновь коснулся опоры, как слуха его достиг некоторый новый, необычный звук. Черный обернулся и — застыл, прирос к месту. Пористый лед лопнул, и вот огромная рваная промоина разлезалась на глазах, отнимая его от Кроткой. Густая черная вода пожирала лед, понуждая Кроткую пятиться в страхе. Она повизгивала и, приседая, металась в отчаянии вдоль разверзнутой хляби. Черный вынужденно продвигался вперед, к лесу, к лесу, уходя от наступавшей воды. Он слышал выстрелы и зычный рев двуногих. Оказавшись в безопасности, на прочном льду, Черный остановился. Кроткая застыла в зыбком равновесии, распялив лапы и поджав хвост, полусвернувшись ежом вкруг бесценной утробы. Потом случилось некоторое затишье, момент недвижения на льду и на берегу, тишина мучительно разрасталась и, наконец, взорвалась чередой ярких выстрелов. Кроткую подкинуло с места в воздух. Шлепнувшись плашмя, она издала громкий протяжный вопль и застыла.

Ветер донес обрывки запаха свежей крови. Черный втянул воздух, насыщенный смертью, и острая тоска разрослась чертополохом в груди. Он резво пошел к недалекому лесу. И теперь единственно ветер в прибрежных ивах был попутчиком его бега.

6

— Волчица-то брюхатая была, на сносях. Тяжелая, сука. Пока волочили — пальцы поморозили.

— Волки — вот поганые твари, мясо даже вороны не клюют.

Мужики гоготали, уже подогретые водкой. Директор справил славный закусон, как и обязывался, хотя трофей промыслили всего один. Но все же, видать, здорово припугнули серых, теперь не скоро сунутся в поселок.

— А шкура, шкура-то где? — допытывался Костя у мужиков.

— На кой тебе эта шкура? Продырявлена вся.

— Не-ет, мужики, шкуру я лично одному человеку обещал.

— Подумаешь, шкурку! — выдернулся Пекка Пяжиев. — Я скольким девкам жениться обещал.

— А шкурку-то Кабоев приватизировал, — тихо сказал бригадир дядя Вася.

— Как приватизировал? — Костя даже привстал.

— А через профком! — Дядя Вася сплюнул. — Да и кому еще эта шкура потребна. А у него, значится, дети. И вот он вроде унты из энтой шкуры надумал шить.

— Так ведь… это… — Костя растерянно разводил руками. — Ну… лето скоро. Какие там унты?

— А ему-то че? Уперся рогом: унты да унты.

— Ему унты, а я обещал! Ой и пьяный я… — Костя тяжело опустился на стул, уронив голову в ладони. — В общем, хреново дело, мужики! Женюсь я вроде.

Мужики ответили передышкой молчания.

— Женишься? — дядя Вася наконец взял дыхание.

— Женюсь, ну че пристали!

— Ну ты да-ал… — выпустил на парах Пекка.

— Да пока никому ничего не дал! Шкуру я обещал ей, ну, вроде подарка. А теперь-то делать чего?

— Шкуру — выкупить! — резанул Пекка. — Кабоев мужичонка прижимистый. Он и хапнул-то ее только по жадности. В конце марта квартальная премия, не жмись, раз такое дело.

— У Кабоева шкуру перекупить премии, пожалуй, не хватит… — задумчиво выдал дядя Вася. — А ты на ком, кстати, женишься?

— Да на Пяжиевой Катерине.

— Че? На Катьке? — подскочил Пекка.

— Ну. Я… это… руки ейной прошу вроде… — Костя мялся, с трудом подыскивая слова. — Да она, почитай, и… того… не в курсе. Я только предварительно переговорил…

— Катьку взамуж взять — шкуркой не обойдешься, — быстро скумекал Пекка, даже слегка протрезвев.

— Окстись ты, Пяжиев! С меня самого родной комбинат за жисть три шкуры содрал, а взамен — фигу с маслом.

— Будет вам, мужики! — дядя Вася встрял, чуя нарождение драки, и притянул за локти Пекку на место.

— Да я ж по-родственному, — примирительно проворчал Пекка. — Я думаю так, кольцо золотое ей нужно. Все же в первый раз взамуж…

— Кольцо! Где я тебе кольцо возьму? Еще золотое! С премии бы купил-поднапрягся, да премия теперь псу… то бишь, волку под хвост.

— Без кольца Катьку тебе не отдам, — артачился Пекка.

— Без кольца, говоришь, — Костя усмехнулся незло, вроде что-то скумекав. — А ну как серебряное будет кольцо, а? Серебро сейчас вроде в моде.

Прикинув, Пекка нехотя согласился:

— Ладно, валяй серебряное. Только потолще. Тогда твоя будет Катька. Ну как, по рукам?

Мужики одобрительно зарегатали, подначивая Костю. Тот хлопнул Пекку по ладони, закрепив сделку, и черный огонек занялся в его глазах.

Бухтела бабка на то, что Костя замыслил. Жены-то приходят и уходят, а Бог человеку — завсегда Отец небесный. Однако, плюнув на бабкину ворчню, Костя удалился в кузню и там переплавил свой серебряный крест на два обручальных кольца. Благо, Пекка Пяжиев ему загодя Катеринино девичье колечко подсунул для правильного размера. Знатные получились изделия: выпуклые, но вместе с тем изящные. И вот с этим подарком сунулся Костя напрямки к Катерине на работу, вынашивая мыслишку, что на людях-то она ему отказать не посмеет.

И верно: дала согласие. Тут же справили помолвку, в предчувствии каковой Костя загодя припас бутылочку. Распалившись, коллектив плясал под детсадовский баян, и мимо проходящие люди заглядывали на звуки.

Под самую ночь, провожая Катерину до дому, Костя напомнил про свое обещание:

— Че я перед охотой тебе добыть обязался, ну, шкуру... так вот она тебя дома ждет. В моем доме, то есть.

— Шкура? Да я про нее уже и забыла! — Катерина засмеялась, пьяная близким счастьем.

— Теперь вспомнишь. Кинем в ногах у кровати. Видишь, я слово сдержал. И вообще, Катерина, если я че пообещаю тебе — значит, тому и быть. Ну так как, — Костя притормозил, объяв Катерину за плечи. — Пойдем сейчас ко мне?

— Нет, Костенька, не пойдем.

— А че не пойти? Вроде все решено промеж нас.

— Так ведь мы еще и не целовались ни разу...

Костя заглушил Катеринины слова, впившись лобзанием в ее студеные губы, и не отпускал, пока хватало дыхания. И она припала к нему, мучимая давней жаждой любви.

7

Какого недюжинного счастья ожидал Костя? — Все оставалось вроде по-старому. Житуха небогатая, на столе та же картошка, клюква и квашеная капуста. Выпивать, правда, случалось реже. Дома его теперь Катерина ждала, уют какой-никакой появился. Тем более, крышу Костя подлатал и перегородку в комнате поставил, чтобы, значит, бабку изолировать. А то, бывало, зыркнет на Катерину из угла, будто шилом ткнет. Косте становилось не по себе, не то — Катерине.

Другое дело — ночь. Поначалу Костя даже заревновал: где это жена любовной премудрости обучилась да всяким штукам, про которые днем и вспоминать стыдно, а кому рассказать — упаси господи. Бывало, идет Костя поутру на работу и — ой! — только головой качает при мыслях об ушедшей ночи, а как вечером в постель к Катерине нырнет, так вроде все само собой опять и случится.

Бабка молчала, но Костя полагал, что молчание ее неспроста. Пробудившись однажды ночью, он долго вслушивался в тишину, за которой, по его чувству, хоронилось что-то недоброе. Как нарочно, дом безмолвствовал: не скрипели петли на сквозняке, не храпела бабка, кошка не шебуршала по углам. Ночь была светла и покойна. Катерина спала, свертевшись калачиком на манер дитяти. И кто бы только предположил в ней скрытую страсть, столь изводившую Костю. Он отвел прядку волос с ее лица — Катерина поморщилась в ответ — и поплотней укутал ее одеялом, как будто было холодно. «Господи, спаси ее ото всякой напасти!» — нежданно родилось в Костином уме. Рука его сама собой потянулась к кресту на груди, да тут-то и припомнилось, что креста бабкиного уже нет! Однако на месте его испытывалось некоторое жжение, вроде фантомной боли… «Худо это», — подумалось Косте. А что было худо? Он и сам не знал.

В конце июля, когда ночи уже начинали темнеть, удумала бабка съездить на неделю к младшей дочери в Калевалу. Сказала так, что проститься: мол, помирать пора. Хотя она последние лет эдак тридцать каждое лето помирать собиралась. Собрала узелок и — дунула на автобус. Костя аж поразился бабкиной прыти. Однако Катерина заметно ожила, как они остались вдвоем. И по хозяйству шибче стала, а тут еще приспичило ей чуть ли не каждый день баню топить. В огороде, видишь ли, извазюкается по уши, надо помыться. Ладно, дом на отшибе, люди хоть не таращились, как они в баню, из бани шастали. Костя чувствовал так, что у него на физии отображалось все, что они там в бане чудили.

Баня-то у него какая? Известно, самодельная, с каменкой. Поверх каменки — бак. Того и гляди задницу подпалишь, не раскрутиться. Однако умудрялась-таки Катерина и в этом пространстве пагубной склонностью Костю подзаразить. Раскинется оголенная на полке, Костю к себе притянет, зубками острыми своими в шею ему вопьется. Огонь еще полыхает в каменке… Ад, да и только. Так и прокувыркались до самого бабкиного приезда,

Костя аж счет времени потерял. Очухался: август, лету конец.

Бабка воротилась смурная. Про поездку свою распространяться не стала, а только, улучив момент, вечерком отозвала Костю на двор.

— Че, внучок, производственного результата достигли?

— Какого еще результата?

— Какого?! Ты думаешь, я запросто так ездила в гости?

— А то зачем?

— Тьфу, леший! Затем, чтоб тебе Катерину брюхатить не мешать, ну!

Костя смутился, аж покраснел:

— Это мы завсегда успеем.

Он пробовал отшутиться, но бабка прочно в него вцепилась:

— Гляди, дело-то тяжкое.

— Да уж куда тяжче! — Косте вспомнились банные эпизоды, и он невольно покачал головой.

— Ты, может, не маракуешь, а у меня глаз наметан. Я сразу смекну, кто настоящая баба, а кто курва.

— Че? Ты, бабка... Ты че говоришь?!

— О-ой, стыдобушка на весь поселок! Рассказывали мне, поди, как вы кажный божий день баньку топили. Дымок-то далече видать! Бабы только сунутся в огород: ан, гляди, уже и чадит на горке. Знамо дело, Коська старается, ребеночка заделывает. Ну и где результат, а? Пустехонька твоя Катерина.

От бабкиного откровения Костя аж испариной изошел. Выходит, про их приключения весь поселок судачил. Вон оно ка-ак!

К ночи ближе, отработав свое в постели, притянул он к себе Катерину и в самое ухо ей зашептал, чтобы только бабка не слыхала:

— Кать, а ты… ты не беременная часом?

Катерина прыснула:

— Да с чего ты взял? Огурцов насолила, так сейчас самое время. Или все разом беременные по осени?

— Ну… это… вроде мы с тобой каждую ночь… И днем тоже случалось.

— Мало ли что случалось. Сейчас с этим просто. Не хочешь ребеночка — пожалуйста: таблетки есть всякие…

— Таблетки?! — Костя аж подскочил.

— Дурачок ты у меня. Зачем же сразу ребенка? Надо немного и для себя пожить, куда торопиться. Или не хорошо нам вдвоем?

Костя молчал, вперившись во тьму, за которой угадывались чуткие бабкины уши, и наконец тихо ответил:

— Могла бы предупредить. А то люди всякое говорят…

— Да ну брось ты! Поговорят и перестанут. Зачем нам жизнь свою по людям равнять? Да ты же сам ничего не говорил про ребенка.

— А че лишнее говорить? Женился я на тебе. Само собой, и дети должны быть. Иначе зачем жениться? Ты… вот что, давай-ка с этими таблетками кончай, — Костя пробовал придать голосу строгость. — А то я… гляди… того…

— Чего того? — Катерина засмеялась. — Ты меня, Костенька, не стращай. Я же знаю, что ты меня любишь.

— Н-ну, люблю, — смешался Костя.

— Вот завтра ребеночком и займемся.

— Нет, сегодня! — Он грубовато двинул Катерину локтем. — Давай-ка вниз, на шкуру, слезай.

— Зачем это? — Катерина сробела.

— Кровать скрипит — бабка чует все.

Катерина сползла на шкуру. Волчий мех был неуютный, жесткий и чуть покалывал спину даже через сорочку. Костя грузно налег поверх, стиснув ей ребра, так что Катерина едва могла вздохнуть. Ей сделалось жутковато, и из горла вместо любовного стона вышло мычание — Костя зажал ей рот, почитай, вконец перехватив дыхание, и так колбасил ее до полного утомления, покуда самому не стало противно. Наконец, отвалившись, он тяжело перевел дух и зарылся лицом в мех.

8

Первый снег поспешил покрыть землю уже в октябре. По утрам было еще светло, и от этого чудное рождалось впечатление не осени, а весны. Но серые вороны, клевавшие по дворам всякую пакость, удручали, и светлые надежды гасли в зачатке.

Зима, по крайней мере, не врала. Она сулила только темень, холод и скудость пищи. В поселке отогревались водкой, сквозь снежную мглу едва проклевывалась охота жить дальше. С холодами вернулась прежняя напасть: уже замечали поутру в окрестностях волчьи следы и, хотя овцы пока были целы, во тьме близкий тоскливый вой наводил жуть, будто волки плакали по покойнику. Бабки судачили так, что кто-то умрет. Смерть в поселке стала не в диковинку, но само ожидание ее наводило уныние.

И только Костя, вопреки волчьему прорицанию, с озлоблением вершил всякую ночь работу по продолжению рода. Без нежности, остервенело загонял он в Катерину свое семя, будто молотом долбал самое ее нутро, желая приковать к полу. Манеру взял повергать ее прямо на шкуру в удобный момент, поскольку кровать к тому времени расшатана была вдрызг и держалась качко, на честном слове. Черный огонь в глазах его разросся, оттого все лицо казалось теперь темным. Он будто помешался на одной мысли и, подзуживаемый бабкой, рылся украдкой в Катерининой сумке, проверяя, не пьет ли она поперек ему свои таблетки, ведь желанной беременности не наступало, и мертвая сумеречная зима постепенно поглощала последние чаяния.

Они по-прежнему посещали баню вдвоем, но — единственно ради помывки. Костя молча мылился, поддавал пару… Потом уже, напоследок, зло сжимал Катерину клещами рук и пронзал колом до самого горла, так что она хрипела, трепыхаясь.

В субботу как-то зашел по-родственному Пекка Пяжиев, выкатил пузырь, заработанный якобы на колке дров для директорского камина. Катерина, скользя тенью, быстро накрыла на стол и уселась в уголке, возле печки. Подцепив вилкой огурец, Пекка крякнул:

— От сеструхи-то, гляжу, одна чешуя осталась. Видно, трудитесь ночами почем зря.

— То-то и оно, что зря, — хмуро ответил Костя. — Пусто у ней внутри, аж звенит.

— Ну, иной бабе портки мужские понюхать достаточно, а с другой еще повозись. Дело-то житейское.

Костя не ответил, и Пекка сник, учуяв недоброе:

— Полгода, почитай, живете, а ты оргвыводы сделал.

— Не я, а жисть за меня решила. И точку поставила.

— Ну-ка, ну-ка, — Пекка встрепенулся и, косясь на Катерину, ткнул Костю вилкой. — Выйдем-ка перекурить.

— А при ней нельзя? Навряд ли ей повредит.

— Нельзя! — Пекка слабосильно стукнул по столу. — Потому что… женщина она!

— Женщина, — с ухмылкой передразнил Костя. — Ну пошли, коли так.

Двор дышал стужей, от которой все живое забилось по щелям, не высовывая носа наружу.

— Проблемы у вас, гришь? — с ходу завелся Пекка.

Костя вместо ответа длинно сплюнул.

— А че ты сразу на сеструху-то валишь? Может, сам виноват.

— Ага, сам! Катьку-то я не девицей брал. Че там у ней в городе было? С кем колготилась? Вот, ты сам знаешь? Может, она из абортария не вылезала. Или в канализацию ребеночка скинула. Нынче так!

— Дурак ты, Костя. Она ж у меня с душой.

— А я не с душой?

— У тебя, Костя, душа вся в хер вылезла. То-то Катька и клюнула. Потому что она обыкновенная баба, хоть и ученая.

— Крепко, видать, ученая: детей в утробе травить. То-то я гляжу, с детсадовской ребятней она больно ласкова. Смыслит, видать, что своих заиметь не может. Об таком вообще-то предупреждают заранее.

— Ну и сволочь ты, Костя! Знал бы я наперед…

— Нет, это я наперед бы знал.

Пекка смачно ругнулся, но в драку не полез, а тихо ретировался и поплелся домой восвояси.

В самый сумрак зимы, когда дня хватало на спичечный чирк, занеможилось Катерине. Бродила, пошатываясь, и все у нее валилось из рук. Костя даже затревожился: не ровен час откинет коньки, потом разговоров не оберешься, что уморил, мол. А он не уморил, он поедом нутро свое грыз, что бабенку-то взял с гнильцой. Да куда теперь ее, на улицу не прогонишь, как приблудную кошку.

В пятницу с работы вернулся, глядь — а она и вовсе сквозистая сидит, на просвет обои видать. Костя даже поморгал: не наваждение ли. Подошел поближе, потрогал — живая, шевелится.

— Ты… это… — сказал Костя робко. — Картошки побольше жри, че ее жалеть: полный погреб. А то мне скоро перед людьми стыдно будет.

— Стыдно, говоришь, — Катерина зыркнула злобно. — Садись, сам перехвати, после поговорим. Новости есть.

— Какие еще новости?

— Да ты ешь, ешь, — Катерина начерпала тарелку супу и поставила перед Костей.

Тот молча ел, боясь спугнуть некоторую надежду. Наконец, опустошив тарелку, выдохнул:

— Ну!

— Задержка у меня.

— Че, зарплаты опять не дают, так это разве новость!

— Нет. Ты не понял. У меня самой задержка. У меня, — она слегка тронула ладонью живот.

— Д-давно?

— Шестой день. Такого никогда не бывало.

У Кости вырвалось ругательство:

— Вот те на, едрена мать, на Новый год подарочек! А ты часом не свистишь, а?

У Катерины немедля прыснули слезы:

— Думаешь, ты один переживал? А каково мне-то было толки слушать да бабкины пересуды? Курва, курва!

Надо же, кличку какую прилепили! Будто в прошлом веке живем. Недолго мы с тобой и валандались. Почитай, пол-года всего, а уже курва!

— Катька! Катерина! — Костя воспрял. — Да че теперь зло поминать! Теперь… теперь только заживем! Не реви, ну. Я же тебя люблю! — Он объял ее целиком, ощутив под рукой, между хрупких лопаток, трепет Катерининого сердца. Костя усадил жену к себе на колени, приник к ней лицом и зашептал жарко, путаясь в словах:

— Сейчас мы с тобой в магазин пойдем, апельсинов ку-пим, пряников, чаю хоть раз по-людски попьем. Тебе сей-час хорошо питаться надо…

— Ой, Костя, там метель! А у меня сапоги на рыбьем меху…

— Так мы тебе попутно валенки купим. Куда годится ноги студить? Ну, одевайся, покуда магазин не закрыли!

Костя в нетерпении пританцовывал на пороге, поджи-дая Катерину. Та спешно оделась, кой-как накрутив шар-фик, и оба они весело вытолкнулись в самую метель, кото-рая больно хлестнула по щекам.

— Погодка, е-мое! — Костя гикнул, увлекая Катерину под горку, вниз, и дальше мимо заборов к поселковому ма-газину. — Праздник, бля, грядет. А дома шаром покати, во дожились! Ни жратвы тебе, ни подарков!

Катерина громко хохотала, проваливаясь на бегу по колено в снег. Костя ловил ртом встречную метель, и во-лосы его, побелев, обросли сосульками.

— Вот я люблю наблюдать, как мужики в магазине продукты берут. Нет, не водку, а хлеба, масла, еще какую-нибудь консерву. Это значит, что мужик домой не просто так идет, голодный и злой, лишь бы кусок в горло затолкать, — он прикидывает, что вот мы сейчас сядем... Именно праздник готовит, когда вся семья в сборе. Семья — хорошее дело.

В лавку влетели они со смехом, произведя одним видом своим беспорядок, так что продавщица, заохав, принялась спешно поправлять на полках товар.

— А ну как нам валенки! — возопил Костя. — Вот эти, беленькие, одно загляденье! Импортные, видать.

— Валенки не бывают импортные, — испуганно ответила продавщица.

— Фирма валенков не вяжет? А нам один черт! Давай ногу! — велел Катерине Костя. — Ну как? В пору? Не жмет? Ну-ка, товар лицом! — Костя грубовато понукал продавщицей, и та металась от Катерины к полкам и назад.

— Я еще и бабке к празднику исподники новые куплю, а то развесит свое рванье, аж глядеть срамно! Я ж не нищий, я рабочий человек, как-никак!

Костя разошелся, набирая товару. Катерина ойкала, вцепившись ему в рукав:

— Кость, а жить-то потом на что?

— Разживемся. Дня через три квартальную премию дадут. А мне еще персональную надбавку пообещали.

— Кость, а можно шоколадных конфет двести грамм?

— Отчего нельзя? Ну-ка, нам четыреста грамм «Каракума». И еще — шампанского!

— Ой, так мне ведь теперь нельзя...

— Ты что, трезвенника хочешь родить?

По дороге домой Костя пел, и поселковый народ, всякого видавший на своем веку, взирал на него с опаской: с чего вдруг понесло Костю?

Весь вечер смекали они, где лучше ставить кроватку.

А ночью явилась Катерине во сне черномазая псина. Кровь капала с обрывков мяса в ее страшной пасти. Вскликнув, Катерина очнулась. Чресла сочились липкой влагой — это была обычная ее женская кровь.

Стиснув зубы, сползла Катерина на шкуру и в немочи колотила кулачками в мех, глуша звук, только чтоб не пробудился Костя. Луна светила в окно, открывая путь в тайный полуночный мир. Катерине, насупротив, хотелось стаять со свету без следа. Стянув с постели замаранную простыню, она немного повозилась у рукомойника, потом накинула шкуру и, сунув ноги в валенки, вышла на крыльцо, в ночь.

9

Черный волк рыскал кругами, неумолимо близясь к поселку. В такие ночи, когда свет начинает поглощать тьму, на переломе года, получают короткий отпуск в мир темные твари. И вот целый рой невидимых людскому глазу сущностей витал над крышами, заглядывая в окошки и трубы. Низшие бесы веселились по пустынным дворам, процарапывая на заборах кривым когтем похабные надписи.

Хуккаламбу проморозило насквозь, до самого дна. Лыжню, изгадившую озеро за день, замело, и желтому глазу луны открывалось ровное белое полотнище, на котором вышивал стежки следов Черный волк. Поселок смердел псиной и прочими запахами человеческого гнезда, единственное приятство доставлял носу дух овчарен, где грудилась тупая блеющая еда.

Черный подошел к поселку впритирку и остановился под скалой, среди заснеженных валунов. Ноздри его тронул смутный душок лесного собрата. Волк фыркнул, вновь потянул носом, изучая воздушную струю, и из мешанины вкусов выделил самый сочный. Он тотчас признал этот запах, но не мог поверить своему носу. Знакомый запах манил, Черный точно взял направление и вот уже карабкался вверх по скале, позабыв опасливость. Трещины камней забила корка льда, лапы его скользили, однако он упорно продвигался вперед, с камня на камень, еще прыжок — и наконец он увидел ее.

Кроткая переминалась в нерешительности, прижав уши к холке. Пышный хвост ее подметал порошу. Радостно тявкнув в знак приветствия, Черный прогарцевал к ней, едва касаясь лапами земли. В восторге принялся он взрыхлять носом снег, поднимая маленькие вихорьки. Приблизившись к волчице, он потерся об нее мордой и слегка толкнул всем корпусом, приглашая к игре. Кроткая восприяла.

И вот бок о бок двинулись они берегом вдоль поселка, навстречу потоку новых запахов. Кроткая втягивала ноздрями неведомые прежде ароматы живой крови, которые будоражили самое нутро и заставляли чутко ловить каждый шелест. Ночная тишь звучала симфонией понятных звуков. Петух вспорхнул ненароком, растолкав несушек; коза мекнула в стойле, тревожась их близким бегом; дворовый пес, спугнутый лесными гостями, забился в будку.

Вскоре всякое движение в поселке стало, и ярая сила леса справляла тризну. Убей! Убей! Жажда крови затмила рассудок, лапы вынесли волков к овчарне на окраине подле луга. Тогда умерли все прочие чувства, кроме резкого, нестерпимого голода, пронизавшего тело насквозь. Этот голод не рождал немощь — напротив, только подстегивал, и Кроткая устремилась вслед своему товарищу, который, не таясь, сильными прыжками пересекал вытоптанный овцами пустырь.

10

Поселковая администрация не стала суетиться по поводу происшествия. Тем более овчарня была частной, а случай — единичным.

В течение зимы в Калевальском районе официально зафиксировали несколько налетов на курятники и, кроме того, кражу трех ящиков портвейна из поселкового магазина в Хаапасуо, что также норовили списать на волков. Дядя Вася с металлокомбината углядел близость волчьего разгула с полной луной, но резоны его никто не принял всерьез. Пару раз ночные сторожа примечали волков, рыскавших вблизи комбината. Рассказывали, что особенно страшен и зол матерый самец черной масти, который якобы нагло щерился прямо в окно комбинатовской проходной. А с ним видали молодую волчицу, пегую, в белых «чулках» на лапах.

И до того крепка была той зимой злоба лесная, что не случалось ночи, когда б не разносился по окрестностям Хуккаламбы тягучий вой, пробиравший до самых костей. Кликали волки на калевальцев беду, хотя какой иной беды стоило ждать, когда и так зиму напролет прозябали люди в холоде и лишениях: комбинатовские щитовые дома промерзали насквозь, и по утрам вода не текла из кранов, схваченная ночной стужей.

Только в доме кузнеца Коргуева потрескивала печь, и все эти волчьи толки были Косте откровенно до лампы, поскольку никак не относились к его семейной жизни, которая колесила без руля, сикось-накось, мало чем отличаясь от быта прочего поселкового люда. Как-то, напившись, Костя таскал Катерину за волосы прямо во дворе детсада, на глазах у детей. Тогда еще к ним приходил участковый, но даже не назначил штрафа за хулиганство, иначе Катерина пострадала б вдвойне: ну вычтут штраф у Кости из жалованья, а семейный бюджет-то общий.

Но вот что странно: Костины выпады Катерина сносила спокойно и вроде даже с усмешкой. Напьется мужик, побуянит, а там проспится — и снова человек. Что-то новое появилось во взгляде ее, чего, честно говоря, Костя даже страшился. Двинет ей пару раз, а она только отряхнется и все глядит эдак пристально, будто не видела никогда. Он: «Ну че вылупилась?!», а она глядит, хоть ты тресни!.. С наружности Катерина интереснее заделалась, Костя сам удивлялся: в жены брал никудышку, а она возьми да брызни цветом. Тут же кстати и предчувствия его посетили.

Как-то дядя Вася выходил из магазина, прижимая к телогрейке буханку хлеба, и почему-то Костю на этом зрелище остро прошибло: будто он может утратить то, что сейчас имеет. Что-то весьма обыденное, как хлеб, и столь же надобное. И вот он сызнова ощутил, как в груди двинулось сердце. Костя поспешил домой, держа руку на сердце — в опаске, что оно вот-вот вымахнет из груди, вломился в сапогах прямо на кухню. И тут только слегка отпустило. Катерина, дуя чай в безмыслии, вздрогнула на хлопок двери.

— От, чумовой! — она резанула всегдашней своей насмешкой.

Костя взял табуретку, но не присел, а так и остался с табуреткой в руках.

— Ну, ты чего?

— Нет, я пойду... сперва сапоги сыму.

Вернувшись, Костя налил себе чаю и долго дул в блюдце, хотя чай был стылый, потом выдохнул разом:

— Как ты хоть живешь, Катерина?

Она прыснула:

— А то ты давно меня не видал.

— Видать-то каждый день вижу, только не знаю... это... как и сказать... Ты другая какая-то стала.

— Мужняя жена, понятно, не девка, — в голосе ее притаился страшок.

— Нет, я так чувствую, что и говорить с тобой теперь сложно. А как хорошо мы жили!

— Кто же виноват в этом, Костенька?

Костя вскинул глаза:

— Да уж не я, Катерина. Нынче тебя и Мурка чурается.

И верно: прокравшись с улицы, кошка затекла на кухню, явно хоронясь от Катерины, и, засев в уголку у печки, щерилась оттуда.

Тем же вечером, лежа рядом с Катериной в постели, Костя вновь ощутил смятение, и озарила его темная догадка:

— Катерина, ты, похоже, любовника втихую себе завела?

— Скажешь тоже: втихую. В деревне живем, каждый шаг на виду.

— Вот-вот, а чей-то ты на пятый километр в гостиницу зачастила? За зиму третий раз!

— Будто не знаешь. Финны гуманитарку в гостинице скинут — и назад, в поселке-то они чего не видали? А меня всякий выходной командируют от яслей. Да что я объясняю тебе? Сам-то во что одет?

— Прожил бы я и без тех штанов, которые ты надыбала заодно с детсадовским тряпьем. А вот ты последнее время чей-то больно смазливая стала. Я бабам доверять не привык.

— Дурак ты у меня, Костенька, — Катерина притекла к нему, но все же в ласковых повадках ее Костя чуял неправду. Приподнявшись на локте, он попытался разглядеть в сумерках ее лицо:

— Нет, ты мне скажи — кто? Я, может, даже тебя прощу. Мне б только знать, чем он лучше меня? — Костя схватил ее за волосы и намотал прядь на руку, так что она и рыпнуться не смела.

— Отстань! Волосы пусти!

— Скажи кто! Андрюшка, гостиничный буфетчик? Он целовал тебя? Вы лежали с ним голые?

— Пусти!

— Как он целует тебя, Катерина? Покажи, я научусь! — Костя впился ей в губы, почти укусил. Катерина наконец вырвалась, отплевываясь.

— Зачем, по-твоему, я замуж вышла? Чтоб было от кого гулять? Это у тебя на уме только одно занятие, а у меня за день других день довольно. Обед сварить, постирать… — Катерина выговаривала что-то еще про свои женские заботы, Костя слушал, но понимал одно: «Врет! Врет!».

— Чего ты от меня хочешь? Почему мучаешь меня? — она вскликнула в горечи.

— Потому что я до сих пор люблю тебя, Катерина!

Луна бесстыдно пялилась в окошко, нагло созерцая размолвку, и мутный свет ее слепил сознание. Мысли делались тягучи, текли все медленней во млечный сон.

Костя сам не помнил, как уснул той ночью, — казалось, всего-то на минутку забылся, но когда вновь распахнул глаза, луны в окошке не было и ночь шла на убыль. Однако проснулся он явно от пустоты и ущербности сна в отсутствие Катерины. Он вскочил на постели, пытаясь различить в сумерках ее силуэт. Пустота была огромной, всемирной, и по пронзительному ее ощущению невольно думалось, что Катерины нет не только в доме, а вообще — среди живых.

Костя тихо, с боязнью, назвал ее имя. Будто в ответ на дворе заголосил петух. В тот же миг хлопнула дверь. Катерина, что-то обронив у порога, вошла в дом в одной сорочке и валенках, улепленных вязким снегом.

— Катерина! — Костя, немедля подскочив, облапил все ее тело, дышавшее под сорочкой жаром. — Ты где была, Катерина?

— Давно проснулся? — в ответ спросила она.

— Нет, только что! Распахнул глаза — а тебя и нет!

— Ой, Костя, промучалась я полночи. Так сдавило в груди — не продохнуть. Я уж испугалась, что угорела. Вот вышла продышаться на двор…

— Да у тебя жар!

— Не жар. Это с мороза так кажется, я и остыть не успела. Пойдем, пойдем в кровать, хоть полчаса прикорну.

Едва нырнув под одеяло, Катерина сладко, беспробудно заснула. От волос ее тянуло снежной свежестью, но — не только. Некоторый новый, едкий дух заплутался в прядях, слегка схожий с запахом хвои. Принюхавшись, Костя невольно вздрогнул и отшатнулся, как при нечаянной встрече с диким зверем. Как будто не родная жена, а существо из стороннего мира лежало рядом. И он ощутил это столь остро, что не мог оставаться с ней в одной постели.

Выйдя на крыльцо покурить, Костя приметил волчью шкуру, развешанную на перилах.

Поднявшись чуть погодя, Катерина объяснила, что в шкуре завелась моль, вот и пришлось вынести ее на двор проморозиться, с вечера еще.

В обеденный перерыв мужики судачили, что прошлой ночью волки опять безобразили в поселке. Сперва будто рыскали по центральной улице, от памятника Ленину к комбинату, спугнув одну загулявшую парочку. А после набедокурили у дяди Васи в курятнике: задрали петуха и несушку. И будто бы даже не подкапывались под забор, как принято у них в псином роду, а лапой ухитрились отворить калитку...

— Это ж разум человечий в ихню волчью башку вселился! — сокрушался дядя Вася, непрестанно отплевываясь. — Видал же я их, видал, как они со двора когти драли. Главное, стерва эта напоследок зыркнула на меня и пасть еще так растянула, вроде как лыбилась.

— Ну ты загнул: лыбилась. Волчара, она волчара и есть, — мужики реготали над чужой бедой. — Ей жрать охота, а ты психологию развел…

— «Психо» — от слова «душа», грубо говоря, происходит. Темный вы народ! Кто б из вас хоть раз на эту суку взглянул, сразу б и просек, что у ней не просто мозги, а еще и кой-какое «психо».

— Так че, выходит, только сука эта волчья с виду умна? А приятель ее?

— Кобель, он и есть кобель. У него один интерес: лапу задрать. Он, сволочь, мне забор-то пометил, территорию свою, так сказать.

Мужики опять реготали. И только Костя сидел смурной, чувствуя за собой непонятную вину.

— А я тут, грешным делом, на днях в газете прочел, — продолжал дядя Вася, — что в годину усугубления народной беды волки плодятся нещадно.

— Какая ж нынче беда? У нас вся жисть, почитай, беда, — выдернулся Кабоев.

— Я говорю: в годину у-су-губления беды. Сечете, нет? Народ наш всегда бедовал, это правда, а нынешней зимой вода в трубах колом стоит, значится, еще туже стало. Зарплаты не дают второй месяц — вот и волки плодятся!

— Да-а, газета зря не напишет, — мужики чесали затылок.

— Кончай ты, дядя Вася, мозги пудрить! — не выдержал Костя. — Директор не на волчий же счет денежки наши перечисляет, ихние бытовые условия улучшать!

— Ай, нет, ты слушай-слушай, че я еще-то вычитал, — дядя Вася обращался почему-то именно к Косте. — Волк плодится не в меру — это полбеды. Но ведь с ростом ихнего поголовья появляются оборотни, верволки по-русски. Это когда днем человек, а ночью — волк, и повадки волчьи. Вот мы сейчас сидим, а он, может, по поселку гуляет в людском обличье, вынюхивает, чей бы кровушки еще напиться.

— Да заткнись уже, дядя Вася! — взвился Костя. — Без тебя довольно брехни наелись. Верволк, твою мать! Я все же среднюю школу кончил.

— Ну вот ты свой аттестат оборотню в пасть-то и сунь, ежели встретится на дорожке. А я со своим неполным средним лучше ружьишко добуду и всыплю волчаре прямо в зад.

— Может, снова облаву устроим? — предложил Пекка.

— Был бы курятник директорский! — захохотали мужики. — Иначе кто нам выкатит водки?

На том и разошлись.

11

Снег, снег! В упоении лунной ночи не заметили, как углубились в чащобу, где филин ухал тяжело, будто заглатывая сердце. Там, в самой глуши, куда человеку лучше вовсе и не соваться, правил волчий закон, и тело Кроткой исполнилось нового огня — взамен прежнего жестокого озорства. Черный вел ее глухими тропами вкруг болота, и ели расступались сами, упреждая его резвый бег. Ни шевеленья, ни шороха в затаившемся лесу... Лапы их чуть отталкивались от стылой земли, волки бесшумно скользили по свежей пороше вперед и вперед, пока не достигли голой сопки, склоны которой покрывали лишь чахлые кустики; вершина, однако, роилась черной шевелящейся массой. Приблизившись, Кроткая поняла, что это огромная стая сбежавшихся со всей округи волков. Да, почитай, набиралось их и поболе: не могли же окрестности Хаапасуо укрывать столько зверья. Были среди них матерые самцы, прыткие переярки и почтенные волчицы. И все же статью и мастью своей выдавался среди прочих спутник ее — Черный волк, при появлении которого случилось немалое смущение.

Черный немедля выступил вперед, а волки уселись вкруг него, образовав плотное кольцо, так что оказался он один за председателя волчьего сборища. И вот установилась тишина ожидания. Обведя глазами лесное сообщество, Черный поднял морду к небесам и протяжно, гладко завыл, вытягивая высокую ноту. Где-то через минуту некоторые голоса подстроились к пению. Гортанно голосили самцы, подвывали волчицы, отрывисто брехали переярки. Луна, торовато сочившаяся светом, внимала пению, и небо подступило к земле, напоенное волчьей тоской. Кроткая пританцовывала в нетерпении, насилу унимая звуки, клокотавшие в горле. Наконец мощная волна голоса прорвала натугу гортани и истекла сочным густым звуком, натянув все тулово ее сходно струне. Кроткая пела небесам, слившись с волчьим хором, и с этого часа она не принадлежала более человечьему стаду, но была частью войска лесного.

Окаем прояснел. До зари было еще далеко, просто чуть разжижилась мгла. Однако пора было возвращаться, и Кроткая пустилась в попятный путь, повинуясь только одному чутью. И верно: вскоре в потоке ветра проступили запахи поселка, а там и лес поредел, отворив вид на пустырь. Скорей, скорей, покуда не заголосил петух и не рассеялись чары ночи. Сильные волчьи лапы несли Кроткую к ее человечьей обители. Над головой, в раскинутой пустыне неба, прорастали колючие огоньки планет. Красный Марс обозначился прямо над поселком, там, откуда вот-вот должно было пробиться солнце, земля двигалась навстречу ему, ни на минуту не замедляя ход, выверенный Богом. И только Кроткая, одна во всей вселенной, не поспевала за током событий обыкновенного утра.

Остаток пути бежала она, высунув язык, и всякий вдох отдавался болью в груди. Воздух поселка насыщен был теплыми запахами живой шевелящейся плоти, едким дымкой комбината и чем-то еще, что в иной момент насторожило бы волчьи глаза и уши, но теперь этот привкус пороха и железа в ветре слился с общим человечьим духом, царящим в поселке. Она почти достигла скалы, на которой стоял ее дневной, человечий, дом, и, царапая подушечки лап, уже взбиралась по каменистому склону — как яркий хлопок выстрела разорвал утро и жгучая оса впилась в лапу, заставив Кроткую скатиться кубарем вниз, в заросли шиповники. В тот же миг петушиный крик провозгласил пришествие утра, и волчья шкура спала с плеч Катерины.

Приняв человечий облик, Катерина быстренько, насколько дозволяла раненая икра, отползла в самые кущи, надеясь переждать или… что еще теперь можно было поделать? Она слышала, как рыщет охотник по склону скалы, пытаясь разглядеть в сумерках ее — подстреленную волчицу.

12

Дядя Вася обнаружил Катерину, когда уже почти рассвело — по кровавому следу, тащившемуся за ней. Хотя она не успела далеко уйти, а только чуть взобралась по тропинке к дому, — гонимая утренним заморозком, в одной сорочке и валенках, закутанная в шкуру. Она говорила что-то про волка, напавшего на нее, едва она вышла из дому набрать сухих веток на растопку…

Дядя Вася свистнул Костю, и так, вдвоем, завели они ее в дом. Икра у Катерины прокушена была насквозь и обильно сочилась кровью. Сразу послали за фельдшером. Катерина тихо стонала, не желая отвечать ни на какие расспросы, также не хотела она объяснять, какого черта понесло ее с самого ранья за сухостоем, когда возле печки полно щепы.

Прибыл фельдшер, молодой парнишка, только по осени приступивший к работе, потому не пропитавшийся еще безразличием к поселковым бедам, где каждые выходные случалась пьяная поножовщина. Едва увидав распоротую икру, фельдшер определил:

— Это же огнестрельное ранение!

Но Катерина яро замотала головой, едва шевеля бледными запекшимися губами: «Волк, волк».

Дядя Вася, ощущавший свое крайне незавидное положение вследствие происшествия, знай твердил:

— В волка я стрелял! В волка!

Фельдшер молча обработал рану, исколол Катерину инъекциями против столбняка и бешенства, потом в молчании же быстренько собрал инструмент и удалился. Катерина, отвернувшись к стенке, затихла.

Дядя Вася, перекурив на прощание с Костей, завел было разговор весьма доверительный:

— Ты, Коська, думай про меня че хошь, а только влепил-таки я волчице в задницу из ружья! Это точно. А Катерины твоей и близко не было, я ж покуда без очков обхожусь. Ну, бывай! — он попытался попрощаться за руку, но Костя руки нарочито не подал.

— Чем на меня дуться, лучше за бабой своей пригляди! — постращал дядя Вася. — Народ у нас в массе своей суеверный…

— Попридержи язык! — Костя отрезал зло. — А то мне недолго телегу в милицию накатать. Расстрелялся, твою мать!

Плюнув, дядя Вася заковылял прочь.

Воротившись к Катерине, которая так и лежала, отвернувшись к стенке лицом, Костя грубо схватил ее за плечо, рывком развернул к себе:

— Ну, может, теперь скажешь, че за хахаль тебя в кустах поджидал? Это ж надо: по снегу в сорочке шастать, во прижало!

Катерина ответила безучастно, вяло:

— Кто ты мне — отчитываться перед тобой?

— Я тебе законный муж! — Костя закричал и, верно, тут бы ее ударил, да спохватился, что она калечна. — Ну, лежи пока, сука! Зализывай рану.

Участковый в поселок все-таки приезжал на дознание. Только вызвал его не Костя, а фельдшер, уверенный в том, что ранение — огнестрельное. Участковый заглянул к Катерине, однако ушел ни с чем: потерпевшая явно не хотела общаться, так же мрачно вел себя и ее муж, что смотрелось и вовсе чудно.

Дяде Васе грозила уголовная ответственность за стрельбу в населенном пункте и незаконное хранение оружия (ружьишко-то он достал по случаю на базаре). Но — заявления от потерпевшей не поступило, местное население дяде Васе явно сострадало, да и волков в самом деле расплодилось в округе до безобразия много. Поэтому дядя Вася отделался только конфискацией.

Болящая Катерина оставалась безмолвной. Рана ее затягивалась на удивление быстро. Она уже делала кое-что по дому, но — без души, просто по привычке. И было понятно, что гложет ее изнутри смертная тоска. Вечерами подолгу засиживалась она у окошка, заглядываясь на черные плеши земли, проступившей из-под талого снега. Больше-то глядеть было не на что: Костя сам проверял, не оставил ли случаем полюбовник под окошком тайные знаки. Да вроде нет, все чисто. А она чахла на глазах и лицом сделалась мертвенно-бледная, как покойница. В конце концов Косте стало ее жаль, и он однажды принес ей яблок. Катерина ела жадно, давясь, сок пенился на губах, и от этого зрелища холодок протянул Косте по хребту: уж не тронулась ли Катерина рассудком?

Завтра же на комбинате, в обед, подкатил он к Пекке Пяжиеву:

— Слышь, зашел бы все же навестить Катерину. Чай, сестра.

Пекка криво усмехнулся и процедил сквозь зубы:

— Тамбовская волчица ей сестра!

Костя остался в недоумении, не зная даже, что и ответить. Он не смыслил, как вести себя с Катериной. Сказала бы хоть слово, он бы сразу ей по морде двинул, и делу конец. Так ведь она в молчанку играет, как тут в драку полезешь?

Бабка тоже больше молчала, чураясь Катерины, но вечерами, бывало, плела она какие-то узелки, пришептывая. А как-то случилось Косте сунуться под кровать, где ящик с гвоздями стоял, глядь — а в пыльном уголку тряпичная кукла с намалеванным сердцем, и аккурат в это сердечко гвоздик вбит. Рассвирепев, кинулся Костя к бабке — та как раз во дворе возилась.

— Это че ж такое? — орет. — Это ты Катьку извела?

Бабка отвечала спокойно:

— Не Катьку, а самоё зло, серого оборотня, че с волками по лесу рыщет.

Костя, исходя гневом, принялся бабку бранить на чем свет стоит. А та в ответ посоветовала:

— Ты при случае-то на Катерину сквозь лошадиный хомут глянь попробуй. Много чего узреешь.

Ругнулся Костя, но совет-то все же запомнил. А куклу кинул в печь — и та вспыхнула разом, и огонь со свистом затянуло в трубу. После этого у бабки дня два лицо краснюще было, будто обожженное, да и неможилось ей, слегла. Ну и поделом!

Катерина зато пошла на поправку, будто он и впрямь ей гвоздь из сердца выдернул. Посвежела, только все равно чужая ходила. А там весна нахлынула, птицы затрепетали по-над окнами…

Мартовский снег увядал прям-таки на глазах, с той же скоростью возрастало пространство небосвода, сырым весенним духом тянуло со всех щелей. С возвращением солнца Катерина сделалась сама не своя, взгляд ее метался по сторонам, а ежели Костя пытался взглянуть ей в глаза — мигом увиливала, ускользала. Вставала она ни свет ни заря, но никуда не отлучалась, хоть Костя пару раз и просыпался в пустой постели, но тут же находил Катерину на кухне или в сенях, где она что-то беспрестанно латала или переставляла с места на место.

И все-таки, через пень-колоду, жизнь катилась вперед, и Костя порой подумывал: ну и пусть! Бок о бок с холодной молчаливой женой, в неуютном доме… Но ведь у них впереди еще оставалось время. Куда торопиться? Не может же продолжаться вечно ледяная молчанка, когда-нибудь да прорвет! Ничего, они еще поживут!

Свежим вечером, когда серо-прозрачные сумерки за окном размыли двор, они с Катериной пили на кухне чай — в спокойствии и молчании. И вот среди привычных, бытовых звуков с улицы наметился вкрадчивый далекий вой. Сперва еле слышный, зыбкий, как мираж, едва отличимый от гудения ветра в трубе, он вдруг резко вырос. И даже Костя сумел распознать в упористом вое призыв — сильнее страха, сильнее самой смерти, и волосы на его голове приподнялись от трепета перед тем, чего он никак не мог разуметь, но вдруг явно увидал дикий огонек, занявшийся в глазах жены. В прорези рта почудился ему хищный оскал, и так подумалось: неужели вот эти же уста, что некогда он страстно целовал…

— Варенье бери, весной витамины нужны, — сказала Катерина.

Тьфу ты, проскочила морока! Костя перевел дух.

А на следующий день притянула Катерина домой огромный шмат лосиного мяса. Отбрехалась, мол, гуманитарная помощь работникам соцучреждений. А Костя видит, что мясцо-то парное, не мороженое, да и охота на лосей запрещена покуда: лосихи как раз рожают. Понимал Костя, что брешет жена, но суп трескал за обе щеки, и жаркое лосиное с картошкой под стопку водки хорошо пошло. Хавал Костя халявную лосятину беззастенчиво, как изголодавшийся пес, и сам презирал себя за это. Однако жрал, жрал с жадностью, причавкивая смачно. А бабка только бульону отведала — зубов-то нет, — но и та осталась довольна.

Что ж, брюхо добра не помнит. Ближе к ночи Костя опять вознамерился супчику похлебать, уж больно сытен, да на второй ложке задумался. Отодвинув миску, плотно зашторил окна, раза три проверил, защелкнуты ли запоры. Спать улегся он, прижав собой Катерину к стенке, чтобы наверняка проснуться, если соберется она сбежать. Хотя предосторожность была, очевидно, лишней: Костя намеревался глаз не сомкнуть, но выследить ее козни.

И вот лунный свет проник в щелку штор, беспокойно зашевелилась во сне Катерина. Костя обхватил ее руками, плотно примкнув к себе, не желая отдавать никому, кто бы ни явился в ночи за ней — ни зверю, ни человеку. Убедившись в безопасности, он наконец смежил веки, и — тут же глубокий черный сон поглотил целиком его сознание, как мутная река, не оставив ни волоска на поверхности.

Костя вынырнул из сна под самый рассвет, не понимая, куда же утекло время ночи. На том месте, где спала Катерина, в матрасе вдавлена была холодная яма. Костя вскочил, все еще лелея надежду, что она на кухне или в сенях, и все же отсутствие жены ощущалось почти кожей, вернее, как будто бы с Кости именно содрали кожу… Бабка покряхтывала на печи. Костя не хотел тормошить ее, но все же вспомнил заклятье: взглянуть на Катерину через хомут.

Хомут висел в сенях на крюке еще с тех пор, когда Коргуевы держали кобылу. Он был уже не потребен, просто лень было снять да отдать кому. Хотя и отдать-то нынче было некому. В отчаянии своло́к Костя с крюка хомут, заросший пылью, и тотчас, даже не удосужившись отряхнуть, напялил себе на шею. Расчихавшись, вымахнул на крыльцо и принялся по сторонам глазеть, нет ли где Катерины. Не видать ни души, пусто окрест, да и кого в такую рань на двор понесет. Вот только большая собака по улице чешет, да и прямиком к скале. Скачками, скачками, к самой калитке подлетела, толкнула лапами, и на тебе! — уже во дворе. Костя плюнул в сердцах. Вот наваждение! Сдернул с шеи хомут, проморгался, глядь — Катерина сама стоит. В сорочке, волосы раскосмачены, запыхалась. А на крыльце висит волчья шкура.

— Стой, жена! — крикнул Костя из боязни, что она с глаз исчезнет. За руку для пущей сохранности схватил. — Ты где шлялась? Отвечай!

— Да пусти ты, дурень! Веники я ходила вязать, нынче в баню пойдем, — засмеялась Катерина.

— Другого времени не нашла? — Костя слегка сробел. — Где твои веники?

— Оставила возле бани. Идем в дом, Костя. Холодно мне.

— А ночами шастать не холодно? — подначивал себя Костя. — Говори, где была!

— Веники… — и так сладко зевнула, ну прям котенок, что Костю аж к месту пришило.

Почесал он репу. Дома суп с лосятиной, жаркое опять-таки не доели. Вечером Катерина баню стопит… Тихонько, тихонько так попятился к двери, а Катерина шмыг — и тут же в постель, и уже клубочком свернулась. Ну, стерва!

Сам не свой ходил Костя целый день, все прикидывал в уме, не пригрезилась ли та белолапая собака, что поселком к калитке чесала. Мало ли кто собаку погулять отпустил. Каждую псину в лицо не припомнишь! Едва дождался Костя обеда, ноги в руки — и прытко, прытко домой. Того и гляди, без него доедят супец. А вечером стопила Катерина баню, как и обещалась с утра. Веников напарила пахучих, мяты сушеной в бак добавила еще. Такой дух попер… Костя ноздрями потянул, а грудь аж будто крупнокалиберным прошибло навылет. У-ух!

Веселая вошла Катерина, на полок Костю повалила и веником отходила по всем косточкам. Костя лежит, искоса на жену смотрит, а сам думает ненароком: «Съест — не съест». А там забылся, поплыл, и как-то славно на душе стало, будто прежнее время вернулось, когда они с Катериной только примеривались друг к другу в любовных ласках. И телом-то она гладкая сделалась, но упругая, без жиринки, и так ласково ублажила Костю, что он и думать забыл про волчьи страшилки. Какой там на хрен волк, когда возле бани в снегу бутылочка горькой томится. И так хорошо они вдвоем приняли на грудь, Катька только пригубила, конечно. А потом еще огурчиками хрусткими закусили…

В дом возвращались уже к самой ночи. Костя задержался на крыльце перекурить, и вдруг заново царапнула ему глаза шкура, которая так и висела с утра на перилах. Вот ведь сука, обнаглела вконец! Рванулся было Костя за ней, но вдруг там, под небом, распахнутым что твой полушубок, прошибло его, что ведь он просто завидует Катерине: она-то теперь волчица вольная. А он тогда кто же? Пес цепной?

— Катерина! — заорал он так, что сосульки рухнули с крыши. — Катерина!

— Чего тебе? — она выскочила на крыльцо разгоряченная, веселая.

— Где ночами шлялась? Отвечай, жена!

— Вот чумовой! Веники…

— Врешь! — оборвал Костя строго. — Шкура тебе зачем?

— Моль завелась… — бесстыдно ляпнула Катерина.

— Видал я вчерась, как волчица драпала к дому, — напрямки попер Костя. — Неужто скучно стало в лесу?

С этих слов побледнела Катерина. Костя приподнял ее кулачищем за шкирку, оторвав от земли, и прошипел на последней злобе:

— Бегала с волками, ну? — все еще немного надеясь, что она скажет «нет».

Катерина захрипела, ткнула его кулачком в грудь: отпусти! Потом, едва ощутив ногами опору, взъярилась:

— А если и бегала я волчицей, так что тебе-то с того? Мне только жаль, что тебе не дано такого счастья отведать, что я испытала. Так и сгниешь, воли не вкусив, или от водки помрешь.

— Че ж ты, Катерина, домой воротилась, если вольготней тебе в лесу?

— Не воротилась бы, да днем я человек. А человеку и судьба человечья.

— А мне-то через тебя какая судьба, Катерина? — возопил Костя. — Я сам волком выть готов! Лучше б с мужиком застукать тебя, я бы вас обоих порешил! — и тут же осекся, вглядевшись в нее пристально. — Разве я человек, если родная жена от меня к волку сбежала?

— Зачем ты следил за мной? Жил бы себе — ничего не знал.

— Так это ты хозяйничала в овчарне? И у дяди Васи в курятнике? Это ты задрала лося?

— Лосятиной не подавился небось? — тихо сказала Катерина.

— Убирайся в лес, волчья шлюха! — воскликнул Костя в сердцах. — Пошла вон, с глаз долой! Не место тебе среди людей. Пошла, или я голыми руками тебя удавлю!

— Что же ты наделал со мной?

Катерина в отчаянии протянула ему руки, но он сильно толкнул ее в грудь. Она упала наземь с крыльца, успев схватить волчью шкуру. Костя пару раз пнул жену ногой, потом поддел за плечо и вышвырнул за калитку, плюнув вослед.

Катерина побрела прочь, всхлипывая и причитая. Но Костино сердце от слез ее не смягчилось.

Назавтра Костя до ночи разгуливал по поселку пьяный, с хомутом на шее, приставая к каждой дворняге: «Катерина, Катька!» Луна, чуть тронутая тенью с самого краешку, зырила подслеповатым глазом на безобразие, только преумножая досаду в источенной Костиной душе.

Запил Костя крепко. Дня через три, когда кузницу его просквозил холодок запустения, к Косте наведались шефы из профсоюза, уповая пристыдить и напомнить о квартальных обязательствах. Однако состояние его повергло в уныние даже видавшее виды профсоюзное начальство. Пьяный Костя сидел, высунув харю из хомута, и при этом вещал, что в округе кишмя кишат мелкие бесы, в том числе с десяток пляшет на лысине у профорга.

Тем же вечером Костю госпитализировали в поселковый фельдшерский пункт с диагнозом «белая горячка».

За сими хлопотами не сразу вспомнили о Катерине. На работу она не вышла, хотя фельдшер недавно закрыл ей больничный. Тогда кинулись к Костиной бабке: она-то покуда оставалась в трезвом уме. Однако разговор с бабкой только затемнил судьбу Костиной супружницы. Поведала бабка, что Катерина якобы сгинула в ночи аккурат накануне Костиного запоя. То есть как это сгинула? — А так, мол, и так, к волкам подалась, чего греха таить, потому что и была сама не баба, а оборотень, и клыки у ней даже шамать мешали, об ложку стукались. В общем, туда и дорога…

Госпитализировать бабку фельдшер наотрез отказался, якобы дай-то бог нам всем до ее лет дотянуть, еще и не так заговариваться начнем. По бумагам-то выходило, что бабка до революции родилась, отсюда и ее суеверья.

Делу о пропаже Костиной жены все-таки дали ход, следователь приезжал из района, шастал-вынюхивал по домам, дядю Васю таскал на допрос по поводу огнестрельного ранения, фельдшера. С фельдшера какой спрос? Он-то как раз в милицию вовремя настучал, а дядя Вася твердил одно: «В волка я стрелял, в волка!». А с Костей толковать и вовсе не было резона. Хотя разрабатывалась такая версия, что Костя из ревности жену пришил и на этой почве умом тронулся. А может, и насупротив: сперва допился до чертиков, а после жену пришил. Но где же тогда останки и следы злодеяния?

Немало утекло дней, прежде чем кузница сызнова ожила в Хаапасуо. Из больницы Костя вышел совсем другой человек. Нелюдим, молчалив, спиртного на дух не выносил, с мужиками не балагурил. А только знай себе железо ковал, будто несчастье свое в силу переводил.

В июне туманы потянуло с болот, с самых глухих волчьих троп. Заметили люди, что частенько хаживал Костя в лес — с корзиной, якобы по ягоды. Да какие же ягоды в июне? Уходил под вечер, а когда возвращался, никто не знал. Иногда и вовсе дома не ночевал, а спал у себя в кузнице. И вот поползли по поселку слухи, что Костя-де Катерину из ревности удавил и в болото кинул, а теперь совесть его замучила, к месту преступления тянет.

Вызвался фельдшер за Костиными прогулками проследить, вроде как с научной целью: исследовать течение болезни в период ремиссии. Камуфляж взял взаймы у дяди Васи, противомоскитную сетку: комарью-то на болоте самая сыть, — и вот в пятницу с вечера засел в кустах возле кузницы. Повезло с первого разу: только рабочие со смены поперлись домой, Костя вроде бы тоже с ними, но корзину зачем-то прихватил, и так это сторонкой, сторонкой — и прямиком на болото. А фельдшер за ним — кустами, пригнувшись для маскировки. Костя широко шагает, уверенно, а фельдшер-то росточком не вышел, запыхался, руки-ноги в кровь исцарапал.

Ну, с горем пополам добрались до болота, наблюдатель за кочкой засел и вот лицезрит: достал Костя из корзины ломти хлеба, тут же быстренько маргарином их намазал и разложил на платочке, там, где посуше. Но сам есть не стал, а принялся расхаживать взад-вперед, будто поджидая кого, хотя из-за кочки-то плохо было видать. У фельдшера уже руки-ноги затекли без движения, а Костя все расхаживал-поджидал, вглядывался еще вдаль, не идет ли кто. Так ведь и не дождался. Вздохнул горько, от души, и вдруг громко произнес: «Если ты меня счас видишь — покажись, я не испугаюсь».

Фельдшера от страха аж в землю вдавило, мордой в самую грязь. Лежит и думает: «Может, и впрямь лучше показаться? Если он до ночи тут собрался торчать, что же, и мне в болоте лежать придется? А с утра прием…» Только выдернулся из-за кочки фельдшер, Костин силуэт увидал: черный, страшный, — так сразу и назад утек. Кузнец лапищей своей хватит — сразу и дух вон! Главное, спроса-то никакого: сам ведь фельдшер-то диагноз ему на всю жизнь приписал. Ну, слава богу, вскоре домой Костя потащился, грустный.

С самого утра фельдшер следователю в Калевалу названивал: я стал свидетелем такого случая… К концу рабочего дня следователь прикатил в Хаапасуо и Костю прямо из кузни на допрос выдернул. С полчаса еще промурыжил на жестком стуле, пока сам бумажки перебирал и карандаш грыз, наконец рявкнул строго:

— Будешь говорить, кой черт тебя на болото носит? Не ягодная нынче пора.

Костя ответил просто, с незлой улыбкой:

— Так это… красиво там.

— Что еще за херня? Может, мне в протокол вписать: «Кузнец Коргуев посещал болото, поскольку там красиво».

— Я сам прежде не замечал. Ну, болото, оно болото и есть: грязь да кочки. А нынче важно мне, че там тишина стоит. И людей нету.

— Чем же люди тебе мешают? Или в глаза смотреть совестно? — следователь пытался вытянуть ниточку злодеяния.

— Люди, гришь... Вот наш комбинат работает вроде ради людей. А люди, получается, живут ради комбината. Как будто ничего другого и нет на свете. Я думаю, ошибочно это, потому все кругом и несчастны. А на болото выйдешь — там... там тихая правда застыла.

— Чего-о?

Костя просто не знал слов, каковыми можно рассказать чудо жизни в каждой травинке и вызревающую в каждой ягодке смерть. Но острая тоска, свертевшая его после того, как он выставил Катерину, нежданно вылезла охотой подглядеть ее тайный мир. Костя представлял, как дрожат ее ноздри, вдыхая вольный воздух, и проникался счастьем — оттого, насколько счастлива бывала она. Костя знал, что сам-то он уже никогда не обретет никакого счастья — без Катерины, а так и будет мыкаться изо дня в день, мучимый желанием хоть разик еще поглядеть на нее, узнать, что она продолжает жить в недостижимой близи, завороженная духом болот.

Тут кстати подвернулось происшествие. Близнецы Кабоевы, заигравшись, углубились в лес. Пропажу выявили не сразу, а ближе к ночи, когда прочая поселковая малышня разбрелась по домам, а этих все не было. Мамаша, рванувшись на поиски, обнаружила ведерко и формочки на пустыре и тут же развопилась. Поселковые мужики, из тех, кто не был пьян, пошли чесать окрестности, вооружившись кто ружьишком, кто просто палкой супротив волков. Зычно выкликали они пропащих по именам и вскоре нашли близнецов в полном здравии, те сидели под сосной у развилки на Калевалу, поджидая спасателей. Это, говорят, Катерина Ивановна нас сюда привела, воспитательница.

Снова следователь забегал. Живая, выходит, Катерина Коргуева, не виноват Костя. Поспрашивал еще близнецов:

— А как выглядела ваша Катерина Ивановна?

— Как человек.

— А вы что же, думали, она привидение?

— Нет, нам мамка рассказывала, че она теперь волк, а мы сами видали: Катерина Ивановна — человек. Только очень лохматая, босая, а ногти у ней длинные, грязные. Вот еще колечко поиграться дала.

И тут выудил один из братков Кабоевых из-за пазухи серебряное кольцо на веревочке. Мамаша их, колечко увидав, в крике зашлась:

— О-ой, волчьей заразы принесла! Будут мои дети теперь волчата!

— Заткнись ты, дура! — заорал следователь. — Или в дурдом упеку, в Матросы.

И снова к детям подступался: что говорила Катерина Ивановна? Не покусала ли часом? Костю Коргуева на освидетельствование притащил:

— Узнаешь колечко?

Костя аж задрожал:

— Мое, мое, — и уже руки тянет.

Следователь со злости ему по рукам звезданул:

— Чего ж ты следственные органы с панталыку сбиваешь? Чего твоя жена на болоте забыла?

— Так это... обитает она там вроде.

— У тебя ж своя избенка есть!

— Есть. Я сам ее и турнул. Катись, говорю, к едрене фене.

— Зачем же ты ее кормишь? Пускай бы там подыхала, — диалог начинал веселить следователя.

— Дак из жалости. Все же днем она человек, а ночью...

— Волк? — следователь в голос расхохотался. — Ну, брат, когда баба ночью зверь, а днем ангел, ни о чем другом и молиться не надо. Вот если наоборот — тогда я сам бы ее в болото башкой вперед окунул. В общем так, ступай ты, Коргуев, на все четыре стороны. И мотану я сам, пожалуй, сегодня же из вашего Хаапасуо. А с Катериной твоей пускай местная власть разбирается.

Схватив со стола колечко, Костя крепко прижал его к груди и тут же исчез за дверью, опасаясь, что следователь отнимет его сокровище.

14

С того дня будто кто проклятье наслал на все окрестности Хаапасуо. Сперва в бойлерной на комбинате взорвался котел — ошпарило троих рабочих, потом на продовольственном складе обнаружили крупную недостачу, да и отпускные людям обещали выдать только к зиме.

Рассказывали, что несколько раз видали грибники Катерину издалека, промеж сосновых стволов, и будто бы растворялась она в деревьях бесследно. Народ боялся на болото ходить. Того и гляди, останется Хаапасуо в этом году без клюквы. В общем, почесав затылки, затеяли мужики новую волчью облаву. Только поселковые старухи посмеивались: обычная пуля оборотня не возьмет, на верволка серебряная нужна или осиновый кол на худой конец.

Приходили мужики к Косте, звали на облаву. Пекка Пяжиев грозился своими руками придушить Катерину, все же он с карате знаком, с сеструхой-то справится, будь она хоть волчица. Костя приемов карате не знал, поэтому попросту дал Пекке в морду и пинком спустил со скалы. Мужиковский пыл мигом улетучился. Может, они рассчитывали, что Костя сам облаву возглавит, ан не вышло.

Лето горело ярко. Свет ясных ночей, чуть приглушенный дымкой, будоражил грудь. Спать не хотелось вовсе. Однажды Костя задержался в кузнице. Устал, а домой ноги не несут: там каждый угол Катерину напоминал. Тут, думает, и прикорну. Набросал на лавку возле двери тряпья и, едва лег, сразу в сон нырнул. Очнулся: ночь не ночь, и только глухая тишина, затекавшая в окно, указывала на ранний час. И тут сквозь оглушенность ночи прорезался тихий стук со двора: тук-тук, тук-тук… Дятел? Дятел ночью спит. Тряпье, которым Костя укрывался, само собой с лавки поползло, вроде змеи. А снаружи опять: тук-тук… Звук такой живой, понятно, что не ветер доску оторвал и ею по забору стучит.

— Кто там? — вскочив, Костя крикнул в страхе и железные щипцы схватил — что под руку подвернулось.

Стук перестал, но вместо него уловил Костя чуть слышное шевеление за дверью… И прежде нового страха угадал Костя, кто там стоит, и с силой рванул на себя дверь. Тень отпрянула в сторону, и вот — никого за дверью.

— Катерина! — окликнул Костя. — Катерина!

Слышимая тишина выдавала тревогу — тревогу волка в засаде. Нежданно припомнилось Косте, будто бы бабка сказывала давно, может быть, когда он еще мальчишкой был, — что оборотня нужно трижды по имени назвать и железный предмет через голову его швырнуть, тогда он человечье обличье примет.

— Катерина! — в третий раз позвал Костя.

И вот волчица покорно вышла к нему и стала насупротив в ожидании. У Кости внутренности скрутило узлом и руки чуть не отнялись, но все же он, заглотнув свой страх, размахнулся — и метанул щипцы через ее голову. Ладонями быстро глаза закрыл, а когда решился все же взглянуть на нее — стояла перед ним Катерина, какой он ее из дому прогнал. Только волосы чуть отросли.

— Хорошо ли живется без меня, Костя? — промолвила Катерина. Губы ее были нежны и невинны, будто никогда не вкушали свежей крови.

Костя ничего ответить не мог, потому как язык его глубоко в горле застрял. Замычав, протянул он навстречу ей руки, а дальше уже и не помнил, как слились они в сладком объятии и остаток ночи любили друг друга, будто никогда и не расставались.

Очнулся Костя в одиночестве на лавке, укрытой тряпьем. Утренняя жизнь вовсю бурлила за дверью. Птицы верещали, занятые вскармливанием потомства, рабочие весело переругивались во дворе, где-то неподалеку стрекотала бензопила. Продрав клейкие ото сна веки, Костя вышел на свет. Общая безмятежность мира непреложно увещевала, что ночное происшествие было всего лишь сном, грезой его тягучей тоски.

15

Осень поперла грубо, нагло, с яростью оголяя деревья. Всего дней на десять занялась Хаапасуо заревом багровых осин, а там хляби разверзлись и рухнул с небес громадный серый ливень, утопив поселок в грязи. Холодные струи бичевали землю будто за какую провинность, и вновь пошли шепотки, что неспроста все это.

На болото народ осень все же погнала. Хочешь не хочешь, а клюквы запасти надо. Только вот Костину избушку старались обходить стороной, да и вообще с ним предпочитали не знаться. Ну и сам Костя в общество не больно-то лез. На работу — с работы хмурый ходил, все под ноги себе глядел.

Костя почти уверовал, что во сне видал он Катерину, потому как с той ночи не попадалась она более на глаза никому из грибников. Правда, рассказывали, что в брошенной избушке на том краю болота огонек, бывает, горит. Ну да это враки. Кто рискнет по болоту шастать? Разве что там скрывается беглый зек — тогда к этому месту лучше вообще не приближаться. А еще говорили, что в гостинице на пятом километре мешок с гуманитаркой, с теплыми вещами, разодрали и утащили в лес, кой-чего из вещичек потом на обочине находили. Так вот это тоже якобы Катерининых лап дело, ей-то теплые вещи ой как нужны.

А там ахнула стынь, грудами сковала грязюку. Северным ветром пронзительно дохнула зима, в одночасье прекратив в поселке всякое шевеленье. Снег выпасть не успел, и вывороченные огороды стояли, зябко и беззащитно распахнутые небу. Только жадный зев Костиной кузницы дыхал огнем наперекор вселенской холодрыге, напоминая мирянам об адском пламени. Однако посреди космической зимы и геенна казалась желанным пристанищем, лишь бы выпрыгнуть из щитовых казематов, промороженных до фундамента. Обогревались кто как мог, уже случилось несколько пожаров от буржуек и электропроводки, не снесшей зимней натуги.

Мало-помалу потянулись к Косте мужики. У него и дома было тепло: дров он заготовил в достатке, бабка кочегарила исправно. Разговоры вели исключительно праздные, про Катерину даже не заикались. Костя водки по-прежнему не пил, как отрезало в одночасье, ну а если мужики пропустят стаканчик-другой — что ж, это их дело.

Как-то завалился на огонек дядя Вася. Поначалу тоже тары-бары, а потом осторожно достал он из кармана мятую бумажку и на коленке разгладил:

— Вот, я тут на днях в журнальчике одном прочел: «Против всякого злого заклятия есть заклятие доброе, но следует соблюсти весь ритуал противозла, дабы оно не возвратилось, найдя малую лазейку в стене благодати, воздвигнутой тобой». О как! Святой Игнатий в свое время сказал.

Помолчав, Костя немного нервно сказал:

— Я, дядя Вася, теперь одно дело знаю: железо ковать. День прошел, и ладно. Все к смерти ближе.

— Ну-у, так-то уж зачем? Ты парень еще совсем молодой.

— Молодой, а жить совсем неохота.

Опять помолчав, он все же добавил:

— Я только все думаю, зачем это случилось со мной.

— А вот это как раз не нашего ума дело. Таков, значится, был замысел Божий, когда он нас, нелепых, творил.

— Если б он людей из железа ковал и в огне закалял, прежде чем на землю спустить… Е-мое! Мы ж из мягкого теста! На, потрогай, — он сунул дяде Васе кулак под нос. — Думаешь, железный, литой?

— Да убери ты лапищу свою, тьфу! Я же с философией к тебе, а ты — кулак в морду.

— Знаешь, дядя Вася, разводи ты свою философию на комбинате в мужском сортире. Вот уж где благодать! А я уж как-нибудь сам с собой разберусь.

Дядя Вася тихо ретировался, но бумажку на всякий случай на столе оставил. Не напрасно же старался, переписывал.

В самую глухую пору, когда наконец намело сугробов и поселок обрядился в чистый саван, Костю частенько посещали мыслишки, а ну как Катерина жива, что тогда? В одиночку зимует в лесу? Или в стае? Волки носят ей мясо? А может, она живет среди людей под чужим именем? Или даже и под своим: вышла лесом в Калевалу или еще куда. Мало ли нынче людей болтучих?! Но чаще думалось Косте, что ее больше нет на свете. Вот и милиция не находила концов.

Только однажды, выйдя рано по утру на крыльцо, увидал Костя, что подступы к дому изрисованы сплошняком цепочкой волчьих следов. От этого зрелища зашлось Костино сердце, и пустился он тут же по следам, подчистую все вокруг истоптал, да так и не понял, куда делся волчара: сами на себе замкнулись следы, без разрыва.

После этого случая Костя неделю смущенный ходил, содрогаясь от всякого странного звука. Однако вскоре зыбучую надежду запорошило снегом, и дальше любое душевное поползновение тонуло в черной непроглядной зиме, подсвеченной только колдовской луной да жидкими всплесками дневного света.

16

Но все же потихоньку, убывая изо дня в день, миновала и эта зима. Вечерами падал синий момент прежде сумерек, когда воздух густел, но контуры предметов еще не были размыты.

В марте, под конец дня, когда рабочие шли со смены домой, а Костя, по обыкновению, задержался в кузнице, случился некоторый особый миг, странная духота упала, будто перед грозой, и электричества в воздухе скопилось в избытке. Бабка как раз суетилась во дворе, набирая в корзину дровишек. И вот, когда корзина уже была полной и заторопилась бабка к крыльцу, смутная тревога заставила ее оглядеться. Сослепу, против вечернего солнца она не сразу и поняла, кто это стоит во дворе возле самого забора, как бы в нерешительности или смущении.

— Мань, ты, че ли? — окликнула бабка, подумав, что это соседка пришла по какой нужде.

Однако темная фигура не отвечала, а только слегка покачивалась, с трудом удерживаясь на ногах. Заподозрив неладное, бабка все же приблизилась. Там у забора, стояла женщина — простоволосая, в лохмотьях, как нищенка… Но что-то очень знакомое угадывалось в ней.

— Ступай откудова пришла! — грубовато крикнула бабка. — Сами не ровен час побираться пойдем…

Женщина не уходила, и бабка топталась на месте, не зная, как поступить. Все же живая душа помощи просит. К тому же просекла бабка, что женщина эта беременная, на сносях, живот ее каплей стекал вниз в преддверии родов. Невольно ахнув, бабка заковыляла к ней.

— Что же ты, не узнаешь меня? — тихо спросила женщина.

И вот теперь только бабка поняла, что перед ней Катерина. Но кто бы только признал ее? Тело, мелькавшее в просвете лохмотьев, покрывала короста обветренной кожи, длинные пряди волос паклей свисали с плеч, бледные губы изрыли трещины.

— Помоги, стопи баню... — недоговорив, Катерина схватилась за живот и застонала.

— Помочь... тебе? — едва живая от страха, слепила бабка.

— Помоги, я сейчас рожу! — Катерина почти притекла к земле, испустив долгий стон. — Пожалей меня Бога ради.

— Тебе ли Господа поминать? — отшатнулась бабка.

— Пусть Бог осудит меня, но ты, женщина, помоги!

Катерина пронзительно закричала, и бабка, не чуя под собой ног, поволокла к бане корзину с дровами, вперемежку божась и чертыхаясь. Вот ведь грех-то на старости лет! Ну а делать-то что?! Попробуй ослушайся ведьму.

— Я залью водой всю муку, боль возьмет горячий камень... О-ой, гореть мне самой в аду... Господи, помоги... Я залью водой всю муку... Грех это, тяжкий грех!

Причитая, не помня себя от страха, растопила бабка каменку, благо бак с водой загодя над огнем стоял. Катерина меж тем в предбанник зашла и там улеглась на лавке, беспрерывно издавая стоны. Но вот странно: эти женские муки утихомирили бабкин страх, и так подспудно уверовала она, что выполняет обычную работу по вспоможению в родах. Добавив в печурку дровишек, заново запричитала она:

— Я залью водой всю муку, боль возьмет горячий камень, — как некогда заговаривала повитуха и ее боль, принимая на свет Костиного отца. — Тихо ты, тихо ты! Потерпи чуток, сейчас полегчает…

Бабка суетилась, опасаясь теперь, что кто-то может прознать про эти тайные роды. И не напрасно: соседка Маня завидела дым и, мучимая любопытством, заторопилась в Коргуевский двор. А тут еще дикий крик раздался из бани, не иначе режут кого. Боязно, аж жуть, да любопытство сильнее. Вломилась Маня в предбанник — вот-те на!

— Да это ж никак Катерина! — охнула и уж было собралась голосить.

— Не ори ты! — шикнула бабка. — Помоги лучше. Роды принимала когда?

— У кого это? Мои все в больнице рожали. О-ой бедняжка, убогенькая, больная!

— Кажись, не может она родить.

— Да родит, куда денется? А может, хельшера ей позвать?

— Иди ты! Он ее сразу в каталажку упечет.

Маня тем временем с любопытством разглядывала Катерину:

— Чье дите-то, признайся, авось полегчает.

Катерина вскользь глянула на нее и процедила сквозь зубы:

— Ничего я вам не скажу. Ступайте, я сама…

— Не справишься ты сама, дура! Ногами-то в стенку упрись, тужься, тужься!

Старухи давали всяческие советы, как складнее родить. А между тем к бане стягивался народ. Пришли прочие соседи и некоторые рабочие комбината. Люди пошустрей заскакивали в баню, и вскоре всей округе стало известно, что Катерина вернулась из лесу и сейчас опрастывается волчонком.

И вот принялся народ тут же во дворе совещаться, что поделать с приплодом и самой роженицей: потопить в озере, как и подобает поступать с волчьим приплодом, либо все же для начала сдать местным властям. И крики Катерины, раздававшиеся то и дело из бани, никак не пробуждали жалость в сердцах этих людей, напротив, усугубляли решимость покончить раз и навсегда с сатанинскими кознями в Хаапасуо. Сердобольный соседушка пожаловал справный мешок, в каковом надлежало уволочь волчонка к озеру, тут же мужики отковыряли в огороде приличный булыжник, чтобы бесовское отродье часом не всплыло.

За сими хлопотами и застал Костя поселковое вече в родном дворе. Разбросав в стороны старух, прорвался к бане:

— Это что еще за сборище?

— Катерина твоя пришла, — тихо ответили старухи. — Волчонка рожает.

Костя, ни слова не говоря, ринулся в баню и, едва завидев Катерину, корчившуюся в муках, в ужасе отшатнулся. Зрелище в самом деле повергало в трепет. Истерзанное ее тело никак не походило на человечью плоть, сбившиеся волосы змеились серыми струями до самого полу. Она закатила глаза и выдавила из себя:

— Скажи, скажи им… — тут же захлебнувшись новой волной боли.

Бабка вцепилась ей в руку, но не со злобой, а сострадая.

— Скажи им… что он твой… твой ребенок, — с трудом выговорила Катерина. — Что я приходила к тебе…

Тут все, кто был в бане, разом умолкли, и тишина нахлынула лавиной, задавив всякое шевеление. Катерина тоже умолкла, безжизненно, безразлично отвернув к стенке лицо. Казалось, что она умерла.

— Щенок у ней внутри, — шепнул кто-то робко. — Вот и разродиться не может.

И этот несмелый шепоток мгновенно породил бурю.

— Щенок! Волчий выблядыш! — крики посыпались градом, и всякое слово было как булыжник, пущенный в спину блудницы.

Человечий вопль разрастался, будто беснующаяся во дворе толпа желала докричаться до самого Господа. Заткнув уши, Костя кинулся прочь, не чуя под собой ног. Он долго бежал, заглатывая сырой воздух, пока не закололо в груди, но, рухнув в талый черный снег возле самого леса, так и не пожелал обернуться.

Тем временем Пекка Пяжиев во дворе рвал на себе фуфайку, вопя о позоре, навлеченном сестрицей на весь его честной род. И мужики подначивали, памятуя волчий разбой, державший округу в страхе, почитай, целых две зимы.

— Ведьма! Оборотень! Сдохни со своим выродком!

В воздухе почти зримо искрилась человечья злоба, и никто поначалу не удивился, ощутив легкую гарь… Труба буржуйки, в панике раскочегаренной докрасна, аж звенела от жара, и вот потихоньку занялись деревянные перекрытия потолка, просмоленная крыша радостно подхватила огонь, пыхнула ярким сполохом, — и целый сноп пламени мгновенно взвился в воздух.

— Пожар! Баня горит! — грянул одномоментный вопль в сто глоток, и все бывшие в бане горохом посыпались из дверей.

Но никто не стал спасать из огня Катерину.

Разметавшись по периметру двора, в молчании наблюдал народ, как с треском рушится баня и огненная могила поглощает роженицу. Пожар не стоило тушить: соседние дома стояли в безопасном отдалении, самый резвый огонь не достанет.

— Собаке и смерть собачья, — плюнул Пекка, нарочито небрежно отмахнувшись рукой.

И только у одного человека сердце разнесло во всю грудь при виде огненного столба, взметнувшегося в самые небеса. Пав на землю, Костя утопил лицо в грязном снегу, дабы не глядеть на преступление, порожденное его же малодушием. В голове сверкало только: «Господи, Господи, Господи…»

17

Дело о гибели в огне Катерины Коргуевой и ее неродившегося ребенка расследовала республиканская прокуратура. Дотошно изучив все сопутствующие обстоятельства, следователь вынес определение о массовой белой горячке в поселке Хаапасуо Калевальского района. Наказывать было некого, и многие жители поселка злорадствовали в душе, что Катерину настигла-таки кара Божия в назидание прочей молодежи, чтоб сидели по домам, а не шлендрали где попало.

Но Косте было известно, сколь ничтожен суд человечий перед судом совести. Ни на минуту не отпускало его горькое раздумье: а что, если наяву являлась ему Катерина той ночью в июле. Тогда загубленный ребенок — его, и он, именно он, — убивец. Ведь стоило только признать дитя… Пепелище бани, которое он так и не удосужился прибрать, усугубляло муку, и всякое новое утро начиналось укором: ты убил, ты.

Обручальные кольца он всегда на веревке носил, на шее. Крест, некогда на них перелитый, как бы на свое место вернулся.

И вот когда минул год с того ночного свидания, решил Костя снова в кузнице заночевать, а вдруг… Что вдруг-то, когда Катерина в огне погибла? Но ведь по всему выходило, что было у нее две души: волчья и человечья. Он убил ее человечью душу — по неразумению своему, хотя… верно, можно было загубить волчью, тогда бы человечья жива

346

осталась. Знать бы наперед, бросить волчью шкуру в огонь. Ан нет, просочилось зло, и теперь… что же с волчьей душой поделалось? Видать, ничего. Так и рыщет по свету Катерина в волчьем обличье, ведь оборотня только серебряная пуля берет. Ну, хоть бы и зверем диким ее повидать, испросить прощения. Да и должно же быть заклятие доброе супротив злого! Только как его теперь сыщешь?

Пораскинув мозгами, решил Костя ни с кем мыслями своими не делиться: довольно наслушался он советов. Не сказавшись никому, даже бабке, засел с вечера в кузнице. На всякий случай ружьишко с собой прихватил — только не на волка, а на человека. Мало ли кто ночами шастает. Да и кражи на комбинате участились.

Огонь теплился в горне, сходил за живую душу, — все было не так одиноко. Птицы угомонились, только ветер в ивах играл, ночь выдалась пасмурной. Не выдержав ожидания, вышел Костя во двор. Бледный диск солнца завис в тучах над озером, и чудилось, будто остановилось время. Вспомнилось Косте, что ночь-то нынче вроде особенная, когда в чаще леса папоротник синим цветом цветет и русалки хороводы водят. Хотя какие теперь русалки. Присел Костя во дворе на бочку и прислушался к ночи. На поверку-то она вышла не безмолвна, а насыщена разными тайными звуками, помимо шелеста ветра. Поди знай, кто это стучит, щелкает, цокает в кустах. Даже немного жутко сделалось.

Принялся он разговаривать вслух, чтобы ночную жуть прогнать:

— Катерина, явилась бы мне, че ли. Я-то до сих пор живой, а ты? Хорошо тебе волком бегать? Вот, батюшка говорит, не видать тебе прощения за великий грех. Так разве люди меньше волков грешны? Или волки происходят от Сатаны, а люди от Бога? Я темный человек, я не знаю! — горькое его отчаяние вылилось в крик, который неожиданно отозвался… эхом?

Костя подскочил и весь перетек в слух. И вдруг тихий протяжный стон коснулся слуха его. Так плачет истерзанная душа, потерявшая всякую надежду.

— Кто там? Кто это?

Стон повторился, и Косте стало теперь понятно, что не находит душа Катерины себе приюта, мыкается по ветру, как сухой листок, гонимая отовсюду. И прочувствовав это, Костя заплакал.

Бросившись в кузницу, сорвал он с веревки обручальные кольца, каковые последнее время на шее вместо креста носил, положил их в тигель и сунул в огонь на переплавку. Скоро пошла работа, отлил он серебряную пулю из двух колец — единственного своего богатства. Утро не успело просветлеть, как вышел он с ружьем наготове и вот — встал, обратившись лицом к темному лесу. А что дальше делать? Пробовал прочесть «Отче наш», да понял, что не знает даже этой молитвы, и тогда решил он сказать от себя:

— Господи, я человек неученый, правильно говорить не умею… Так ты дай мне знак, или там… ну… укажи, как мне Катеринину душу из лап Сатаны вырвать. Разве по справедливости она мучается, а я, убийца ее, живу?! Может, ты уже не любишь ее, зато я люблю ее вместо тебя. А если совершила она страшный грех, такой, что за него не бывает прощения, пускай лучше я буду вечно в огне гореть. Я огня не боюсь, он мне что батька родной. И пускай я никогда не найду покоя, только успокой ты ее душу и дай ей, горемыке, приют…

Иных слов Костя не сыскал. Воцарилась в ответ ему тишина. Все обмерло кругом, но вдруг тихий ветер легко коснулся его волос, как робкое дыхание ангела. Тогда Костя постиг, что приняты слова его, сказанные от сердца.

И вот серая тень выросла меж сосен и остановилась недалече, поджидая. Костя робко приблизился, но даже сквозь утреннюю хмарь он признал Катерину в облике молодой волчицы, которая смотрела кротко, склонив голову к земле.

Костя взвел курок, целясь волчице в сердце.

Выстрел прорвал утро, черные птицы осколками брызнули в небо. Тело волчицы рухнуло оземь, и в эту минуту визг и вой разнесся по округе — стая бесов кинулась птицам вослед врассыпную, покидая облюбованную плоть.

Мертвую волчицу Костя отволок в кузницу, дабы бросить в огонь, потому что нельзя предавать оборотня земле. Все это время он чувствовал так, как будто бы выполнял обычную работу любви. Глаза его оставались сухими, и нутро больше не терзала тоска. Но стоило пламени охватить жарким объятием волчье тело, в груди у него мигом все умерло, будто жестокий огонь выел саму середку, и сердце едва трепыхалось на пепелище.

Тогда Костя испросил ту, которую продолжал любить и в зверином обличье:

— Катерина, теперь, когда дважды ты умерла, — простишь ли меня, живого?

СОДЕРЖАНИЕ

Литературно-художественное издание

Серия «Интересное время»

Яна Жемойтелите
СМОТРИ: ПРИЛЕТЕЛИ ЛАСТОЧКИ

повести

Редактор
Вера Копылова

Художественный редактор
Валерий Калныньш

Корректор
Вероника Булгакова

Верстка
Оксана Куракина

Подписано в печать 4.02.2019.
Формат 70х108/32. Усл. печ. л. 15,4.
Тираж 2000 экз. Заказ № 111.

ООО Издательство «Время»
117105, Москва, Варшавское шоссе, 3
Телефон (495)954 10 82
http://books.vremya.ru
e-mail: letter@books.vremya.ru

Отпечатано в ОАО «ИПП «Уральский рабочий»
620990, Екатеринбург, ул. Тургенева, 13
http://www.uralprint.ru
e-mail: book@uralprint.ru